16	3	2	13
5	10	11	8
9	6	7	12
4	15	14	1

Isaias Pessotti

A LUA DA VERDADE

editora 34

EDITORA 34

Editora 34 Ltda.
Rua Hungria, 592 Jardim Europa CEP 01455-000
São Paulo - SP Brasil Tel/Fax (11) 3811-6777 www.editora34.com.br

Copyright © Editora 34 Ltda., 1997
A lua da verdade © Isaias Pessotti, 1997

A FOTOCÓPIA DE QUALQUER FOLHA DESTE LIVRO É ILEGAL E CONFIGURA UMA APROPRIAÇÃO INDEVIDA DOS DIREITOS INTELECTUAIS E PATRIMONIAIS DO AUTOR.

Edição conforme o Acordo Ortográfico da Língua Portuguesa.

Imagem da capa:
Desenho de Galileu Galilei retratando as fases da lua, realizado para o Sidereus Nuncius, *publicado em 1610.*
Arquivo da Biblioteca Nazionale Centrale di Firenze.
© Photo Scala, Florence (courtesy of Ministero per i Beni e le Attività Culturali, Italy)

Capa, projeto gráfico e editoração eletrônica:
Bracher & Malta Produção Gráfica

Revisão:
Ingrid Basilio
Mariana Leme

1ª Edição - 1997, 2ª Edição - 1998, 3ª Edição - 2013

CIP - Brasil. Catalogação-na-Fonte
(Sindicato Nacional dos Editores de Livros, RJ, Brasil)

Pessotti, Isaias, 1933
P569l A lua da verdade / Isaias Pessotti —
São Paulo: Editora 34, 2013 (3ª Edição).
256 p.

ISBN 978-85-7326-080-9

1. Romance brasileiro. I. Título.

CDD - 869.93

A LUA DA VERDADE

Capítulo 1

Embarque

Aos sábados, por volta de meio-dia, nosso encontro era no Riviera, para "tirar o pó da garganta", como dizia Bruno. Éramos seis, às vezes sete ou oito. Três mulheres. Todos gostávamos de cerveja, mesmo Maria Grazia, que não queria engordar. A conversa não tinha rumos, falava-se sobre qualquer tema, menos sobre trabalho, como convém aos sábados. Todos tínhamos alguma vinculação política. Por isso, às vezes a conversa evoluía, indevidamente, para assuntos de política econômica, reforma agrária, analfabetismo, "diretrizes e bases", campanha do *Estadão* contra Adhemar de Barros...

Bruno tinha um truque para mudar de assunto: começava a fazer trocadilhos, horrorosos, sobre alguma palavra da conversa. Um certo sábado, o assunto era a declaração do garotinho Fidelito, filho de Fidel Castro, publicada naquela manhã. O menino dissera estar pronto para morrer por seu povo e por seu pai.

Alguém comentou: "Que valentia desse menino, já nessa idade! Não por nada se chama Fidel".

"Nada de mais. É pura Fidel-idade", disse Bruno.

A conversa foi andando por Cuba, Caribe, descoberta da América, viquingues. Passou para navegação, navios, e ali ficou, ancorou. A mais entusiasta do assunto era Maria Grazia. Também a mais informada: havia lido muito sobre transatlânticos e história naval. Já tinha viajado no *Giulio Cesare* e no *Michelangelo*. No meio da conversa, confessou que estava escrevendo sobre uma certa viagem marítima. Hesitava entre fazer mais um de seus livros para colegiais, com fins educativos, ou alguma coisa mais densa, para adultos.

Bruno não se conteve: "Posso sugerir? Por que não alguma aventura naval bem explosiva: 'As bombas de Pearl Harbor', por exemplo? Ou, então, algo mais titânico, 'O naufrágio do Titanic'?".

Por volta das duas e meia o grupo se desfez. Maria Grazia e eu pedimos lanches e continuamos a conversa quase até às quatro. No outro sábado voltamos a comentar navios e travessias: eu gostava do entusiasmo dela quando falava disso. Tinha ido até a Ásia e a Escandinávia. Contei a ela, não lembro quando, minhas poucas viagens, mais modestas que as dela mas, talvez, mais intensas. Só que as minhas não se deviam a qualquer fascínio por navios. Eu tinha medo de viajar de avião. Mas precisava viajar.

Os motivos eram dois: depois da invasão militar no campus da Universidade de Brasília, meu projeto de ajudar a construir um país avançado e justo perdeu seu fascínio. Além disso, meu livro sobre a Inquisição medieval tivera boa aceitação e eu queria escrever outro, sobre a Inquisição em Portugal. A isso se misturava meu interesse por heresias e hereges, de todos os credos. Por isso decidi embarcar para minha segunda viagem à Europa. Destino: Lisboa. Depois, talvez Coimbra, Évora ou Tomar, lugares onde o Santo Ofício, a serviço da monarquia, prendeu, torturou e matou quanto e como bem entendeu.

Viagem de navio parece clínica psicológica de luxo. Conforto, muitas horas para dormir e conversar, respeito e serviços assegurados pela tripulação. Ainda, a ausência de vigilâncias sociais mais ou menos constrangedoras e, sobretudo, a convivência com pessoas dispostas a serem simpáticas, tolerantes. Mais, as oportunidades para encontrar pessoas. Tudo isso cria um clima quase irreal de bem-estar. Um bem-estar psicológico inclusive. Que dura apenas enquanto se está embarcado.

Tudo isso, é óbvio, depende também das escolhas que se fizerem, e da sorte.

Semanas depois perguntei a Maria Grazia em que pé estava seu livro sobre a viagem marítima. Fez uma cara desanimada. "Já reparou como todo mundo é bonzinho, nessas viagens? Ficam uns personagens chatos, meio piegas." Respondi que minha experiência no assunto era pouca e contei minha ida e volta em navios espanhóis. E arrematei: "Num navio cada um percebe a necessidade de manter sua boa imagem diante dos outros. Para não ser hostilizado, ou para ser apreciado como boa companhia. Há a percepção de que se estará junto aos demais, forçosamente, por algum tempo. De que se está, literalmente, 'no mesmo barco'".

"Então, a culpa é minha? Escolhi errado?"

"Acho que sim, minha querida. Se você quer maldade, escreva sobre uma penitenciária, sobre a máfia, sobre as ditaduras, sobre os execráveis 'órgãos de segurança'. Terá um festival de crueldades, mesquinharias, traições e covardias. Toda a maldade que quiser."

"Mas, pelo seu raciocínio, os ditadores, torturadores e mafiosos, postos num transatlântico, se converteriam em mansos e cordatos companheiros de viagem."

"Não sei. É possível. Mesmo os passageiros ditos normais ficam mais generosos na situação de 'estar no mesmo barco'. Mas não se transformam em anjos. Fora do navio, voltarão à mesma intolerância, agressão, ou competição de antes..."

"A maldade, então, fica apenas suspensa, em banho-maria. É isso?"

"É isso, Maria Grazia. Não só. Há o outro lado: muitas virtudes e graças que afloram durante uma travessia marítima também são temporárias. Podem sumir, depois do desembarque."

Ela me olhou firme. Desafiante. "Então, as pessoas, durante a viagem, não são verdadeiras. O que elas mostram é um simulacro de si mesmas..."

"Ou na viagem são verdadeiras e fora dela são simulacros..."

Ela segurou meu braço, esboçou um sorriso maroto: "Ou, então, elas nunca são verdadeiras. São sempre simulacros... Vou lembrar disso".

Não lembro como a conversa andou depois disso. Já estávamos na sexta ou sétima cerveja. Meses depois, à espera do embarque para Lisboa, lembrei-me da *teoria* do simulacro, de Maria Grazia. Tinha seu fundamento. Mas, no cais, eu não tinha clima para filosofar. Pensei na minha primeira experiência de viagem por mar. Foi por medo de viajar de avião que atravessei o Atlântico, pela primeira vez, no *Cabo San Vicente*, da Companhia Ybarra.

A maioria dos passageiros eram espanhóis, muito preocupados em mostrar que estavam divertindo-se como nunca. Tive uma viagem infeliz, classe turística B, cabine com outros três ocupantes: um frade gaúcho, com bronquite asmática, e dois espanhóis franquistas, pai e filho, ambos bastante rudes.

Por sorte o tempo que se passa na cabine não é muito. O problema maior era no restaurante. A designação das mesas era imutável: na ocasião do embarque, um oficial recolhia os passaportes e outro dava a cada passageiro o número da mesa. Por isso, durante doze dias, tive que enfrentar *paellas* e *parrilladas*, ouvindo comentários óbvios e, ainda, a tosse rebelde da matrona suarenta que ficava à minha direita.

A comida, afora a patriótica repetição das *paellas*, não era má, os queijos eram bons, assim como os vinhos.

O navio da volta foi o *Cabo San Roque*, gêmeo do outro, também lotado de espanhóis, agora competindo em demonstrações de tristeza por deixar a Espanha. Os suspiros duraram mais ou menos até a escala nas Canárias. Dali em diante, renasceu o orgulho pátrio com seu surto de canções, gritos e sapateados. Desde então, não suporto ouvir *Granada*. E passei a detestar castanholas e toureiros. Até a *Carmen* de Bizet já não me entusiasma como antes.

Essas eram minhas lembranças enquanto esperava, no porto de Santos, o chamado para embarque, desta vez num navio francês, o glorioso *Provence*. Segundo o agente da Exprinter, a tripulação seria de franceses e italianos. O barco fora vendido à *Linea C* e seria totalmente remodelado depois de atracar em Gênova. Aquela seria a última viagem do *Provence*.

Quem viajou de navio naquele tempo sabe que o salão de embarque era, de costume, um armazém de cais. Um galpão alto e amplo, com portões enormes para a entrada de caminhões. Sem a tensão dos aeroportos, sem aquelas poltronas confortáveis. Em vez dos tapetes, um chão poeirento com alguns grãos perdidos de soja ou milho. Ali não há pressa, o tempo de viagem se medirá em dias, não há urgências de chegar a tempo para conexões com outras rotas. Mas, para quem viaja só, existe uma ansiedade: a de ganhar, como companheiro de mesa, gente incômoda: algum missionário *evangélico*, desses empenhados, sem tréguas, em destruir Gomorra e o Anticristo, além da sintaxe. Ou algum defensor da pena de morte.

Olhei em torno para calcular meus riscos. Não havia motivos para grandes entusiasmos. Muitos casais, de todas as idades, diversas freiras, uma equipe de atletas, uniformizados e ruidosos. Mas havia também uma bela mulher morena e esguia, de vestido amarelo justo e óculos, carregada de revistas. Estava folheando uma delas.

Pouco atrás de mim, quatro ou cinco professores e uns vinte estudantes secundários comentavam excitados o programa de suas férias na Europa.

Mais distante, um tipo pouco comum me chamou a atenção. Era um cinquentão de cabelos e bigode grisalhos e óculos, terno surrado, com barriga de bebedor de cerveja. Caminhava ao léu, pelo salão, com uma sacola verde de crochê, cheia de livros. De quando em quando marcava com a ponta do guarda-chuva a sombra do batente da porta, que o sol projetava para dentro do armazém. Depois consultava seu relógio, andava por alguns minutos e voltava a marcar a posição da sombra. Tornava a caminhar, sem direção, e depois consultava o relógio. Talvez fosse um astrônomo ou coisa do gênero. Ou apenas maluco. Era um astrônomo, decidi.

Mais à esquerda, alguém me olhava com um sorriso amistoso mas incerto. Era um belo homem, cinquenta e poucos anos. Olhar vivíssimo, cabelos brancos e curtos, muito bem penteados. Trajava um terno escuro, de bom corte, com uma pequena cruz dourada na lapela, e estava sentado num baú de madeira. Era alguém que eu já devia ter visto mas não estava reconhecendo. Quando olhei para ele, levantou-se e se achegou sorridente.

"Desculpe se lhe incomodo, senhor. Creio que nos encontramos na PUC há alguns meses... Talvez o senhor se lembre..."

"Espere... Sim. No simpósio sobre a Colonização Portuguesa?"

"Exatamente! Sou o padre Flores."

"Agora me lembro: discutimos um bocado sobre a Contra Reforma. O senhor quis saber algumas datas. Eu me chamo Eugênio..."

"Eu sei. Eugênio Gentili. É um nome famoso depois de seu sucesso com *A marca do Santo Ofício*. Confesso que gostei de seu romance e de seu estilo, embora o assunto me incomode um pouco. Ainda bem que não sou dominicano. Estou indo para Lisboa. E o senhor?"

"Lisboa e Évora. Depois, talvez Coimbra, Roma. Se o dinheiro der."

"Évora? É muito bonita e cheia de histórias. O senhor já esteve lá?"

"Pode me chamar de 'você'. Não, nunca estive. Mas andei lendo sobre a cidade. Quero saber mais sobre a Inquisição de lá".

O padre balançou a cabeça e suspirou: "É. Évora tem uma história de muito sofrimento, violências, injustiças... pelo menos até o século XVII".

"É o século que mais me interessa, padre. A Inquisição lá foi muito cruel, como o senhor sabe."

"Sou obrigado a saber. Eu gosto de estudar os autos de antigos julgamentos, também da Inquisição, mas meu interesse neles é de outro tipo. Prefiro os mais polêmicos. A propósito, trouxe um deles para estudar na viagem. A documentação é incompleta... mas, imagine um processo complicado e longo, que termina sem julgamento... e sem réu. Talvez a papelada lhe interesse, para matar o tédio da viagem."

"Para mim, é uma preciosidade, padre. Então, o senhor também se interessa por história..."

"Eu também prefiro que me chame de 'você'. Não. Eu sou um canonista; gosto de estudar sentenças, códigos, depoimentos. Só me interessam os aspectos processuais, o que se refere ao Direito Canônico. Aliás, lembro-me agora, as datas que lhe perguntei naquele simpósio da PUC eram do processo de Giordano Bruno. Um processo... discutível."

"Como todos os julgamentos da Inquisição, acho. Eram processos bastante *sui generis*, pouco... canônicos", arrisquei.

"Nem todos. Os do Tribunal Romano, ou 'Santa Romana Inquisição', por exemplo, eram mais ortodoxos, do ponto de vista do direito."

"Do direito... canônico, porém", precisei.

O padre sorriu, irônico: "Você certamente sabe que os processos do Tribunal Romano eram quase sempre conduzidos pelos meus colegas jesuítas, homens competentes no trato do direito... canônico".

"Não só nisso", era a minha vez de ser irônico.

"Sejamos francos. Se você se refere à influência dos jesuítas na política eclesiástica de controle das ideias, devo reconhecer que a minha Companhia tem sido mesmo competente. Também nisso."

"Tem sido mesmo brilhante", disse eu, rindo.

O padre apenas sorriu. "Teremos quase duas semanas para conversar sobre isso." Ele queria mudar de assunto.

Eu também: "Sinceramente, acho que seria melhor gastarmos o nosso tempo com os documentos do tal processo".

"Sem dúvida. O inquisidor foi um tal Wiesenius, ou Viesenius, um nome que nunca vi. Há um punhado de coisas misteriosas no processo. Você vai gostar. É um remédio seguro contra o tédio do alto-mar. Você costuma viajar de navio?"

Eu queria perguntar mais sobre o processo, mas precisava responder à pergunta: "Só uma ida e uma volta. Até hoje".

"Então, você já conhece alguns perigos desses doze dias e noites..."

"Quais, padre?"

"Pode me chamar por meu nome: Norberto. Claro, não são riscos de vida. A navegação é cada dia mais segura. São dois outros perigos. Um é o tédio, para o qual já temos vacina; o outro é a convivência inevitável com pessoas... diferentes. Diferentes demais, para o meu gosto."

Lembrei minhas companhias no *Cabo San Vicente*. Eu estava pronto para concordar em gênero, número, grau (e até em caso, se ele estivesse pensando em latim). O padre baixou a voz, em tom de confidência: "Viajo nesta rota pelo menos uma vez por ano. E só porque sou um padre, no restaurante sempre me empurram algum monsenhor reumático ou freiras antiquadas, dessas escandalizadas com tudo o que acontece. Já não consigo suportar conversas sobre doenças ou sobre a degradação dos costumes. Principalmente à mesa. Gosto de comer bem, com boa conversa. Até Lisboa, são tantos almoços e jantares que podem ser empolgantes, divertidos. Ou, simplesmente, insuportáveis. Dependerá dos companheiros de mesa".

"Já estive pensando nisso", confessei.

"Alguns colegas meus, mais virtuosos, são capazes de suportar pessoas ou conversas de todo tipo. Aliás, como manda a caridade. Eu, não. E isso seguramente não é uma virtude. Mas não é pecado tomar algumas cautelas..."

"Como por exemplo?", perguntei.

"Não sei. Mas poderíamos tentar. Na distribuição das mesas costumam manter juntos os pais com suas crianças, os grupos familiares ou de excursionistas. Além dos casais, obviamente."

Minha primeira ideia foi que eu e o padre não formávamos um modelo de casal. A segunda foi que seria lindo viajar com uma companheira; desde que não fosse tediosa ou mal-humorada. A terceira eu comecei a dizer ao padre: "Mas nós não estamos em nenhuma dessas condições...".

Uma voz macia de contralto interrompeu minha frase: "Desculpem, os senhores sabem quais serão as escalas antes de Lisboa?". Era a mulher de vestido amarelo. Um tipo refinado, suave, que me lembrou a leveza de Audrey Hepburn, musa da minha adolescência. Também pelos lindos olhos, grandes e negros. A voz, aveludada, fazia um estranho contraste com o tom firme, seguro, de alguém habituado a perguntar.

O rosto do padre avermelhou-se. Forçou um sorriso afável e a voz tremulou um pouco: "Não tenho certeza. Na última viagem paramos em...".

"Pararemos em Tenerife e Vigo. Foi o que me disse um oficial. Desculpem se me intrometo no assunto. Ia passando por aqui e ouvi a pergunta da senhora." Era o astrônomo quem falava, com um sotaque francês inconfundível. Ia retomar sua caminhada mas a mulher de amarelo o deteve: "O senhor viaja muito... nesta rota?".

"Não muito. Cada dois anos... ou quase isso. Ultimamente não sei se moro no Brasil ou na França."

A mulher sorriu, um sorriso tenso, fingindo interesse. Era pura cortesia: a resposta do astrônomo tinha sido banal. O padre também mostrou algum interesse: "Eu viajo muito. Talvez o senhor já me tenha visto em algum navio".

"Pode até ser, mas, sinceramente, não me lembro. Esta deve ser minha quinta travessia. Eu adoro o mar, a navegação..."

O padre apresentou-se: "Sou o padre Norberto Flores, jesuíta. E este é Eugênio Gentili, escritor...".

"Eu me chamo Saulo. Muito prazer." Voltou-se para mim: "Conheço seu nome, por causa do livro sobre a Inquisição. Ainda não li". Esperou que o padre lhe apresentasse a mulher: "E... a senhorita?".

Ela se antecipou: "Sou Eva Bernini... jornalista, trabalho para a revista *Saber*".

Quando lhe estendi a mão, Eva me olhou bem nos olhos, como se quisesse ler meu pensamento. Não era um olhar de admiração, como eu gostaria. Porém, o que ela disse me envaideceu: "Gostaria de escrever uma resenha sobre o seu livro, mas a revista me escala para mil outras coisas... É um prazer conhecê-lo pessoalmente".

"Você é parente de Lorenzo Bernini, da Sinfônica?", perguntei.

"É meu tio. Quase não o vejo."

"Ora vejam só que belo grupo formamos", disse Norberto, "um jesuíta, um escritor, uma jornalista e... o senhor é..."

"Engenheiro naval", completou Saulo.

"Pensei que fosse astrônomo", disse o padre. Também ele, então, tinha observado os movimentos de Saulo.

"Não. Diversas pessoas já pensaram isso, ao me verem marcando... a hora solar. O senhor deve ter-me observado ao riscar a sombra daquele batente da porta..."

"Eu também notei", emendou Eva, com certa hesitação. "Fiquei curiosa para entender..."

Saulo riu, olhou para seu relógio e, de costas para a porta, desafiou: "Querem saber? Agora a sombra do batente deve estar a doze centímetros e meio da minha primeira marca e a cinco da segunda. Podem apostar que não, mas vão perder. Se eu estiver errado pagarei os nossos aperitivos de hoje e de amanhã. Se estiver certo, pago só os de hoje. Parece uma boa oferta, não?". E deu uma gargalhada.

Eva queria ouvir mais: "Isso tudo deve exigir cálculos complicados, não?".

"Não. Sou muito fraco em cálculo. Acontece que gosto muito de história da navegação... Ou da astronomia: no passado eram uma coisa só, praticamente. Eu sou apenas um amador do assunto." Ele gostou do olhar interessado de Eva e continuou, meio encabulado: "Nada de muito importante... aprendi a ler mapas celestes. Alguns. Outros são muito complicados. Leio cartas marítimas e aprendi a calcular latitude, longitude, hora solar. Coisas que qualquer colegial aplicado pode aprender, se tiver gosto pela coisa. Para mim já ficou um vício".

"Então, com o senhor a bordo não corremos riscos de perder a rota...". Eva tinha senso de humor. (Graças a Deus!)

"Prefiro que me chame de Saulo. Este 'senhor' me envelhece. Quanto à rota, não sei; mas podem contar comigo para saber a hora do almoço ou do jantar."

Norberto aproveitou a deixa: "A propósito de jantares, eu e Eugênio estávamos comentando certos riscos, quando vocês chegaram".

"Quais riscos?", perguntou Eva. Havia alguma ansiedade, algum temor, na voz dela. Uma mulher tímida tem lá seu charme especial.

"Nada de mais grave", falou o jesuíta. "Você já imaginou jantar durante quase duas semanas ouvindo falar de doenças, de mortalidade infantil ou das excelências de alguma erva? Esse é o risco maior que se corre num transatlântico. Serão refeições muito agradáveis se os seus companheiros de mesa forem pessoas simpáticas e inteligentes..."

"Como nós, por acaso?", perguntou Saulo, alisando o bigode. Voltou-se para mim: "Isso é mesmo um problema. Na minha última travessia, a mesa tinha um ciclista polonês e dois exportadores de couro. Havia ainda um casalzinho em lua de mel, porque a mesa era para seis pessoas. Imagine que conversas interessantes! Mas, aqui, me parece, ninguém se empolga com assuntos como mortalidade infantil, ou a difusão da tuberculose. Poderíamos ficar juntos. Se houver mesas para quatro, ótimo. Senão, rezaremos para que os outros dois sejam... simpáticos. Ou, se não, que sejam mudos".

Eva sorriu. De novo, um sorriso tímido. Atraente. Desses que despertam... ternura, digamos assim.

O padre Flores ouviu a proposta, olhou para o alto como se fugisse da conversa. Voltou à terra após alguns segundos: "É isso: precisamos convencê-los de que somos um grupo familiar". Voltou-se para a jornalista: "Você, concorda, não?".

Eva olhou, sutilmente, cada um de nós. Viera pedir uma informação e agora se via incluída num grupo, com três homens que mal conhecia. Temi que rejeitasse a ideia. Mas, pensei, se éramos estranhos, os demais passageiros eram mais estranhos ainda. E a presença do padre nos tornava mais confiáveis. Pedi aos deuses que ela não recusasse. E lhes dei graças quando me olhou com aquele sorriso tímido. Uma timidez que era, mais do que tudo, cautela.

Ela confiou no padre Flores: "Você é quem sabe, Norberto".

Ele esfregou as mãos: "Muito bem! Então precisamos ficar todos juntos na hora do embarque".

"De acordo", falou o engenheiro. "Agora, se me permitem, vou andar mais um pouco por aí."

"E eu volto aos meus salmos", disse o padre. Sentou-se no seu baú, fez o sinal da cruz e pôs-se a ler o breviário, como se estivesse sozinho, na paz de uma sacristia. Por pouco tempo. Logo vieram os carregadores e levaram as bagagens das cabines e as de porão, inclusive o baú. O jesuíta se acomodou num caixote de vinhos e voltou às suas orações.

Eva e eu ficamos sós, face a face, sem jeito. E sem assunto. Ela quebrou o silêncio: "De algum modo, graças ao seu romance e ao... padre Flores, já nos conhecemos. Acho que entendo a preocupação de vocês com a companhia para os jantares. Mas vocês são muito exigentes, não?".

"Não acho. Veja: nós quatro conversamos apenas alguns minutos e já nos aceitamos mutuamente, sem mais exigências. Ou, então, tivemos sorte de encontrar gente agradável. Almas gêmeas. Os deuses tecem suas tramas...”

Ela riu: “Os deuses e, ao que parece, também Norberto, perdão, o padre Flores. É um homem brilhante. Mas não parece um padre normal. Você não acha?”. Parecia desejar que eu concordasse.

“Ele tem faro e coragem para procurar as pessoas que lhe agradam. E, acho, tem muito bom gosto na escolha”, falei com uma segurança que não sentia. Ela me encarou.

“Refere-se a você?”

“Não, é claro. Ele já me conhecia desde um simpósio na PUC; mas, no seu caso, é diferente. Ele mostrou intuição, gosto refinado. Inspiração do alto...”

Ela procurou uma resposta, olhando para as unhas: “Como galanteio, nada mal. Mas, às vezes, eu apareço na televisão, entrevistando alguém... Norberto pode ter lembrado do meu rosto que, somado a esta maleta da *Saber*, me qualificou como jornalista. E, talvez por isso, candidata aos altos colóquios que vocês apreciam”.

“Como retórica, nada mal”, respondi. “Mas continuo acreditando que ele a escolheu por graça do Espírito Santo. A menos que ele já a conheça...?”

Uma pequena ruga de inquietação surgiu em sua fronte. Forçou um sorriso mais tranquilo: “Como assim?”.

“A menos que”, repeti, “ele já a conheça de alguma outra encarnação. Senão, foi mesmo influência do Espírito Santo.”

Ela riu, mais segura. “Você parece devoto, não? Talvez prefira jantar com algumas freiras piedosas.” Reabriu sua revista, como a dizer que a conversa estava encerrada.

“Boa ideia! Vou por aí, procurar freiras. Gordas, de preferência. Se não achar, jantarei com o padre Flores.”

“Não só com ele, suponho...”

“Ele e o Espírito Santo. São muito amigos.”

“Se a mesa for para quatro, falta um.”

“Pode ser o Saulo.”

Ela levantou o queixo: “Posso convidar o Saulo e Norberto, o padre, para outra mesa”.

"Também vai faltar um", falei eu.

"Não. Há também o Espírito Santo."

"Você também é devota, não?"

"Orgulhosa. Nada mais." Voltou à sua revista com um ar de vitória. Era, como se pode ver, uma mulher vaidosa mas segura de si. Forte mas emotiva. Um lindo punhado de contradições. Com tudo o que isso implica de atração e de perigo.

Resolvi render-me: "Pensando bem, as freiras podem ser chatas e o Espírito Santo, que eu saiba, não é de muita conversa. É melhor não mudar o grupo. Ficarei com vocês".

Esperei que sorrisse. Não sorriu. Retomou a distância afetiva que, por um pouco, se encurtara: voltou ao tom impessoal. "Pelo menos, variedade de assuntos nós teremos à mesa. Chegaremos à Europa afiados em questões de navegação, astronomia, Santo Ofício e, até, de teologia católica."

"Ou jantaremos tão empolgados, que chegaremos apenas gordos, misturando as ideias sobre tudo isso, e nos levarão direto para o manicômio mais próximo..."

"Espero aprender alguma coisa de vocês."

"Sobre quê?"

"Não sei ao certo. Meu público é essencialmente de mulheres. Estou colhendo material sobre o culto paleocristão e o dos deuses e deusas romanas. Principalmente as deusas. Mas, para breve, devo fazer a cobertura desta última viagem do *Provence*, para a *Saber*. Tem que ser algo excitante, que emocione as leitoras. Estou até meio assustada. Nunca fiz coisa parecida."

"É uma reportagem?"

"Não necessariamente."

"Então, quer um conselho? Use sua fantasia, sem medo. As mulheres adoram um pouco de fantasia. Esqueça que você é jornalista..."

"Espere!", ela fechou os olhos, refletindo, muito tensa, por alguns segundos. "É isso! Você tem razão!", falava entusiasmada. "Você é um escritor! Tenho que usar a fantasia! Coisa proibida a um jornalista. É isso mesmo! Preciso sair do meu papel, sentir de outro modo as coisas e os fatos. Tenho que ser... outra mulher, outra pessoa. Completamente outra. Vai ser bem mais divertido do que relatar jogos de convés, festas, passagem do Equador. Mesmo que depois não sirva para a revista, para mim é um belo desafio." Ela tirou da bolsa uma agenda e anotou alguma coisa. "Você, realmente, me apontou a solução. Obrigada."

"Eu cobro meus conselhos: quero uma cópia do texto. Antes da publicação."

"Prometo! Você terá a primeira cópia. Se der certo o que estou pensando, você até vai gostar do resultado."

"Se, no início, faltar inspiração, lembre-se de algo que pode alvoroçar suas leitoras: as viagens marítimas têm estranhos efeitos eróticos. É o que se diz."

"Você fala como escritor ou como... lobo do mar?"

"Não. Como... passageiro, em férias, bom rapaz, cidadão exemplar, mas vulnerável aos encantos da beleza. Sem coleção de borboletas. No momento, preocupado em escolher mais dois parceiros para a nossa mesa, se ela for para seis pessoas. Por exemplo... há aquela senhora elegante sentada na mala, com o livro."

"Aquela, não! Já passeou por aqui segurando o *Capitães de areia* pela lombada. Todos devem saber que ela lê Jorge Amado." Admirei a argúcia e, mais ainda, a severidade da recusa.

"Devemos procurar homens ou mulheres?", perguntei.

"Para mim, tanto faz", respondeu Eva se afastando.

Perto da imensa porta de saída, à nossa direita, conversavam duas francesas, formas esculturais, vestidas com elegância simples, aparentemente desacompanhadas; uma delas, de cabelos curtos, andaria pelos quarenta e a outra teria uns trinta e cinco anos. Eu tinha falado francês em outros tempos; pensei até, fugazmente, em convidar as duas para a nossa mesa.

O alto-falante anunciou: "Senhores passageiros, dentro de alguns minutos será iniciado o embarque. Preparem, por favor, suas bagagens de mão e os passaportes. Queiram aguardar novo aviso". Alguém, atrás de mim, tocou-me o ombro. Era o padre Flores: "Por favor, procure o engenheiro e Eva, isto é, a jornalista. Espero vocês junto ao portão. Você tem alguma tia ou tio?".

"Duas tias", respondi prontamente. E só depois percebi que a pergunta era descabida, para dizer o mínimo. A jornalista tinha razão, ele era mesmo uma pessoa diferente, incomum. Talvez incomum demais. Encontrei nossos colegas e os levei até o padre. Ele perguntou, sem preâmbulos, ao engenheiro: "Você tem algum irmão casado?".

Saulo quase engasgou, com a surpresa da pergunta, passou a mão nos cabelos, antes de responder: "Tenho um irmão e uma irmã". Eva me olhava curiosa como a perguntar: "Você ainda acha que este jesuíta é normal?".

O padre apontou para a ela: "Sobre você, eu já sei". Eva empalideceu. Norberto, pelo jeito, perdera algum parafuso. Os olhos dela continuavam a estudar minha reação. Saulo olhava para o alto, como se procurasse alguma claraboia para sair voando.

"Atenção, preparem seus passaportes...", começou o alto-falante. O padre virou-se para nós: "Preciso ser um dos primeiros. Fiquem perto de mim".

Antes que se completasse o aviso de embarque, lá estávamos nós, empurrados rampa acima, eu logo atrás de Norberto. Eva vinha depois, agarrada à minha manga, e Saulo, ofegante, depois dela.

Diante da mesa da recepção, o padre recolheu nossos passaportes e os estendeu ao oficial com mais galões: "Boa tarde, senhores. Somos quatro. Eu sou o padre Norberto Flores", apontou para nós: "e estou viajando com estes dois sobrinhos e um cunhado. Gostaríamos de ficar juntos na viagem. Minha saúde não é das melhores...".

"Muito bem", o oficial encurtou o discurso e ordenou ao subalterno: "Temos ainda mesas para quatro, no segundo turno?". O outro assentiu e anotou a mesa. O oficial voltou-se, formal, para nós: "Boa viagem a todos". Não resistiu ao charme de Eva: "Tenha uma boa viagem, senhorita".

"Senhora", corrigiu ela, mansamente. Furtivamente, procurou alguma surpresa no meu rosto. A expressão de Norberto foi de satisfação.

"Melhor assim", disse meu anjo da guarda, "não convém misturar as coisas. É melhor uma viagem sem complicações... afetivas."

No vestíbulo da ponte A, o padre tirou do bolso uma cartela de pílulas e ofereceu à jornalista. "Nunca se sabe o que pode acontecer, num navio. É preciso tomar precauções." Ela corou. Os lábios se entreabriram num gesto de espanto e logo se apertaram, tensos. O padre continuou: "Já tomei a minha. Chama-se Bonamina e é excelente para evitar enjoos. Contém clordiazepóxido. Tome uma na hora da partida e outra depois de três ou quatro horas, se precisar. No mais, coma e beba à vontade. É um santo remédio, palavra de padre. Se precisar mais, eu tenho um estoque. Alguém mais quer?".

Eu aceitei uma, pelas dúvidas. Saulo recusou polidamente, apontou o relógio da parede e propôs: "São quase quatro e meia, agora. A partida será às seis. Podemos descansar um pouco e depois tomar um aperitivo no bar da proa, lá pelas oito. O jantar do segundo turno é só às nove".

"Acho uma ótima ideia", concordou o jesuíta, "com licença, vou procurar minha cabine."

Eva me pediu: "Preciso achar a minha. Você me ajuda? É a B-17".

"Com prazer."

"Mas antes quero subir ao convés. Gosto de *sentir* a altura da proa. Ver a quilha cortando as ondas." Fui com ela até a amurada e ali ficamos, até que os rebocadores ficassem para trás.

A cabine dela era bem longe da minha, no outro lado do navio. Eu não sabia se isso me agradava ou não. Na minha, já estavam as duas malas e as sacolas. Ajeitei a roupa nos cabides e gavetas, liguei a música e me estirei na cama. Finalmente, toda a agitada preparação da viagem e do embarque estava encerrada. Agora era preciso aproveitar a travessia e programar, com toda calma, o que fazer em Portugal e, depois, em Roma.

No meu romance eu havia retratado a Inquisição que eu conhecia melhor, a da baixa Idade Média. Depois me informaram de que no século XVII o Santo Ofício tinha sido ainda mais corrupto e injusto em terras ibéricas. Resolvi gastar parte das férias a procurar as marcas que ele deixou em Tomar, no Porto e em Évora, onde primou pela crueldade. Meu interesse, agora, era bem específico: queria colher documentos ou dados sobre a feroz perseguição à nova heresia que se espalhava timidamente, desde o final do século XVI: a doutrina astronômica do heliocentrismo. A mesma que levara Copérnico ao *Index*, Giordano Bruno à fogueira e Galileu ao confinamento.

Nunca entendi bem o que empurrou a Igreja e seus agentes para uma repressão tão cruel aos adeptos do heliocentrismo. Afinal, os cálculos de Tycho Brahe, as elipses de Kepler, os telescópios rudimentares de Galileu não ameaçavam ninguém. Certamente, o que moveu a Inquisição não foi algum apego devoto ao geocentrismo dos versículos bíblicos. Talvez o jesuíta me pudesse esclarecer alguma coisa. Pelo que eu sabia, e ele também, nos manuais processuais da Inquisição, a letra bíblica era descaradamente distorcida em favor da prepotência e do arbítrio mais cruel. Ele, seguramente, devia conhecer o sangrento *Malleus* de Sprenger e Kramer, a *Lucerna inquisitorum* de Bernardus Comensis. Ou, pelo menos, o tenebroso *Directorium* de Emericus, escrito especialmente para os ferozes inquisidores de Portugal e da Espanha.

Ali, camponesas ingênuas, pesquisadores brilhantes ou monges virtuosos foram torturados, às pencas, por homens que tinham na alma e na mão esses manuais desvairados. Foi empunhando tais livros que homens implacáveis como Torquemada, Sprenger, Kramer, Bernardus Comensis, Nicolau Eymerich, Bernardo Gui espalharam terror e esbanjaram poder. E outros, como os de Portugal, menos famosos mas não menos perversos, como João de Melo, Jerônimo de Azambuja ou Oleastro. Além do tal Benedictus Von Wiese, ou Wiesenius: um nome aterrador, que Norberto não conhecia. Eu tinha lido alguma coisa sobre ele. Era um sinistro dominicano da Bavária, fanático e devasso. Atuou em Lamego e Tomar, com tanta injustiça e crueldade, que o próprio papa aboliu os tribunais locais. Wiesenius ou Viesenius, então, transferiu-se para Évora. Ali atuou em poucos processos, antes de morrer tragicamente, enlouquecido. Um deles, seguramente, era aquele que o jesuíta havia citado. Eu estava curioso para ver os documentos. Antes de abraçar sua verdadeira vocação — queimar hereges e livros, estufar-se de comida e vinhos —, Wiesenius estudara física com Sizi e Magini em Pisa. Segundo um escrito da época, ele exigia, onde estivesse, que sua comida fosse especialmente preparada e mandava sistematicamente desnudar e depilar as mulheres que interrogava. O pretexto era achar na pele delas marcas deixadas pelo demônio. Provas de algum pacto com ele em troca de poderes mágicos. Evidências de bruxaria, *ergo* de heresia. A pior das acusações.

Além do que eu achasse nas bibliotecas de Coimbra ou Évora, eu queria examinar os locais das prisões, dos interrogatórios, dos julgamentos. Queria um contato mais próximo com as pessoas que haviam sentido na carne e na alma os rigores do Santo Ofício. Eu tinha aprendido, em outras viagens, quanto podiam contar, sobre o passado, uma parede, uma abóbada ou uma escadaria. Eu sabia que, naquelas salas ou porões, ainda podiam ecoar ameaças, súplicas, insultos, gemidos, frias citações da *Bíblia* ou de artigos de algum *Directorium*.

Em Roma, eu queria dar uma olhada nos processos contra Bruno e Galileu. Toda a documentação sobre eles e outros heliocentristas mais renomados estava lá. Na sede do tribunal supremo: a Santa Romana Inquisição. Ela avocava a si os processos de maior implicação política. Ali, o fanatismo primário dos *Domini Canes* não convinha. Os interesses do papado eram grandes demais para deixá-los nas mãos de incendiários como Sprenger e Kramer, por exemplo. Por isso o Tribunal Romano fora confiado aos jesuítas. Homens astutos e... competentes, como bem lembrara o padre Flores.

Quanto à travessia, tudo prometia dar certo. Além do processo de Wiesenius, que prometia dados inéditos, eu tinha meus livros. No restaurante, graças à esperteza do jesuíta, eu teria a companhia instigante de Eva, com seus mistérios, de Saulo, que prometia ser um manancial de boas conversas. Além da argúcia e a presumível erudição de Norberto. Lembrei a esperteza dele ao se apresentar com dois sobrinhos e um cunhado: para isso queria saber se Saulo tinha algum irmão casado e se eu tinha alguma tia. Mas por que não fez a mesma pergunta a Eva? Até ela tinha estranhado. Ele disse que já sabia. Como? Até o nome dela fora novidade para ele. Mais tarde, achei a resposta: ela mesma havia nomeado Lorenzo Bernini, da sinfônica, como seu tio. A conclusão era óbvia: discretamente, o padre Norberto estivera muito atento ao nosso curto diálogo. Astúcia e curiosidade, aliás, era o que não lhe faltava. Como havia demonstrado nas numerosas perguntas feitas a mim e a Saulo. No embarque, havia obtido o que queria, sem custo e sem se culpar com o pecado da mentira. De fato, ele estava viajando com dois sobrinhos e um cunhado. E, não sendo um atleta ou astronauta, a rigor sua saúde não era das melhores. Decididamente, meu amigo padre Norberto Flores era um jesuíta.

Pensei nas belas formas de Eva, nos seus sorrisos reticentes, no modo inseguro de referir-se ao padre. Ele também, padre convicto, se havia descontrolado quando ela apareceu, linda e esguia, com aquele fascinante vestido amarelo, e a voz quente de contralto. Lembrei vagamente nossa conversa sobre o Espírito Santo e adormeci.

Só acordei com a vibração do navio, no ligar dos motores, o ruído dos rebocadores e as ordens que algum oficial dava, pelo megafone, à casa de máquinas: "*Doucement*! *Doucement*! *Doucement en avant*!". Havia alguma delicadeza nesse comando. O glorioso *Provence*, sem dúvida, merecia respeito e carinho. E, certamente, não acataria ordens em outro idioma.

Desejei que Eva registrasse, para sua reportagem, esses detalhes sobre a despedida do navio. Que não lhe fugisse a imagem do porto, a encolher-se lentamente na distância. Cinzento e triste. Como é, de costume, qualquer cais. É um lugar de separações, de despedida, de adeus. Nessa partida do *Provence*, particularmente, senti tristeza: lembrei-me do aceno triste de um *foulard* amarelo, no cais de Gênova, dois anos antes.

Eva devia estar vibrando com o giro majestoso da proa voltando-se, pouco a pouco, para o alto-mar. Foi o que pensei, subindo para o convés. Já fora da barra, o *Provence* despediu-se dos rebocadores com um apito longo, quase um lamento. Depois empolgou-se com as primeiras ondas e apontou, brioso, para a rota da Europa. Carregando décadas de glórias e lembranças, de afetos, de paixões.

Surpreendi-me a desejar que a hora passasse rápida, para encontrar Eva no bar. Deveria estar mais serena, mais... terna. Ou, para meu azar, viria triste, com saudade do marido. Que, pelo jeito, nem fora dar-lhe um beijo no embarque.

Cheguei ao bar por volta das oito e vinte. Saulo e Norberto já estavam lá, conversando animados, diante de uma garrafa de *Johnnie Walker*, junto a uma janela da direita. De longe, o padre Flores acenou e Saulo me chamou:

"Venha, Eugênio! Como prometi, eu pago os aperitivos de hoje. Na pressa do embarque, nem ficamos sabendo se o meu cálculo da hora solar estava certo. O padre Flores não duvida do acerto. Diz que é um voto de confiança. Tratando-se de um jesuíta, é um privilégio, não acha?"

Achei um tanto ousado o gracejo. Pelo jeito, o *Johnnie Walker* fora aberto bem antes das oito. Os dois se levantaram quando fui até à mesa. Gentileza demais, me pareceu. Mas não era para mim: Eva estava chegando, deslumbrante, atrás de mim. Sem os óculos, o rosto repousado, mostrava agora uma beleza serena, mansa. O vestido preto de gola alta, sem mangas, era extremamente sóbrio, numa combinação ideal com os cabelos também negros, lisos, que caíam soltos, quase até os ombros. Nenhum colar, apenas a brancura sedosa de uma única pérola, num cordão finíssimo, também preto. Um anel discreto, com outra pérola, menor. Saulo a estudava da cabeça aos pés, como se procurasse, inutilmente, algum defeito. Não acharia: era a beleza mais perfeita que já vi numa mulher. O padre lhe sorriu, afetuoso. Parecia deslumbrado, orgulhoso de tê-la ali, conosco.

No porto, com o vestido amarelo, ela me parecera apenas uma mulher bela e arredia. Agora, mesmo um tanto recatada, era pura sedução. Uma atração mansa, mas implacável. Fiquei contemplando, meio apalermado, aquele rosto, os lábios bem traçados, generosos mas não demais, aquele corpo esguio, levemente bronzeado.

Disfarcei como pude o meu encantamento e pensei, de passagem, que a velha teoria do magnetismo animal tinha lá seus fundamentos. Depois, me percebi como um pardal a contemplar, fascinado, as faixas vermelhas da coral que vai devorá-lo. Sem dúvida, eu estava precisando com urgência de uns dias em alto-mar para sossegar minhas neuroses. Afinal, consegui pensar, Eva era apenas uma linda mulher que, por artes de Deus e do padre Flores, se tornara minha amiga. Nada mais. O melhor era pedir meu *negroni*, com muito gim, e aproveitar a conversa.

Saulo ofereceu-lhe uma poltrona: "Prefere ficar perto da janela? Veja: as luzes de Santos já estão sumindo na neblina". Eva sentou-se, elegante, postura de princesa. Ele não se conteve: "Norberto, com tanta beleza assim, esta viagem não pode acabar em duas semanas. Vou roubar a bússola do navio. Ficaremos navegando sem rumo pelo Atlântico".

O padre sorriu meio contrafeito. Era efusão demais. Também não gostei. Eu, por ciúme; o padre, penso, por discrição. Ou, por que não?, também o jesuíta podia estar enciumado. Saulo percebeu seu exagero. Desajeitado, pediu desculpas a Eva, atropelando as palavras: "Me desculpe. Eu falo demais. Mas vou ser sincero. Há mulheres cuja beleza tem alguma força especial. Eu me sinto, diante delas, como a agulha da bússola: é inútil querer dirigi-la para outros rumos. Ela começa a girar às tontas e só se acalma quando se volta para o norte. Uma mulher fascinante é um norte que se impõe, inarredável, um norte absoluto, danem-se os outros nortes, de todas as bússolas... Sei lá! Mas, por favor, não me entenda mal: sou apenas um apaixonado pela beleza. E fique tranquila. No meu caso, como no de qualquer bússola, mesmo vibrando desvairada a agulha jamais sai de seu eixo".

O jesuíta esperou, constrangido, o fim do discurso e mudou de assunto: "Eva, que lhe podemos oferecer? Um vermute, um *negroni*?".

O camareiro, grisalho, chegou-se a ela com uma mesura irrepreensível: "Posso servi-la, senhorita?". Ela não corrigiu o "senhorita" e pediu um vermute seco, o mais velho deles. "E para o senhor?" Na dúvida entre um *Carpano* e um *White Horse*, pedi um *negroni*, com muito gim.

"Você tomou o comprimido?", quis saber o padre Flores, solícito.

"Tomei. É ótimo. Um santo remédio, como você, isto é, o senhor disse."

"Se não lhe incomoda, prefiro ser chamado de *você*. Esse *senhor*, me afasta, me segrega. Agora, antes que Saulo deixe o navio sem bússola, é bom saber, pelo menos, onde pretendemos desembarcar. Eu ficarei em Lisboa, Saulo não sabe se vai até Gênova ou se desembarca em Marselha e mais tarde desce de trem até Roma. E vocês?". Olhou para Eva, como se não desse muita importância ao que ela fosse dizer. Mas o engenheiro parecia interessadíssimo. Até demais, para o meu gosto.

"Vai ser uma correria", disse ela. "Preciso ir até Gênova para acompanhar a 'encomendação' do *Provence*. Depois, tenho que escrever a cobertura da viagem e me sobram poucas semanas para achar algo bem jornalístico sobre deusas romanas, em Roma..." Saulo sorriu satisfeito. Ela, então, acrescentou, em tom vago: "Ou na Toscana... Ainda não sei. Devo voltar de avião, antes das tarifas de alta estação".

"E você, Eugênio, quanto vai ficar em Évora?", a pergunta era de Saulo. Obviamente, ele tinha ouvido minha conversa com o padre Flores, antes do embarque. Nada de mais: ele havia escutado também a pergunta de Eva sobre as escalas da viagem.

"O necessário para achar o que procuro... Quero farejar algumas coisas sobre a Inquisição portuguesa, também em Coimbra e Lisboa. Depois, não sei quando, quero ver os processos contra Bruno e Galileu, em Roma. Não vai ser fácil. Mas, ao contrário de Eva, eu não terei pressa."

O jesuíta armou uma cara desolada. "Vejam só! Já não se fazem padres como os de outrora. Ansiosos por ajoelhar-se ante o trono de São Pedro, pela bênção papal. De nós quatro, o único que não vai a Roma sou eu, o padre. É um sinal dos tempos."

"O Anticristo vem aí!", Saulo falou em tom de alarme, colocou mais gelo no seu copo e emendou: "Não se entristeça, padre. Eu lhe mandarei uma daquelas réplicas do Coliseu, em plástico branco, com feltro verde na base".

Eva sugeriu: "Ou algo menos pagão. Uma reprodução da *Pietà* em gesso, com musiquinha da Ave-Maria".

"E você, Eugênio, não me manda nada?"

"Não sei bem, padre. Talvez um rosário, de contas gigantescas, de vidro vermelho."

"É bom sentir-se querido", respondeu ele, e desatou a rir. "Mas não terei saudade de Roma. Morei lá por cinco anos."

"Isso é para quem pode", notei.

"Não me inveje, Eugênio. Nunca trabalhei tanto na vida. Cansei. Pedi meu boné! Vocês não imaginam o que é a vida de um canonista no meio de um Concílio como esse *Vaticano Segundo*, que mexe até com a lei da gravidade."

Saulo franziu a testa. "Desculpe, Norberto... Posso chamá-lo assim, não? Um canonista é o quê? Um especialista em Direito Canônico..."

"Exatamente. É o que eu sou. Fiz o doutorado em Direito Canônico pela Gregoriana, e em Direito Romano, por Coimbra. Como ia dizendo, este concílio sacudiu toda a organização jurídica da Igreja e até da Cúria Romana. Cada cardeal, cada ordem ou congregação tem interesses em jogo. As decisões conciliares estão mudando direitos e normas jurídicas seculares. É um terremoto..."

"Mas agora você está livre disso", lembrou Eva.

"Sim. Estava na chapa, caí na brasa: agora me fizeram procurador-geral da Companhia de Jesus em Portugal. Pensem quanta encrenca jurídica se amontoou desde que o marquês de Pombal expulsou a Companhia."

Saulo serviu mais uísque no copo do padre. "Mas você vai ficar feliz com os nossos presentinhos de Roma. Vai esquecer essas coisas."

"Quero esquecer desde já! Esquecer tudo. Pelo menos até pisar em Lisboa. Quero ler, conversar, ocupar-me de coisas mais divertidas." Olhou de relance para Eva. Como a desculpar-se pelo entusiasmo, pensei.

"Aqui, a única ameaça ao sossego de um jesuíta pode partir do nosso caçador de inquisidores." Saulo apontou para mim.

"Eu adorei o livro dele", disse o padre. "O que o Santo Ofício andou fazendo é, mesmo, de arrepiar. Mas essas barbaridades foram praticadas pelos dominicanos."

"Fique tranquilo, Norberto. Que eu saiba, o senhor, ou você, ainda não mandou garrotear ou queimar qualquer herege, espero."

"Hereges, não. Por enquanto. Mas, que ninguém nos ouça, Eugênio: já tive ganas de tocar fogo em alguns generais por aqui e, mais ainda, em alguns cardeais da Cúria. Não é fácil combinar a missão da Igreja com as práticas vaticanas. Mas esse assunto é para outra hora. Precisamos celebrar a nossa partida."

Saulo levantou seu copo, exagerando na retórica: "Envaidecido, ergo minha taça, num brinde à beleza, ao charme, à graça... Ou, resumindo tudo isso, a Eva!".

Ela riu. "Puxa! Eu tenho tudo isso? Até a Catherine Deneuve vai ficar enciumada."

"Ela que se dane", respondeu Saulo. "Quem mandou estar longe? A nossa musa é você e basta."

"Por duas semanas", emendou Eva.

"Talvez mais, se o Saulo roubar a bússola", ponderou o padre.

O engenheiro franziu a testa e explicou, coçando a barriga: "Na verdade, roubar a bússola não adianta. O comandante poderia achar o norte pelas constelações ou pela estrela polar. Mantendo velocidade e rumo, poderá até estimar as latitudes e depois chegar a Lisboa costeando a África. Precisamos roubar os relógios. Todos eles. Então, ele não poderá calcular a longitude...".

"Espere um pouco, Saulo", o padre serviu-se de mais uma dose, chamou o camareiro, pediu mais gelo. Eva e eu repetimos nossas escolhas.

Eva quis saber: "Como é essa história de longitudes? Por que o relógio é importante?".

"É essencial. Há muito tempo que o globo terrestre foi dividido em vinte e quatro meridianos. Cada um equivalendo a uma hora de deslocamento do sol, e a quinze graus do círculo, digamos, equatorial. Um navegador, no meio do oceano, rumando para o oeste, por exemplo, podia calcular facilmente a hora local. Bastava um relógio de sol. Para saber quantos graus se afastara do continente, bastava saber, no mesmo momento, a hora do ponto de partida: a cada hora de diferença corresponderiam quinze graus de distância percorrida..."

"Então, era simples", disse o padre.

"Nem tanto. Podia-se acertar o relógio do barco pelo do porto. Mas o do barco era de pêndulo ou de areia, não mantinha o ritmo. Em poucas horas, atrasava ou adiantava demais. Uma diferença de dois minutos e meio em cada hora, ao cabo de um dia, somaria uma hora de erro. Nada menos do que um meridiano. Perto do Equador isso seria quase a largura de uma França, por exemplo. O navio se perdia. Centenas se perderam."

"É isso o que você quer fazer aqui?", murmurou o padre.

"Hoje em dia não dá. Qualquer relógio de pulso mantém a hora do porto de partida..."

"E como os navegadores se arranjavam?", perguntei.

"Boa parte da glória dos descobridores se deve, exatamente, aos riscos que enfrentaram. Os reis investiram muito em pesquisas astronômicas e de relojoaria para encontrar uma solução. Ela acabou sendo o relógio de corda, sem pêndulo. Mas várias sugestões se apresentaram. Na maior parte, propunham que o movimento das constelações servisse como um enorme mostrador de relógio, visível ao mesmo tempo no mar e na terra. Bastava descontar os ângulos de observação..."

"Isso funcionou?", perguntou o padre.

"Não. A posição das constelações varia muito, segundo as estações, e elas nem sempre são visíveis. O mapa estelar não é o mesmo em diferentes longitudes ou latitudes. O que havia de mais regular eram os movimentos da Lua..."

"Quem diria?", murmurou o padre. Entendi a surpresa dele. A Lua sempre significou inconstância, instabilidade, mutação. Mas sempre foi, também, forma, aparência, divindade, mulher. Não sei por que, lembrei-me do "La donna è mobile".

"... mas, por causa das fases, os cálculos eram muito complicados. Galileu propôs um mostrador regularíssimo, visível em todo canto: as posições relativas dos quatro satélites de Júpiter. Construiu tabelas complicadíssimas para a leitura delas. Também não funcionou: os navegadores não eram astrônomos, não tinham telescópios. E se tivessem, estando a bordo, não podiam focalizar nada com precisão, mesmo com céu límpido." Saulo bebeu mais um trago, cruzou as mãos sobre a barriga e concluiu: "É uma história belíssima essa da longitude".

"É deliciosa. Adorei", falou Eva. Ela olhou para Saulo. Queria agradá-lo, pensei. Respirei fundo, bebi um denso gole do *negroni*, e esperei a reação de Saulo ao olhar dela.

Foi tranquilizadora: "Eu também acho tudo isso fascinante. O diabo é que não há tempo para ler mais. Você sabe que, pelo jeito, Colombo sabia estimar as longitudes com razoável precisão, mesmo sem relógio? Seria um cálculo mais dedutivo, a partir de posições dos astros, velocidade das correntes marinhas conhecidas e abundante informação cartográfica. O sogro dele tinha a melhor coleção de cartas náuticas da época. Era do grupo de Sagres. Gente do ramo".

Norberto franziu a testa: "Como seria esse cálculo todo? Isso está muito complicado".

"Então simplifico. Para Colombo, correntes, profundidades, variações meteorológicas localizadas e até a temperatura do mar podiam servir como marcas fixas, de distâncias. Esse mar que é, para nós, tão homogêneo, estava semeado de marcas, para ele."

O padre levantou a mão: "Mas, então, antes dele alguém achou as marcas?".

"Boa pergunta, Norberto. Colombo estudou muito, todos os mapas que pudesse, todos os relatos que lhe interessavam, de cada navegador que houvesse tomado a rota do oeste. Ele mesmo pesquisou, em viagens pouco explicadas, as correntes marinhas. Estudou também variações no nível das marés segundo a distância entre as margens opostas das baías." Voltou-se para Eva: "Você tem razão. É um assunto fascinante mesmo, pelo menos para mim".

Depois a conversa tomou o rumo natural. E óbvio: o heroísmo de Colombo e outros navegadores cruzando mares e oceanos, sem rádio, sem geladeira etc. O padre queria saber mais. Preparou a pergunta, coroando a obviedade da conversa: "Se a gente se entedia numa travessia de duas semanas, mesmo com toda a segurança e conforto, ar-condicionado, piscinas, bailes, concertos, comida excelente, bebida farta, boas companhias, festas... Como é que os descobridores suportavam viagens de meses?".

Saulo respondeu na hora: "Eles não tinham tempo para tédio nenhum. Vão até a casa de máquinas, qualquer dia destes. Vocês verão que os maquinistas não têm como se entediarem. Também os oficiais de turno na ponte de comando não têm tempo para isso. Lá não há ócios". Fez uma cara devota e olhou de viés para o padre: "É o pecado do ócio que nos corrompe, meus caros. Ele é o pai de todos os vícios. Cuidai, irmãos, para fugir da tentação do ócio!".

"Conversa de quaresma!", comentei.

Saulo balançou a cabeça e se queixou: "Veja só, padre. Não há mais quem escute os conselhos das pessoas virtuosas, como nós".

O jesuíta olhou para o alto: "Ainda bem! O que será que nos darão no jantar?".

"*Paella*, não!", pensei. Mas pensei alto.

"Concordo", disse o padre. "Mas... poderia ser um *risotto giallo ai frutti di mare*, não?"

Percebi a armadilha. O camareiro, distante mas atento, me observava discretamente à espera da resposta. Ele também percebera a jogada.

"Não, Norberto. Só um leigo acha que a cor amarela e a presença de mariscos torna equivalentes os dois pratos. A diferença é enorme. O modo de fazer, os temperos, os outros ingredientes são totalmente diversos." A cara do camareiro me aplaudia. Então me empolguei: "Uma *paella* está para o *risotto giallo* como uma tourada está para a *Traviata*; como um matador de touros está para um soprano. São dois mundos diferentes". No meio do discurso percebi, vagamente, que os dois *negroni*, abundantes, tinham virtudes insuspeitadas.

"Quanta erudição!", disse Eva. "Por que todo esse discurso, Eugênio?"

O padre riu, com gosto: "Eu acho que entendo. É um sério problema psicológico. Chama-se trauma de *paella*. Você andou viajando em navio espanhol, Eugênio?".

O camareiro fez uma cara aflita.

"Ida e volta, pela Ybarra", respondi. A cara do camareiro era pura compaixão. Uma orgulhosa compaixão.

O padre soltou uma gargalhada: "Credo! Então só um milagre pode te curar!".

No restaurante, deram-nos a mesa 17, a última na fileira da direita, no canto da sala. Um lugar ótimo.

"Para evitar novos traumas deixe-nos espiar o cardápio antes de você", foi a sugestão de Saulo. Era um impresso finíssimo, com imagens delicadas de pássaros tropicais na capa. "Não há *paella*!", proclamou Eva.

"Nem grão-de-bico, sob qualquer forma", emendou o padre. "Pode abrir o seu cardápio, sem medo."

Além do indispensável *consommé*, havia, como primeiro prato, *ra-*

viòli grattinati, ou *risotto giallo alla monzese* ou *penne all'arrabiata*. Norberto quis *raviòli*. Eva hesitou um pouco: "Miséria! Preciso resistir à tentação. Tenho que cuidar de meu peso", preferiu o *risotto*. Saulo rebateu: "Eu me livrei desse problema: já consegui ganhar todos os quilos a que tinha direito. Não foi nada fácil. Agora é só cuidar para não perdê-los. Vou pedir *raviòli*. E você, Eugênio?".

"Quero *penne all'arrabiata*. Não pretendo resistir a tentações nessa viagem." Eva, lendo o cardápio, levantou levemente a sobrancelha, num gesto que me pareceu de alerta. Mas não levantou o olhar.

Um camareiro, loiro e sorridente, esperava nossos pedidos, a uma distância respeitosa. Depois, apresentou-se como Alberto e disse estar à nossa disposição durante toda a viagem. Anotou os pedidos para o primeiro prato: "Os senhores têm muito bom gosto".

O engenheiro abriu a lista de vinhos, alisando o bigode: "É uma festa! Grandes vinhos franceses e italianos! O meu *Grumello*!". A cara rosada dele era toda um sorriso.

Elegemos o *Grumello* para acompanhar o primeiro prato. Para o segundo, Saulo propôs um *Gattinara*, safra 64. Disse que combinava esplendidamente com o faisão, preferido por Eva e pelo padre. "Também com a *piccata*, que Eugênio e eu escolhemos, ele se casa muito bem, de véu e grinalda. Religiosamente. É assim que deve ser, não é, Norberto?"

O jesuíta concordou mas quis ver a lista. "Deveriam incluir alguns vinhos portugueses. Pelo menos um dos nossos bons vinhos verdes, para acompanhar peixes. Aliás, Eugênio, o Alentejo, para onde você vai, não é muito glorioso quanto a vinhos. Em Évora, porém, você poderá beber um Alandra."

"Com muita água depois", foi o conselho de Saulo. "Aquela é uma das cidades mais secas da Europa. Não há mais o que evaporar. Por isso, em compensação, o céu é quase sempre límpido. Bonito, à noite."

O padre interrompeu: "Évora tem o luar mais famoso de Portugal. Esperar a lua, cantar o luar, são costumes milenares ali. Há quase um culto da Lua".

"Pelo que andei lendo, Norberto, os romanos construíram ali seu mais belo templo dedicado a Diana, a deusa da Lua, na mitologia deles."

"Ora, ora! Vivendo e aprendendo", foi o comentário prosaico de Eva. "Essa Diana me lembra a imagem cristã da Virgem Maria, com a Lua aos pés. Ou seu título de 'bela como a Lua', *pulchra ut luna*. Está correto o meu latim, Norberto?"

"Correto o latim, intrigante a ideia. Estão chegando os nossos pratos." O padre ajeitou o guardanapo sobre os joelhos. Saulo preferiu prendê-lo entre os botões da camisa. Eva puxou um caderno e anotou alguma coisa, antes de se entregar aos prazeres da gula. Certamente, pensei, minha informação sobre o templo de Diana iria servir para o projeto dela.

Os pratos chegaram. Uma festa de aromas, cores e sabores. O velho *Provence* honrava a fama de ter a melhor cozinha da rota. Houve um silêncio quase ritual. Depois, por uns bons minutos, toda a conversa reduziu-se a interjeições de prazer, e aos suspiros contidos de Eva às primeiras garfadas do seu *risotto giallo*. Ou quando degustava o seu *Grumello*. Havia algo de erótico naquela espécie de rito grupal da consumação. Talvez os poderes afrodisíacos do alto-mar não fossem apenas lenda. Surpreendi-me a fitar, fascinado, os lábios úmidos dela. Por um momento, tudo me pareceu um sonho: o padre Flores, o engenheiro, a jornalista de vestido amarelo, a esperteza do jesuíta no embarque, a conversa de Saulo sobre a longitude. Fora muita sorte encontrar pessoas tão agradáveis, brilhantes. Sorte demais não dura muito, mas seja o que Deus quiser. Não sei que raça de neurose é essa que traz sempre alguma sombra a turvar o horizonte nas horas do prazer. Mas sei que, como diria Marco Aurélio, nenhum homem é senhor de seu destino. Apenas cumpre o desígnio supremo de algum *Logos*. Pelo menos, consolei-me, esse *Logos* tem sido camarada.

Alberto, o camareiro, esperou que Saulo terminasse sua *piccata*, recolheu os pratos e, como manda o bom-tom, postou-se à distância, à espera de ordens. A um aceno de Norberto achegou-se com a lista: "Desejam escolher os queijos? São franceses e italianos". Só eu quis. *Roquefort*, com pera. Também se casam "com véu e grinalda". Tal como o nosso poético "Romeu e Julieta".

"Posso provar uma lasquinha?", pediu Eva, tímida e doce. Pura graça. Eu lhe teria dado todo o *Provence*. Saulo sorriu, complacente: gostou do jeito dela. O padre Flores ficou impassível. Ou estava distraído, ou não achou graça. E talvez não houvesse graça nenhuma a ser achada: era eu que estava apalermado diante dos encantos de Eva, pronto a achar lindo até se ela tossisse.

"Podemos tomar um licor ou café no bar da proa", propôs o engenheiro. O jesuíta aceitou: "Vejo vocês daqui a pouco. Preciso tomar minhas vitaminas". Eva foi conosco. Pedi um amargo, o meu *Amaro Braulio*, os aromas das ervas da Valtellina, Saulo retornou ao *Johnnie Walker* e Eva consultou, às pressas, a lista de licores: "Não conheço a maioria dessas bebidas. É mais fácil escolher pelos rótulos das garrafas, não? Pelo menos é mais bonito. De todo modo, adoro um vermute seco bem velho. Senão, prefiro um bom conhaque. Quero trocar estes sapatos. Escolham por mim, por favor. Vou à cabine e já volto".

Pensei que vermute seco, conhaque e sapatos faziam uma sequência inesperada e minha cara deve ter-me traído: "Surpreso?", perguntou Saulo, olhando-me por cima dos óculos. "Provavelmente o pensamento dela seguia outra ordem: estes sapatos incomodam, mas agora já estou indo ao bar; faço meu pedido para assegurar que me esperarão lá; vou cuidar do que me interessa e depois tomo o que eu gosto, um bom conhaque; provaria um vermute seco bem maduro, mas vermute seco velho é difícil, ainda mais num navio. Eles, seguramente, terão prazer de escolher o melhor para mim. Além disso, é mais chique ser esperada."

"Você é engenheiro naval ou psicólogo?"

"Apenas um homem, um pouco mais vivido que você, meu caro." Sorriu condescendente, olhando a prateleira do bar. "Elas são sempre surpreendentes. Exceto... quando esperamos alguma surpresa."

"Isso me parece um pouco amargo", arrisquei.

"Amargo é o seu *Braulio*. Isto... é apenas seco e alcoólico!" Levantou seu copo, num gesto de brinde, alisou o bigode e virou um gole generoso do seu *Johnnie Walker*. Ele, claramente, estava me advertindo: Eva, como toda mulher bela, era um risco. Mais, estava me avisando de algo muito prosaico: "as aparências enganam". Dentro de mim alguma voz perguntava: "Mas a graça da vida não está, justamente, na aparência das coisas, na sedução das aparências". De novo, me senti como um pardal deslumbrado pelas cores da serpente que se prepara para devorá-lo.

O padre Flores chegou: "Vocês não preferem ocupar uma mesa?". Era mesmo mais cômodo, pensei. Saulo concordou: "Boa ideia, Norberto. Ficamos com o *Johnnie Walker*?".

"Não. Agora não. Só um *fernet menta*. Desculpem meu atraso. Precisei ajeitar umas camisas, para não se amarrotarem." Saulo pareceu-me indiscreto: "Não há o que desculpar, Norberto. Num navio, este seu atraso de meia hora não muda a vida de ninguém. Podemos pegar aquela mesa do fundo. Eva nos verá quando chegar".

"E o vermute seco dela?", perguntei. "Pedimos já?"

"Peça o *Noilly Prat*", sugeriu o jesuíta. Pedi ao *barman* que o mandasse à mesa do fundo, quando Eva chegasse. O padre Flores, para minha surpresa, devia ser um apreciador de bebidas. Talvez um apreciador mais... dedicado. Eu jamais sonhei que existisse algum vermute seco chamado *Noilly Prat*. Saulo não mostrou qualquer surpresa; pareceu, até, satisfeito com a sugestão do jesuíta, como se viesse a confirmar o que pensava. Ele também tinha todo o jeito de um conhecedor. Contumaz.

Eva chegou, imponente, com o batom dos lábios retocado, e um andar sensual, mas elegante. Não gostei dos sorrisos assanhados dos atletas que ocupavam a mesa ao lado, quando ela passou. Mas senti inveja do tal marido dela. E então me lembrei de que durante todo o dia ela aceitara mais de uma vez ser tratada como *senhorita*. Apenas no embarque tinha insistido em ser chamada de *senhora*. Para satisfação do jesuíta, certamente confiante nas salvaguardas moralizantes do matrimônio.

"Bem, Eva, estamos prontos para brindar...", Saulo levantou seu copo.

"Ao nosso primeiro jantar?", perguntou ela.

"É muito pouco. Brindemos à alegria de viver, aos prazeres do corpo e do espírito. Nesta ordem!", olhou obliquamente para o padre. O jesuíta, rindo, levantou seu cálice de *fernet*: "De acordo. Afinal, esses tais prazeres corporais só existem graças à consciência das sensações do corpo; graças a alguma intervenção do espírito, portanto".

"Uma saída jesuítica", falou Saulo. "Assim, todo prazer é espiritual. Não é má ideia! Absolve todos os meus pecados. Só por isso, vou repetir a minha dose. Saúde!"

Pouco mais tarde, os músicos já afinavam os instrumentos para o baile da noite, os colegiais em férias já se haviam recolhido, e as mulheres, em vestidos de noite, começavam a chegar. Quase todas eram argentinas, embarcadas dois dias antes, já descansadas. Mas nenhuma ostentava sequer um vislumbre da beleza e do charme de Eva. Mesmo cansada, como nós três. Ela já havia bocejado, disfarçadamente, algumas vezes. Provavelmente não teria intenções de dançar naquela noite. Seria ótimo: não sou nenhum Fred Astaire. Mas gostaria de ficar mais tempo ao lado dela, a sós. Por isso, foi preciso disfarçar minha cara de prazer quando o padre Flores levantou-se e anunciou que ia dormir.

"Sonhe com os anjos, Saulo", a expressão dele era puro ceticismo. "Preciso dormir minhas oito horas." Saudou Eva sem muito jeito, com uma inclinação respeitosa: "Tenha bons sonhos", e virou-se para mim: "Amanhã, até por volta de dez e meia, estarei na sala de leitura. Podemos conversar sobre aquele processo de Évora. Daqui a uns dias posso emprestar-lhe uma parte. São documentos posteriores aos depoimentos da herege. Os autos, propriamente, estou estudando ainda. Talvez eu consiga liberar alguns para você, antes de Lisboa. Embora, para os seus projetos, eles não interessem muito. Você verá. Até amanhã".

Enquanto Norberto falava, o engenheiro ficou observando o rosto de Eva. Não gostei, mas compreendi que era difícil, para qualquer homem de bom gosto, não ficar embasbacado diante de uma mulher como ela. Que, muito femininamente, ostentava uma indiferença distante e serena. Gozando a certeza de saber-se um esplêndido objeto de desejo, pensei. O padre se foi e Saulo, a essa hora mais sedutor que antes, ofereceu a ela mais um *vermute seco*. Eva recusou com um sorriso mais intenso do que eu gostaria que fosse: "Não, obrigada. Não quero passar a travessia toda com taças e cálices na mão. Tenho que trabalhar nesta viagem".

Marquei minha presença: "Você já andou anotando muita coisa, não? É mais...".

Saulo me interrompeu. Marcando seu território, achei: "Eva, você não precisa tomar notas sobre a programação diária de bordo. Eles têm tudo isso escrito. E na sala de leituras, você achará mil folhetos sobre o *Provence* e sobre esta rota da Europa, com história e dados técnicos". No rosto de Eva o sorriso misturava o agradecimento e uma doce recusa à sugestão do engenheiro. Ele percebeu o desconforto dela e consertou o estrago: "Talvez você não se interesse tanto pela história e a vida do barco. Deve achar mais graça na vida das pessoas que ele carrega".

"Claro! É isto." Os olhos dela se iluminaram, havia uma tensão nas mãos e na voz dela. "Quero sentir a vida das pessoas, a verdade de cada uma, com tudo o que possa ter de feio ou de sublime." Ele franziu a testa: "Tomara que você consiga. Mas tenho minhas dúvidas. Verdade das pessoas? Existe alguma verdade? Se as verdades de ontem já não valem hoje, nenhuma delas era verdade. Então, o que conseguimos, são aparências de alguma verdade... Mesmo na ciência".

Resolvi provocar: "Filosofando, Saulo?".

"Não. Vivendo a vida. Pensando bem, nossa escolha é entre as aparências da verdade, que nos deixam no ar, e a verdade das aparências. Então, agarremo-nos a estas!" Ele enxugou os lábios com o dorso da mão, levantou-se e começou a rir. "Imaginem, se eu tomasse mais uma dose. Seria capaz de escrever até uma *Crítica da razão perdida*, ou coisa parecida. É melhor que eu vá dormir. Vejo vocês amanhã."

"Gostei de sua teoria", Eva anotou algumas frases. "Também tenho sono. Você continua por aqui?"

"Sem você, não." Ela fingiu não ouvir e levantou-se. Uma das duas francesas, a de quarenta anos, me sorriu, enigmática, quando passamos por ela. Acompanhei Eva até o vestíbulo da ponte A: "Se você quiser, nos próximos dias posso escoltá-la nos setores mais 'jornalísticos' do navio: casa de máquinas, enfermaria, ponte de comando, cozinhas... Que lhe parece?".

"Acho excelente. Sozinha, é mais difícil meter o nariz nesses lugares. Amanhã pretendo apenas descansar e concentrar-me um pouco no meu projeto para a *Saber*. Preciso arrumar minha cabeça por dentro... e também por fora, se houver horário livre no cabeleireiro. Mas podemos combinar essas visitas. Quero também saber alguma coisa sobre essa tal herege. Os dissidentes sempre me fascinaram." Deu-me um sorriso feliz.

Lembro vagamente que, antes de adormecer, achei que a sorte fora generosa comigo, naquele dia, ao me juntar a pessoas como o padre Flores, Saulo e, acima de tudo, Eva. Senti que ela me atraía. Como mulher, como mistério, como o "norte absoluto". E me perguntei se tudo o que me encantava neles não seria mera aparência, e não verdade. Mas, pensei também, como aparência tudo aquilo existia, e era lindo, era verdade. Seria?

Capítulo 2

A *Notícia dos Factos*

No dia seguinte acordei tarde, perambulei pelo navio, errando sempre algum corredor. Encontrei as duas francesas numa daquelas escadas estreitas e íngremes, feitas para torcer tornozelos ou bater a cabeça em alguma viga de ferro. As francesas estavam prontas para a piscina, a julgar pelo que vestiam. E pelo que despiam. Céus, que linhas perfeitas! Deus devia estar inspirado quando as fez. A de cabelos curtos sorriu, um sorriso discreto. A outra apenas me olhou como se olha qualquer estranho. Eram muito atraentes naqueles trajes mais sumários. Comecei a imaginar, deliciado, a figura de Eva, com um biquíni preto, ou amarelo.

Três freiras cortaram meu delírio. Passeavam lado a lado, ao longo da amurada, na parte sombreada do convés, tranquilas e mansas como se caminhassem por um claustro. No outro lado, cheio de sol, a amurada estava mais para uma passarela, repleta de beldades (e feiuras), peles de seda (e celulites), garotas esplêndidas a exibirem as formas túrgidas, quase inocentes, e damas já vividas disfarçando o quanto possível as marcas do tempo. Naquela profusão de coxas, costas, ombros e pernas, destacavam-se as formas de três rapazes, um deles louro, muito bronzeados. Pareciam esculpidos. Deviam ser atletas, mas não desses supermercados de músculos, de revistas heterodoxas: pareciam, mais, as estátuas de tipo clássico, como o *Tritão de Roma*, o *Davi*, ou o *Perseu* de Cellini. Eram muito belos.

Nos salões, o veludo das poltronas já se esfolara em quase todas elas. Inútil trocar: o barco estava condenado ao estaleiro. Dois senhores de uns setenta ou mais anos jogavam cartas, três matronas exibindo suas joias, mesmo fora de hora, conversavam mansamente. Uma se abanava com um leque de madrepérola, coisa do tempo da Companhia das Índias. Estavam esperando as horas passarem. Era tudo espera, não mais esperança. Uma quase melancolia, *Götterdämmerung*, à maneira de Visconti.

Na sala de leitura, autênticas preciosidades. Eram uns vinte quadros, não muito grandes, que exibiam desenhos originais. As obras ficavam entre o vidro e um fundo de tela branca, muito maior que elas. Servia para mantê-las no centro dos quadros, comprimidas contra o vidro. Havia até esboços, de Leonardo, de Raffaello, de Mantegna. Mas esses tinham um discretíssimo cartão ao pé dos quadros: "fac-símile". Os outros eram de Morandi, De Chirico, Matisse e outros. Parei, encantado, diante de uma esplêndida bailarina de Degas, cansada, olhando, entristecida, através de uma cortina.

Aquela sala guardava um patrimônio em obras de arte. Parecia um descuido deixar tantos tesouros assim à mão. Mas não era: havia fios de um sistema de alarme atrás de cada quadro. Ademais, pensei, em alto-mar o ladrão não iria muito longe, mesmo se fosse campeão de natação.

Numa das mesas alguém deixara inacabado um estranho esquema com um bilhete: "Volto logo. Por favor, não retire esses papéis". O esboço lembrava uma árvore genealógica. Eram nomes de pessoas, com datas, ligados por traços. Só que essas linhas iam em todas as direções, ao contrário de uma árvore genealógica, onde tudo parte do tronco para os ramos cada vez mais remotos. Tentei decifrar tudo aquilo. Se o esquema retratava alguma genealogia, vários componentes dela podiam ser tios ou primos de seus pais.

"São as linhas de influência, presumíveis, que levaram ao *De revolutionibus*." A explicação era de uma bela mulher morena, sotaque italiano, que se expressava muito bem em português. Apresentou-se: "Meu nome é Patrízia. Fui tomar um café. Isto é um divertimento meu. Quanto mais leio, mais se complica este cipoal de linhas. Mas uma coisa é certa: na corte dos Médici de Florença havia gente informada sobre as ideias e descobertas de Copérnico, muito antes de qualquer publicação delas...".

"Isso deve ser coisa nova..."

"... E antes que a Igreja soubesse. Havia, na corte de Florença, um grupo de homens geniais, laicos, dispostos a reunir ali todo o saber mais avançado, principalmente as teorias científicas mais recentes. Alguns desses sábios, visados pela Inquisição católica, usavam pseudônimos para escapar da censura e do Santo Ofício. Pois saiba que um deles partiu de Florença para estar junto ao leito de morte de Copérnico, a ouvir suas últimas disposições. Consta até que os Médici também não estiveram alheios à aventura de Colombo. No século XVII os Médici, principalmente Cósimo, juntaram em Florença um grupo brilhante, muito fechado. Gente que projetava toda uma visão do mundo, toda uma sociedade. O perfil do grupo é ainda impreciso. Só agora os documentos começam a aparecer. Desculpe, falei demais. É que este assunto me empolga. O senhor gosta de História?"

Expliquei minha presença ali. Meu projeto de viagem pela Europa e meu interesse por Évora.

"Desculpe a minha pretensão. Mas, se você quer entender a perseguição aos heliocentristas, o caminho não é o do antagonismo teológico da Igreja à doutrina astronômica. Cientificamente, a inteligência da Cúria até aceitava uma tal doutrina, desde que ficasse no plano da dedução matemática, como um jogo de premissas e derivações lógicas. Como representação simbólico-matemática, para uso de iniciados. Era até o pensamento de Bellarmino, o jesuíta que mandou queimar Bruno e confinou Galileu, depois de condenado à prisão perpétua."

"E então, qual era o confronto?"

"Enquanto Copérnico ficou nos cálculos matemáticos, era entendido por gente que já havia muito tempo duvidava dos dogmas. Traduzido em proposições inteligíveis pelo grande público, o *De revolutionibus* caiu no Índice. Com Galileu a coisa piorou: ele expôs didaticamente sua teoria heliocêntrica. Pasme, num livro dedicado ao papa! O heliocentrismo implicava polêmicas sem fim."

"Quais, por exemplo?"

"Se a Terra não é o centro, por que o homem foi criado aqui? Pode haver, então, outros mundos habitados? Para outros mundos haveria outros Cristos a redimir os homens que pecassem? Ou o pecado original ali não teria ocorrido? Se há homens noutro mundo e sem pecado, já estão no céu? Então, qual seria o céu prometido aos virtuosos deste planeta? Se Cristo devesse salvar outras humanidades além desta, morreria mais vezes? Ou não seria o filho unigênito do Pai, teria irmãos? Que, então, fundariam outros cristianismos? Teriam outros sucessores? Qual o verdadeiro sucessor do Cristo filho único do Pai Eterno? Ou Deus deixaria irredentas as outras humanidades?"

"Basta, já dá para entender que a autoridade papal e clerical ficaria em xeque. Bem mais que a validade das Escrituras, que poderiam ser alegóricas."

"Exato. Toda a Escritura pressupõe um único mundo habitado, uma única humanidade. E o Filho de Deus não nasceria num corpo celeste de periferia." Ela falava com entusiasmo, andando entre as mesas. Tinha uns trinta e oito anos, curvas e formas abençoadas, dessas que as demais mulheres acham fora de moda, mas cobiçam. Achei que Eva era mais... diáfana, diante dela.

"Gostaria de conversar sobre isso com mais calma", falei.

"Quando quiser; estou meio afiada nessas coisas ultimamente."

"Isso é ótimo. Mas, se o heliocentrismo era até aceitável como mera teoria astronômica, como tese de mecânica celeste, por que a perseguição a Galileu e outros heliocentristas? Que eram cristãos, católicos praticantes até devotos?"

"Simples. Copérnico, então, já não fazia sombra a ninguém, por várias razões, até cronológicas. Passava como um matemático distante no tempo e no espaço e era um clérigo. Insuspeito."

"Estava enquadrado!"

"Exatamente. Mas Galileu fazia sombra a muita gente. Demoliu dezenas de reputações científicas, principalmente em Florença e Pisa. Por suas pesquisas físicas geniais, que invalidavam teses já cristalizadas. E, com elas, o prestígio acadêmico de alguns medalhões, como Elci e Ludovico delle Colombe. O ódio desses senhores não foi pequeno. Vários deles, físicos da Toscana, pertenciam ao clero... Foi intriga, bem armada. Há documentos sobre isso. Uma coisa curiosa no processo de Galileu é que dois sábios jesuítas, da estatura de Castelli e Clavius, astrônomo do Sacro Colégio Romano, apoiavam a tese heliocentrista de Galileu. Quem se opunha eram os dominicanos, como Cassini, com Lorini à frente."

"Eu não sabia disso."

"Eles foram rancorosos, implacáveis. Você sabe que Galileu, observando Vênus, achou a prova cabal da teoria heliocêntrica, não?"

"É um vexame, mas não sabia disso também."

"Ele não podia publicar sua descoberta: era reincidência na heresia, risco de morte. Então, documentou a descoberta numa carta cifrada que mandou a Kepler. É uma beleza de carta."

"O almoço do segundo turno está servido", avisou um camareiro à porta da sala de leitura.

"Continuamos noutra hora se o senhor, ou você, me suportar. Andei lendo um bocado sobre o processo de Galileu."

"Será um prazer. Meu nome é Eugênio."

No almoço, Eva estava radiante. Tinha conseguido fazer um bom esquema para a cobertura da viagem. Implicava visitas a vários setores do navio, colhendo alguma história pessoal mais curiosa em cada um. Os heróis deviam ser os veteranos, da casa de máquinas, do hospital, da cozinha etc.

Norberto sugeriu confrontar a boa-vida dos passageiros com a dureza do trabalho em alguns setores. Saulo achou que isso seria chover no molhado.

"Mas o meu esquema é apenas uma escala de entrevistas, Saulo. O conteúdo vai ser dado pelos entrevistados..."

"Já vi você entrevistando um... senador na televisão. Uma mula. As suas perguntas eram mais iscas do que interrogações. Ele mordeu todas, exibiu-se como um pilantra em tempo integral. Começo a entender o seu esquema. E a ter medo de você."

"Se precisar de acompanhante, para suas visitas, estou temporariamente disponível e cobro pouco", falei.

"Uma cerveja?", propôs ela.

"Vejo que sabe o valor do meu trabalho."

Já naquela tarde começamos o roteiro de visitas, com um passeio ao longo da amurada da ponte B, onde ficavam os barcos de salvamento. Alguns marinheiros testavam o funcionamento de cada motor de popa, e o sistema de roldanas para baixar os barcos ao mar. Eva conversou longamente com o mais velho deles, Gerard, nascido em Nice, de pais genoveses. Trinta e oito anos de mar, vinte deles no *Provence.* Era o informante ideal para Eva.

Ela anotou algumas coisas no caderno. Assim que deixamos a amurada dos escaleres, sentou-se no primeiro banco que apareceu e escreveu umas quatro páginas inteiras.

"Depois vão cortar a metade de tudo isso. Mas os dados podem servir para outros projetos, meu caro!" Olhou-me dum jeito estranho. Mistura de confidência e ternura. "Obrigada pela companhia. Fico meio insegura no meio desses homens todos, invadindo a vida deles. Com você junto, é mais fácil."

"Estou aprovado como guarda-costas para situações inócuas. É muito sucesso! Queria apenas descansar uns dias e chegar a Portugal, sem mais pretensões, e me cai do céu todo este triunfo..."

Ela não se alterou: "Pior ainda. Guarda-costas sem contrato e sem remuneração".

"No Natal você me manda um panetone?"

"Vou pensar."

Nos cinco ou seis dias seguintes, aproveitamos as tardes para visitar os vários cantos do navio. De manhã, Eva ordenava as anotações da entrevista do dia anterior. Para não chover no molhado quando fosse entrevistar outros tripulantes. Eu colaborava com prazer, era uma boa maneira de ocupar o tempo. Ao lado dela, ele passava até rápido demais. Pode parecer prosaico, mas numa travessia do Atlântico, essa sensação é quase impossível. (Exceto em pessoas apaixonadas.) Por mim, enquanto o jesuíta não me passasse os documentos do processo, tudo podia ficar como estava. Era delicioso conversar com Eva, perambulando pelo barco.

Estivemos por boas horas na cozinha, na lavanderia, na capela, junto aos cabrestantes das âncoras, na rouparia, nas câmaras frias. Em cada setor, ela fazia pelo menos uma entrevista, sempre muito cordial, com os veteranos da função. Tomava algumas notas e, como sempre, apenas se via longe, passava para a caderneta tudo o que lembrava. Nas duas últimas visitas já me pedia ajuda quando esquecia alguma resposta dos entrevistados. Até alguns palpites sobre qual a figura mais charmosa a ressaltar na reportagem.

Na visita à adega, o encarregado nos deu a chave, pois estaria atarefado por alguns minutos. "Vão lá dar uma olhada enquanto me desobrigo. As garrafas estão perto da entrada. No fundo há alguns tonéis dos primeiros anos do *Provence*. Alguns ainda são usados, para guardar o vinho que se serve em jarras. Para mim é o melhor vinho do navio: um *Bardolino* saboroso e gentil. Temos dois tonéis de *Orvieto Bianco*, que eu mesmo escolhi. Fiquem à vontade. Depois podemos conversar. Será um prazer." Olhou para Eva de um jeito que não gostei. Então me achei o próprio guarda-costas. Enciumado! Senti-me despreparado. Apenas entramos na adega, ela parou. Sem fitar-me pediu: "Ajude-me a sentir este lugar. Para mim é difícil". Agarrou-se ao meu braço. "Medo de escuro, de penumbra?", perguntei. Mais para tranquilizá-la.

"Não, seu bobo, medo nenhum." Gostei do "seu bobo": era afeto, afinal. Uma certa intimidade. "Uma adega me dá duas sensações que mexem comigo. Inteirinha... Me arrepiam." Afaguei a mão dela, agarrada ao meu braço: pensei que precisava sentir o meu apoio, estava tensa.

"... a penumbra, e o cheiro de madeiras, úmidas de vinho." Percebi que minha garganta estava seca. A mão dela, úmida. "Vamos falar com o ministro de Baco?", ela cortou o meu encantamento.

"Você o nomeou?", perguntei.

"Não. É ele que se considera assim". Devia ser o tal sexto sentido das mulheres.

Na saída, como de hábito, anotou tudo o que lembramos da conversa. Concluímos que *O ministro de Baco* daria uma bela crônica sobre a valorização do próprio ofício. Já no nível do convés, em plena brisa vespertina, ela estava mais serena. Olhando o horizonte, com os cabelos esvoaçando. Resolvi deixá-la só. Consigo mesma. Parecia precisar disso.

Fui sentar-me no bar da proa, com uma *Beck's* média. Num certo momento percebi que estava acariciando meu próprio braço, como se a mão dela ainda estivesse ali. Desejei morar numa casa cheia de tonéis usados, úmidos de vinho antigo, imersos na penumbra. Era paixão? Uma vez pensei que a vida a bordo cria atrações especiais entre as pessoas. Desarraigado do seu sistema rotineiro de valores e afetos, após alguns dias, cada um se percebe só, desvinculado. Pronto para construir novos afetos. Membro de uma nova sociedade, generosa e ridente. Feita de pessoas gentis, sem as cobranças da vida em terra. Sente-se parte de um novo clã, uma nova e ampla família. Os amores de alto-mar têm algo de incesto. De novo lembrei Visconti e seu *Götterdämmerung*.

Cada um deles é feito de idealização do efêmero. Quase como uma rejeição, inconsciente, aos padrões afetivos da convivência ordinária. Cada amante pressente que, tocada a terra, as convenções sociais voltarão, tirânicas, a desencantar o mundo idílico da grande família primitiva. Onde todos podem amar todos e cada um pertence apenas a si mesmo.

Teria produzido mais filosofia existencial desse tipo se, ao fim da terceira *Beck's*, não tivessem tocado aquela sirene histérica, chamando para o detestável exercício de abandono do barco. Gerard coordenava o trabalho dos marinheiros nos botes. Embarquei no meu, número 27. O padre Flores estava no grupo do bote 15, com as duas francesas. Ele estava de cara amarrada. Como muitos outros. Só os navegantes de primeira viagem se empolgam, tirando fotos com aqueles salva-vidas ressecados, cor de cenoura. Algumas velhinhas levam a coisa mais a sério. É comovente vê-las de mãos dadas, querendo saber o número de seus botes. Aflitas quando o de alguma amiga não é o mesmo. O bote de Eva devia ser do outro lado. Senão, eu a teria visto, sentiria a presença dela.

Fugi do calor, insuportável, para o bar da proa. Pedi a quarta *Beck's*. Média, por moderação. No meio dela, pensei em Eva, naquele seu arrepio, agarrada ao meu braço, e desejei levá-la de novo à adega. Minha teoria do incesto precisava urgentemente de reparos. Drásticos. Como teoria das seduções marítimas, era muito mais simples a do canto das sereias. Até nisso os gregos tinham ganhado.

No jantar, Eva fez seus pedidos e anotou alguma coisa no caderno, quando o camareiro virou as costas.

"Estou com medo desse caderno", falou Saulo.

"Não se preocupe. Lembrei umas coisas de hoje à tarde..."

"Você já entrevistou muita gente. Já dá para fazer uma apreciação geral das entrevistas?", Norberto queria saber.

"Ainda faltam várias. Mas alguns aspectos são nítidos em todas elas: são homens angustiados..."

"Claro", cortou Saulo. "Ao fim desta viagem, eles vão perder o emprego."

"E vão perder velhos amigos", emendei.

Eva balançou a cabeça. "Nem uma coisa, nem outra: os novos proprietários do barco ofereceram a eles a possibilidade de continuarem juntos, em outra nave. O que eles sentem é medo de não se ajustarem a outro navio, às técnicas e equipamentos mais modernos. Alguns estão no *Provence* há mais de quinze anos. Um deles está aqui desde a viagem inaugural. Eles não dizem, mas acham que nenhum outro barco 'aguenta' o mar pesado como o *Provence*. O que sentem, na verdade, é que este barco lhes obedece, como um cavalo bem domado. Estão afeiçoados ao navio. É já a velha casa deles, conhecem cada canto do barco, as manhas dos motores, os rangidos dos cabrestantes. Não querem sair dessa toca, onde estão a salvo de convenções sociais ortodoxas, prazos de pagamento, engarrafamentos do tráfego. Um deles disse que no *Provence* está feliz, tranquilo como uma peça de relógio. Curiosamente, entre os oficiais do comando, esses laços afetivos são muito mais tênues..."

"Que maravilha, Eva!", Saulo levantou a mão: "Você já escreveu isso? O que você disse, poderia ir direto para a gráfica. É um belo texto".

"É mesmo, Eva", disse Norberto. "Você está sentindo a alma do navio."

Ela ficou encabulada: "Me empolguei. Só isso. Vamos mudar de assunto. Depois da alma, eu gostaria de sentir o coração dele. Quero ir à casa de máquinas".

"É preciso licença especial para descer até lá", avisou o jesuíta, "e só permitem visitas à tarde."

"Eu, em casa de máquinas, não ponho os pés. Fui uma vez, e basta. É empolgante, mas aquele barulho, aquele calor terrível, a trepidação... parece uma antecâmara do purgatório", Saulo olhou para o padre.

O jesuíta emendou: "Mas vale a pena. É uma experiência importante no navio. O desconforto pode servir para pagar pecados", olhou para Saulo.

Achei que Eva precisava de algum apoio. "Posso cuidar da licença. Se conseguir, podemos ir até lá amanhã à tarde", propus.

O padre Flores contribuiu: "Peça ao comissário-chefe. Ele ganhou de mim no pôquer, ontem. Deve estar com remorso, querendo fazer penitência...".

Na manhã seguinte consegui a licença e, no fim do almoço combinamos: encontro às quatro da tarde, no salão da ponte A, roupa leve, para enfrentar o calor dos motores.

Cheguei um pouco antes da hora. Uns quinze ou vinte minutos. O salão ainda tinha a majestade de outras décadas. Os entalhes dos corrimãos, os lustres de bronze, no mais puro estilo *liberty*. Faltavam muitos pingentes de cristal, principalmente no lustre central que era maior e mais baixo. O balcão dos comissários, de mogno glorioso, já mostrava algumas cicatrizes. A cornija que acompanhava toda a volta fingindo sustentar o tampo já se descolara em alguns pontos. Uma das ninfas de madeira esculpida perdera seu braço. Os espelhos já mostravam manchas na faixa mais próxima às molduras. Pelo jeito, havia já muitas viagens que o barco cumprira seu trabalho, sem merecer a atenção que se dá aos navios mais novos.

O velho *Provence*, era forçoso admitir, fora aposentado, condenado ao esquecimento. Ele que atravessara garbosamente tempestades e calmarias, com a majestade de um rei dos mares, agora lembrava um hotel decadente. Até o puxador de uma gaveta, na escrivaninha do recepcionista, mostrava isso: em vez de ostentar uma estupenda sereia de bronze, de seios túrgidos, como as das outras gavetas, fora trocado por um pedaço de fio elétrico.

Sim, eu sabia, o barco seria desmantelado inteiramente. Mas, apesar da vigilância e dos inventários da companhia, os ornamentos do navio começavam a virar *souvenirs*. A maçaneta da sala de leitura, que deveria ser de bronze esculpido, fora trocada por um horrível ferrolho de aço inoxidável, desses de vitrine de sapatos. No meio de minha tristeza, a voz do diabo: eu também, se não fosse trouxa, poderia muito bem guardar algumas maçanetas de bronze ou enfiar na mala uma arandela de cristal bisotê. Afinal, insistia o maligno, tudo o que era ornamento ia ser desmanchado e disperso, quem sabe em quais mãos, profanas, indignas. Eu, pelo menos, saberia respeitar, até cultuar, a memória do brioso *Provence*. Minha resistência à tentação fraquejava perigosamente. Afinal, pensei, apesar do bom gosto, toda aquela lenta e refinada depredação era um furto. Uma agressão ao navio, um desrespeito ao velho barco que tinha abrigado, durante décadas, tantos sonhos e projetos. E amores, muitos deles já mortos, bem antes do ocaso do velho barco.

Enquanto me perguntava se a atração de Eva terminaria como um daqueles amores ou, em vez disso, como um mero sonho, ela chegou. Não Eva. A francesa de cabelos curtos. Apontou para o lustre grande: "Uma obra de arte, o senhor não acha?".

Admirei que falasse um português quase sem sotaque. "Como quase tudo por aqui", mostrei o balcão, os lambris de mogno, as arandelas. "Parece *liberty* tudo isso..."

"Desculpe. Os lustres são *art nouveau*, se não me engano."

"Não sei a diferença."

"Não é muita, pelo que sei. Eu sou escultora, lembro alguma coisa do meu curso de história da arte. Meu nome é Denise. O senhor..."

"Até prova em contrário, sou um escritor, principiante."

"Eu sei que é escritor. Minha amiga, que viaja comigo, falou-me do seu livro..."

Os olhos verdes dela eram tão vivos, os cabelos brilhantes, os lábios de uma sensualidade incontida. Tive que frear meu ímpeto de mudar a conversa para assuntos mais pessoais. Pegaria mal, sem dúvida. Mas, confesso, desejei que Eva demorasse um pouco mais.

"Ah, que bom!", foi a única coisa que me veio aos lábios. Meu pensamento estivera longe da conversa. Ela deve ter percebido. A frase soara falsa.

"Gostaria que o senhor..."

"*Você*, por favor", corrigi.

"... que você tivesse algum tempo para conversarmos um pouco. O assunto de seu livro me fascina. Agora, penso que deve estar esperando alguém. Foi um prazer conhecê-lo."

Fiquei envaidecido. Podia bem ser que ela gostasse de falar sobre o Santo Ofício ou sobre escultura. Mas aquele olhar era quente demais, incandescente. E aqueles lábios eram pura tentação. Ou, então, para variar, lá estava eu, de novo, enxergando tudo errado. Aparências de verdade são as únicas verdades que temos, pregava Saulo. Esta era a sua teoria do conhecimento. Havia o corolário ético, que me agradava mais: "Portanto, agarremo-nos às aparências". Por um momento, Eva me pareceu uma linda amiga, nada mais. Por um momento, apenas: até ela chegar.

E chegou, repousada, de jeans e camiseta, como convém a quem deve enfiar-se num labirinto de passagens estreitas e escadas empinadas, como é toda casa de máquinas que se preze.

"Atrasei, mas bem menos do que parece, Eugênio. É que precisei ancorar ao largo, até haver vaga no cais. Talvez você prefira ir à casa de máquinas com aquela dama ruiva. É francesa, para sua informação. Escultora de prestígio, de um estilo meio clássico, acha que Michelangelo é insuperável, nos grandes volumes, mas prefere Donatello para esculturas ornamentais. É divorciada, rica e muito só. Tem um Rodin em casa."

Resolvi surpreender: não perguntei como sabia tudo isso, nem se estava enciumada. No fundo eu estava feliz com a ideia de uma Eva com ciúme de mim. Caprichei na frieza da frase:

"Obrigado. Tudo isso é muito interessante. Vamos à casa de máquinas?"

"Estamos aqui para isso, não?" Conseguiu ser bem mais fria do que eu.

O chefe da casa de máquinas era um grandalhão de uns cinquenta anos, chamado Tarquínio. Gentilíssimo, ofereceu-se para mostrar-nos os seus domínios. Foi preciso descer até ao nível da quilha: ele queria mostrar a Eva os eixos das hélices. Nove lances de escadas estreitíssimas e muito íngremes, num calor de estufa. Enquanto descíamos, o ruído dos motores se tornava cada vez mais forte e Tarquínio, orgulhoso, explicava aos gritos que já tinha quase dezoito anos de *Provence*, que estava amargurado pela despedida do barco. Eva anotava como podia o que lhe interessava. Tarquínio, cordial, apresentou sua equipe. Musculosa, suarenta, descamisada. E claramente constrangida diante da presença delicada de Eva. Ela também lhes sorria, disfarçando o acanhamento. Depois, quebrado o gelo, conversaram, sempre aos gritos, sobre o motor, os turnos de trabalho e as famílias deles.

Na subida, quase no final das escadas, um sapato de Eva ficou preso numa fenda do degrau. Ela curvou-se para liberar o sapato. Ao erguer-se, seu ombro chocou-se com força contra o cano que servia de corrimão. A expressão de dor no seu rosto me comoveu. Tarquínio, desesperado, insultava metade do céu e pedia desculpas a Eva, desolado. Ela foi elegante: disfarçou a dor, sorriu e agradeceu a gentileza demonstrada por ele em toda a visita.

Apenas fora da casa de máquinas ela pendurou-se no meu braço: "Que droga, Eugênio. Hoje não é meu dia de sorte. Isto dói mesmo. Só espero que não me estrague a viagem. De todo modo, valeu a pena descer... até os infernos. Esse Tarquínio não pode faltar na minha matéria sobre o *Provence*. Tem todo o jeito e a cara de um gladiador, mas é um homem sensível, muito gentil. Um belo tipo. Uma figura impressionante. Maldito ombro!".

"Tenho uma proposta", falei.

Ela irritou-se: "O que mais agora? Subir até à chaminé do navio? Não, obrigada. Por hoje, basta". Segurou-me o braço: "Desculpe, não quero ofendê-lo. Sei que você quis me ajudar".

"Podemos cuidar deste seu ombro e, ao mesmo tempo, conhecer o que chamam de hospital. Talvez sirva para a sua cobertura da viagem. De todo modo, você precisa cuidar do ombro", pensei no trabalho dela, "ainda bem que é o esquerdo. Não impedirá que você escreva. Vamos lá?"

Para minha surpresa, ela aceitou, sem resistência: "Então, vamos". Aliás, sempre me pareceu que os jornalistas têm uma tolerância especial ao desconforto. E que as mulheres sabem ser ternas, quando querem.

O hospital era na popa. Dois aspectos se destacavam: um centro cirúrgico cinematográfico, e uma enfermeira gorda e de cara amarrada, mas muito simpática: "O que lhe aconteceu, meu anjo?". Foi o que perguntou a Eva antes mesmo de lhe saber o nome. O médico era um belo tipo italiano, meio parecido com Vittorio Gassman. Era mais sorridente e mais atlético do que se espera de alguém encarregado de enfrentar as emergências várias que podem acontecer num navio em pleno oceano. Recebeu-nos com a amabilidade de alguém habituado a lidar com velhinhas ricas hipertensas.

"Com licença", voltou-se para mim com um sorriso de dentifrício e entrou com Eva no seu consultório. Fiquei esperando, andando pela popa, onde não houvesse cordas e roldanas. Eu me sentia triste, quase culpado pelo infortúnio de Eva. Racionalmente, eu sabia, é claro, que fora mero acidente, mas a dor dela me contristava.

Depois de quase uma hora ela apareceu na sala de espera, sem a expressão de dor, que me deixara ansioso. Estava quase sorridente: "O doutor Guelfi acha que foi uma pequena luxação no ombro; na clavícula, parece. Nada de grave, mas precisarei de umas sessões de diatermia...".

"O que é isso?"

"Calor profundo, para desinflamar. Foi o que ele disse. Aplicou-me uma dose cavalar de analgésico..."

Resolvi aliviar o clima: "Justamente hoje que eu queria dançar com você".

"Nada impede. Aliás o médico fez uma piada parecida: 'Com este analgésico, você poderá dançar melhor que a Carla Fracci, no baile desta noite'." Ela pareceu saborear o humor, medíocre, do médico. "Mas, a partir de amanhã, preciso vir para a tal diatermia. Ele sugeriu o último horário da tarde. Quando se pode prolongar a sessão, se necessário." Ela observou furtivamente meu rosto, depois acrescentou: "Ele sugeriu que eu tome bastante sol no ombro".

"Isto não será difícil. O tempo anda ótimo para essas coisas." Imaginei, por um segundo, que ela estivera apenas esperando um pretexto para tomar seu banho de sol. Seria um convite, muito velado, para acompanhá-la ao *deck* das piscinas? Se o quisesse, poderia convidar-me abertamente, sem artifícios: não era isso.

"Hoje não dá mais", disse ela. "Você foi muito carinhoso em me acompanhar à enfermaria. Foi muito gentil." Não sei por que, a frase dela me soou como um pagamento, uma... expiação, talvez porque se havia irritado comigo.

"São os 'ócios do ofídio'", brinquei.

"Que trocadilho horrível!"

No jantar, Eva comeu com alguma dificuldade. O padre Flores se prontificou a cortar o filé que ela pedira, Saulo temperou a salada e eu lhe servi o vinho. "Nunca fui tão cortejada", falou. "Espero que esse ombro não sare tão cedo."

Saulo aconselhou: "Você não deveria ter andado pelos porões do navio sem uma assessoria competente. De um engenheiro naval, por exemplo".

"Não foi uma visita técnica, Saulo. O assessor saiu-se muito bem. Soube mostrar-me as pessoas, mais que as coisas da casa de máquinas. Eu não queria dados técnicos."

O engenheiro levantou o copo: "Muito bem, Eugênio! Você venceu! Veja só, Norberto: o que ele tem que eu não tenho?".

"Não sei. Talvez convenha procurar o que você tem, e que ele não tem... bigodes, barriga."

"*Tu quoque*? Prometo entrar num regime sério para emagrecer. Quantos quilos, Eva?"

Ela riu: "Uns dois. Basta tirar o blusão".

No baile, ela não dançou. Preferiu poupar-se. O ombro incomodava. "Mas amanhã, deve estar quase bom." O jesuíta tomou duas doses tranquilas de seu *Johnnie Walker* e decidiu recolher-se. Foi carinhoso com Eva: "Cuide-se bem, minha querida". O olhar que deu a ela era muito terno. Voltou-se para mim: "Amanhã já posso emprestar-lhe um punhado de folhas do caso de Évora. Você vai gostar. Até amanhã. Vejo vocês por aí". Olhou para Saulo: "Vou celebrar missa às sete e meia. Se quiserem assistir...". O engenheiro não ouviu, chamou o camareiro e pediu "uma série de cervejas Tuborg", eu quis um *White Horse*, para variar, Eva pediu seu vermute seco. "É meu último pecado de cada dia."

Antes de dormir, subimos, os três ao convés. Estávamos só nós. Havia uma garoa grossa, quase chuva, que o vento trazia de bombordo. Eva comentou: "Eu já sabia que o luar em alto-mar é maravilhoso. Mas não tanto assim".

"Amanhã teremos chuva", previu Saulo. Eles se recolheram e eu quis tomar mais um *White Horse*, para embalar meus sonhos.

Não sei se sonhei. Acordei bem tarde, mas ainda em tempo para o café da manhã. Com todo aquele exagero de biscoitos, frutas, queijos e gelatinas. A sala de leitura era quase em frente ao restaurante. Estava cheia de sol: Saulo, como meteorologista, era um fracasso. Lá estavam Norberto e Saulo, uma das francesas, a de quarenta anos, e, bem no canto mais distante, um casal de idosos. Ela lia, ele escrevia o que a mulher ditava. Uma jovem mãe contemplava, feliz, os garranchos de seus filhos em alguns cartões postais: "Vamos pôr no correio do navio. Depois, na Europa, eles mandam para o Brasil". Recebi um aceno silencioso do padre e um sorriso rápido de Saulo. Estavam no meio de uma discussão, a meia-voz.

"Eu já disse, Saulo, tudo isso está nos autos do processo: ela foi aprisionada por heresia, foi interrogada e formalmente acusada, mas sumiu, desapareceu da prisão, depois de fazer o milagre. Exatamente na véspera de ser transferida para Roma, por ordem da Santa Romana Inquisição."

"Ninguém evapora desse jeito. Nem faz milagre por encomenda. Isso deve ser lenda, padre." Saulo balançou a cabeça, rejeitando o milagre.

"Houve testemunhas. Várias. Os capitéis que floriram ainda estão em Évora. O episódio das rosas ocorreu realmente. Está bem documentado. Lendária é a reputação contraditória que a moça ganhou, depois disso. De santa e de bruxa."

"Talvez, não nesta ordem, Norberto." O engenheiro falou com certa malícia.

"De acordo. Primeiro foi marcada como herege e bruxa; depois ganhou fama de santa, por causa do milagre. Se você quer dizer que a Igreja a desmoralizou mas o povo passou a vê-la como santa, desde o sumiço misterioso, concordo. Mas o caso aconteceu, realmente... E notem: ninguém descobriu, até hoje, o destino dessa mulher."

"Hoje não dá mais, mesmo. Alguém, na época, investigou?"

"Houve buscas, uma investigação do Santo Ofício, com depoimentos de testemunhas. No século XVIII apareceram tentativas de explicação 'científica' dos fatos. Em 1813, um certo J. S. Victoire, historiador, publicou num jornal de Paris sua explicação para o desaparecimento da prisioneira. A ele se deve boa parte dos documentos que temos. Victoire estudou toda a documentação disponível sobre a herege, uma heliocentrista, segundo ele."

"Heliocentrista? Isso me interessa muito, Norberto."

"Era mesmo, e respeitada", retrucou o jesuíta. "Victoire afirma que, antes da prisão, ela visitou ninguém menos do que Galileu Galilei, em Florença. E teria sido raptada por um grupo de simpatizantes. Foi o que ele concluiu, embora sem provas positivas; por exclusão de outras hipóteses. Mas seu artigo não foi levado muito a sério: os raptores seriam falsos mendigos, talvez judeus, que buscavam comida e roupa no dispensário dos franciscanos. Ela estava presa por lá."

O engenheiro franziu o nariz: "O que é um dispensário, Norberto?".

"Era, na origem, o lugar de guardar as provisões do convento. Depois ganhou outras funções: era lá que os frades guardavam as roupas, mantimentos e até dinheiro ou objetos de ouro ou prata, doados pelos fiéis, para distribuir aos pobres. Sabe-se que, por diversos motivos, a herege ficou encarcerada num aposento anexo ao dispensário. Tinha sido antes uma espécie de capela onde os mendigos deviam agradecer a Deus pelas ervilhas ou pelas calças recebidas da caridade pública. Num dos registros do notário consta que, por ocasião da prisão, ali se guardavam peças de mármore esculpidas. Eram partes de um altar, demolido quando se ampliou a igreja do convento. Entre elas os tais capitéis." Voltou-se para mim: "Eugênio, isso está nesta papelada". Apontou algumas pastas de cartolina esfolada.

"Devagar, Norberto", falei eu, "não estou entendendo nada dessa conversa de vocês. Pelo jeito, uma herege fez nascer flores da pedra e sumiu? É isso?"

"É exatamente isso o que Norberto quer que eu acredite, aos cinquenta e três anos, em pleno século vinte", Saulo falava com a testa franzida, resignado...

O padre revidou à provocação: "É isso mesmo, Eugênio. Você, que é do ramo, certamente examinará bem os documentos antes de rejeitar os fatos". Saulo alisava o bigode, ostensivamente distraído.

Norberto prosseguiu: "Você mesmo verá. Está descrito nos documentos. O artigo de Victoire foi a última publicação sobre o caso, acho. Quanto ao milagre das rosas, que eu saiba, ninguém propôs qualquer explicação natural, até hoje".

"Mas toda a história está registrada, em documentos da época? A prisão, o sumiço, esse tal milagre? Não há alguma lenda nisso tudo?" Eu queria ter certeza.

"Já disse. Está tudo escrito, Eugênio: o milagre, ou coisa que o valha, a prisão por heresia, os interrogatórios, o sumiço da herege..." O olhar de Saulo era uma densa névoa de ceticismo.

O jesuíta fingiu não vê-lo e apontou uma pasta maior, muito feia. Era de capa dura, do tipo que se chamava *arquivo*: "Aqui está um registro precioso de fatos muito patéticos, ocorridos após o processo de Évora. Ou, melhor, no final dele. É conhecido como a *Notícia dos Factos*".

O engenheiro resmungou alguma coisa e virou-se para mim: "Você, que é do ramo, depois da leitura, tenho certeza, poderá explicar esse tal milagre. Quem sabe, pode até me converter".

O padre riu: "Ai de ti, homem de pouca fé!". Voltou-se para mim: "A *Notícia* tinha uma versão em latim que desapareceu. A que sobrou está em português. Mas português eclesiástico do século XVII, meio protocolar. É cheio de floreios e formalidades, um tanto intrincado para ler. Além dos originais, que estão em Coimbra, temos duas cópias fotográficas do texto integral. Uma delas é a minha. Depois desse texto vou-lhe emprestar este outro. Também uma peça muito preciosa. Mas agora preciso dela: é a *Memória da Visitação do Santo Ofício*, o relato oficial de uma investigação sobre os fatos narrados na *Notícia*".

Saulo falou com enfado, olhando para o teto: "Querem saber a conclusão desse inquérito? Que o demônio sumiu com a herege depois de fazer brotar falsas flores em pleno mármore, mas era tudo magia, ilusão dos sentidos exteriores. Prova de que a jovem era uma bruxa...".

O jesuíta sorriu: "Exatamente isso foi o que concluiu o Visitador. Você daria um bom dominicano. Mas os depoimentos e observações que ele tomou trazem informações abundantes que, lidas hoje, podem, talvez, levar a outras conclusões. Menos ortodoxas que a sua, Saulo".

"Ora, eu não tenho culpa se a teologia dos exorcistas e inquisidores era tão primária, tão tosca. Qualquer manual deles interpreta como arte do diabo tudo o que eles detestam. Se não têm como explicar, tudo vira ilusão dos sentidos, por artes de Satanás e seus coleguinhas. Afinal, já que seriam donos de tanto poder, os demônios bem que poderiam ser mais criativos, menos imbecis." O engenheiro baixou o tom de voz: duas freiras tinham entrado na sala, com seus livros. Vi o título de um deles, *L'être et le néant*. O Concílio Vaticano II, como dissera o padre Flores, estava mesmo mudando as coisas na Igreja. Elas se acomodaram junto a uma mesa próxima. Havia outras, várias, mais longe de nós. Talvez quisessem ficar no lado ensolarado da sala. Mas isso nos obrigava a conversar em voz baixa. Coisa complicada, pelo menos para um vozeirão como o de Saulo.

Norberto ignorou o estro teológico do engenheiro e voltou-se para mim: "Os dois textos foram transcritos e adaptados à linguagem corrente em 1909. Foi uma transcrição muito fiel ao conteúdo deles, até nos detalhes. Na *Notícia*, apenas foram cortadas as numerosas expressões encomiásticas e os giros de frase protocolares. Assim, por exemplo, 'Reverendo Senhor Padre, muy dilecto em Cristo, Superior Provincial de nossa Santa Ordem' foi substituído por 'Reverendo Padre Provincial'. Divirta-se, Eugênio! Depois, quero saber suas impressões sobre o texto e sobre os fatos que ele narra. Agora vou à cabine, datilografar algumas coisas. Espero que você possa converter o nosso amigo". Saulo entortou a boca e suspirou. "Depois, também quero ver estes papéis. Acho que ainda não acordei completamente. Com este sol delicioso, vou andar pelo convés. Deve estar cheio de... flores."

Era um punhado de páginas, datilografadas com espaço duplo e margens largas, em alguma Remington pré-histórica. A redação, mesmo simplificada, era bastante arrevesada. Muito emprego da ordem inversa, em períodos e sentenças. Era o gosto da época. Na transcrição de 1909, alguém deve ter percebido que num texto documental, quase policial, como aquele, a ordem das informações deveria ficar, quanto possível, inalterada. Mesmo que comprometesse a fluência da leitura.

Procurei uma mesinha perto das janelas e comecei a ler. Logo de início, gostei da linguagem. Lembrei-me, num momento, da acanhada biblioteca do meu colégio, a velha antologia, com os fragmentos quinhentistas, com os textos modelares dos grandes mestres da língua, Bernardes, Vieira, Camilo, Castilho. Lembrei, com reverência, meus sofridos professores de literatura.

NOTÍCIA que ao Reverendo Padre Superior Provincial humildemente apresenta frei Martinho de Santa Tecla servo em Cristo e pela misericórdia de Deus guardião e prior do convento de São Francisco em Évora.

Havereis de já saber, Reverendo Padre, dos graves eventos que nesta nossa Casa permitiu a Providência divina que se dessem na semana hontem finda e que muito sobressalto e angústia deixaram na fraternidade que aqui, com a graça de Deus, habita e trabalha.

E almejo, com apuro e diligência referir-vos fielmente o que aqui pude recolher de declarações de irmãos que dos factos foram testemunhas e doutros, irmãos também, que sobre elles e as cousas que lhes respeitam puderam trazer aclarações.

Sabei, Senhor Padre, que na noite de dezenove de Maio o Venerável Inquisidor Benedictus Wiesenius, ceou em separado, como de seu costume, tendo o que ordenara a frei Fernando de Alhariz, boticário renomado e que, na obediência religiosa, cuida da cozinha e mantimentos da Casa. E é o mesmo frei também herborista e de muito boa mão para tal mister...

Comecei a gostar da *Notícia*. Como as obras de Bernardes ou Herculano, o texto era até repousante, apesar de sua pontuação parcimoniosa, até avarenta. E não era só a linguagem, sinuosa mas límpida, o que me atraía: o padre Flores estava certo: o documento trazia informação riquíssima que, lida hoje, revelaria aspectos que, na época dos *factos*, não apareciam ou não tinham importância. Um exemplo era essa exigência do Inquisidor de que sua comida fosse especialmente preparada. Não era só um seu costume, nem uma afirmação de *status*, que seria até usual entre os homens de poder. A exigência implicava, na verdade, um cozinheiro único e permanente e isto era uma garantia de segurança pessoal contra envenenamentos: o cozinheiro sabia que qualquer deslize seu o transformaria em suspeito de atentado ao Inquisidor. E delitos desse tipo eram por definição crimes contra a fé: heresia! Causa suficiente para arder na fogueira. Em Évora, principalmente, suspeita de heresia era já causa de processos e tortura. O pobre frei Fernando, a serviço de um homem rancoroso como Wiesenius, estaria certamente à beira do desespero.

Outra coisa me atraiu a atenção: o cozinheiro, frei Fernando, não fora escolhido *ad hoc* para tal função. Pois cuidava da cozinha e dos mantimentos como seu encargo, na *obediência religiosa*. Então, o convento de São Francisco tinha a mexer suas caçarolas ninguém menos do que um herborista renomado, um especialista em ervas e seu manuseio. Garantia de bons temperos e licores. Ele era, ademais, um boticário, portanto, um fabricador de remédios, chás medicinais, infusões várias; mas significava também o conhecimento dos venenos e outras propriedades das ervas. Mesmo a costumeira humildade franciscana não bastava para explicar por que um homem de tal preparo estivesse dia e noite a preparar cozidos e poções. Só pelo voto de obediência? Cauteloso, o prior descreveu o cardápio pessoal do Inquisidor na noite dos *factos*:

... Assim é que ceou guisado de coelho com ervas e sopa de verduras com toucinho. E depois por seu mando lhe fez o irmão cozinheiro a toda pressa uma infusão de datura, e a quis desta vez muito mais forte a fim de ter alívio de dores que sentia nas costas. E que ao costumeiro licor de ervas, disse preferir aquela infusão, por dela ter notícias de bons efeitos desde sua estada em Tomar. Estou a vos contar tais pormenores que assim haja registro de que as intensas dores do ventre e do peito que acometeram o Venerável Inquisidor em nada se deveriam atribuir, assim penso, à qualidade e feitura dos alimentos que tomou. Eis que o guisado muitas vezes

foi por frei Fernando preparado para os demais irmãos, sem que a qualquer deles desse dores ou padecimentos. Das verduras é dito por médicos de nomeada que são benéficas para o ventre.

Mas eis que em suas dores, por mais de uma vez na noite, deveu-se chamar frei Fernando que ministrasse poções ou unguentos e compressas que lhe minorassem ao Venerável Padre Inquisidor as dores de que gemia. O qual por brados anunciava serem de nenhuma valia aqueles remédios, e que, do versante da mãe, o irmão boticário, segundo se lhe informara, tinha um oitavo de sangue hebreu e, pois, bem podia estar agindo em má-fé, com sortilégios que sobre não atenuarem seus males, podiam até estar a aumentá-los. E mais se doía e mais bradava contra o boticário; que se não o sarasse, de certo haver-se-ia de explicar ao Santo Ofício. Dito isto, vi que o boticário estava muito pálido e tremia, e não conseguia dizer palavra alguma, que parecia estarem elas todas entaladas em sua garganta. Fiz-lhe ver que se poderia explicar mais tarde com seu superior que, pela graça de Deus, é este vosso servo em Cristo e elle mostrou que algum pouco se acalmara, mas estava ainda muito branco de face...

O boticário-cozinheiro, segundo o texto, sabia muito bem de sua delicada posição. A pureza de sangue fora uma das muitas discriminações instituídas pela Inquisição-Estado do século XVII. Quem tivesse alguma fração de sangue judeu estava condenado a uma espécie de tortura psicológica permanente e à expectativa de ver restringir-se a qualquer momento sua possibilidade de trabalho e de qualquer ascensão social. Cruel, o Inquisidor não hesitara em ameaçar o cozinheiro, certo de que o terror o manteria submisso. Imaginei que, afinal, o boticário teria bons motivos para querer livrar-se de Wiesenius. Mas deveria saber que, na condição de cozinheiro pessoal do Inquisidor, não teria qualquer *álibi*, em caso de algum acidente. Nenhuma chance de escapar da tortura. Ou da morte.

E chamei frei Rufino, porteiro e, por tempo, familiar do Santo Ofício, pois a elle lhe incumbia, mandado pelo Venerável, a guarda da herege, motivo de elle portar sempre apensa a seu cordão a chave da antiga capela, então tornada prisão da jovem de Praga. E dita prisão está bem junto ao dispensário, tendo elle acesso de fiéis e leigos porque assim como a prisão, é parte mais pública, fora do recinto de clausura. Ainda estando dentro dos muros do convento.

Havia algo curioso no texto: frei Rufino aparecia como *familiar*, por tempo (devia ser o *pro tempore* latino), do Santo Ofício. Devia ser engano ou desinformação do prior. Só por estar encarregado de custodiar a ré, frei Rufino não se tornava membro do grupo de auxiliares do Inquisidor, por eufemismo, chamado de *família*. O pobre frade estava a guardar um aposento de seu convento. Mas o que chamava a atenção nesta passagem era a insistência do prior em isentar a si e aos seus frades de qualquer suspeita de omissão: a chave não saíra do cordão do porteiro. Talvez, pensei depois, a condição de *familiar* daria a frei Rufino o direito (canônico, como Norberto deveria reconhecer) de participar da partilha dos bens da herege. Era a norma. E, como o frade tinha voto de pobreza, sua parte iria para a Ordem. Talvez, frei Martinho, além de prior, fosse um arguto... administrador.

E lhe pedi que cuidasse do Venerável por um pouco, que eu devia falar ao boticário em secreto. E o fiz e elle por demais assustado declarou que desde três dias muito padecia em seu ânimo por advertências fraternas que ouvira de frei Eusébio. E está frei Eusébio nesta Casa há já cinco anos depois que na vida do mundo colheu fama como Lorenzo Comense, nome que recebeu no batismo. E bem conhece os sentimentos do Venerável por lhe servir de notário no processo de dita herege. Assim lho mandei por ter muito boa escritura. E advertiu este a frei Fernando dos riscos que corria ante o Santo Ofício se por desventura o Venerável Padre Wiesenius se lhe tornasse inimigo. E que deveria cuidar-se de não se mostrar alquimista, que o é e de boa fama, que lhe cuidasse bem dos manjares e do vinho para não o ter voltado contra si.

Essa passagem me intrigou. Os frades sabiam que corriam riscos, por haverem assumido a tarefa de hospedarem o sinistro Inquisidor e, mais ainda, de manter presa a herege em dependências do convento. Tanto assim que o prior narrava com naturalidade as apreensões de frei Eusébio, como se as partilhasse. Certamente, um escultor renomado e homem de *muito boa escritura* percebia, talvez melhor que o herborista, os riscos em que este incorria. E o prior, em nenhum momento, fazia qualquer ressalva às suspeitas de frei Eusébio quanto aos rancores arbitrários de Wiesenius. Mesmo porque, frei Eusébio devia ser pessoa da confiança do Inquisidor, era o homem que registrava suas palavras. E as da herege. Pensei que a intenção do angustiado frei Martinho, ao narrar tais suspeitas, fosse a de mostrar ao seu Superior Provincial toda a delicadeza da situação de seus frades.

Disse então a mim o boticário que muito lhe inquietara saber-se em tanto risco e que a muita agitação e furor do Venerável estariam por certo a impedir a boa eficácia de seus remédios. Os quais haviam sido desde quatro anos antes, quando entrara na Ordem, muito salutares para todos os que os tomavam e lembrou até que dois médicos lhe haviam já pedido que para elles compusesse unguentos e poções para muitos males. E que continuavam ditos médicos a querer seus fármacos e remédios. Disse ainda o boticário que de seu alvitre daria de beber ao Venerável a poção de dormir que sabia compor e que a muitas pessoas tinha servido a produzir muy prontamente um sono profundo e demorado. Que já a servira tantas vezes a frei Rufino que padecia de insônia; e fora de muita valia também ao falecido frei Bernardo, que Deus o tenha, o qual de dores que tinha no peito, por duas noites não dormira e que tendo bebido sua poção dormira de pronto e profundamente e das dores ficara livre.

Pelo jeito, a tal poção do boticário era uma espécie de "bomba" soporífera. O documento mostrava uma certa singeleza dos relacionamentos e diálogos no interior da comunidade religiosa. Até a redação do prior transpirava alguma certa candura ao registrar a defesa, que frei Fernando fazia, de sua arte:

Lembrou ainda que se frei Rufino por não dormir usa perambular na Casa durante a noite isto não se deve à sua poção, pois é o nosso irmão porteiro que só a toma nas noites de terça feira em vez de tomá-la sempre. E que não se alvitrava o boticário a dar dita poção ao Venerável se elle não lha pedisse, eis que temia ser, pelo Padre Inquisidor, acusado de o querer iludir ou envenenar. E tendo-lhe eu dito que consultaria o Vene-

rável Inquisidor assustou-se sobremodo e falou-me Temo muito, Padre, que, pelas agitações que elle tem, se por desventura a poção não lhe trouxer sono e conforto, mais ainda contra mim se disponha. E poderá até mandar-me ao fogo, se quiser, como a tantos mandou, até frades, pois de nada valerão meus votos na nossa religião se, à nódoa da impureza de sangue se juntar uma acusação de atentar contra o Venerável Padre do Santo Ofício.

Enfiado na leitura, nem percebi a chegada de Eva. Veio por trás de mim, suave, num vestido branco, talvez de seda, e um cordão amarelo-ouro na cintura. Uma deusa grega. Ou romana; não sei bem em que eram diversas quanto aos trajes. Naquele tempo, pelo que sei sobre moda, era tudo meio *prêt-à-porter* ou meio *robe*. De todo modo, vestida de deusa, ela estava mais etérea, diáfana. E me lembrou, sei lá por que, Diana, a deusa da Lua.

"Bom dia! Como foi a noite? Sonhou com os anjos?"

Ela sentou-se em frente a mim. "Bom dia! Nem sei o que sonhei. Sei que dormi demais. Ou por causa do remédio do padre Flores ou pelas doses de ontem à noite, dormi como há tempo não conseguia. Que quadros lindos nestas paredes. Aquela bailarina é uma graça." Levantou-se olhando o quadro, como atraída por algum magnetismo e postou-se diante do Degas, lábios entreabertos. Encantada. Só após vários minutos voltou à mesa. "Eu pagaria uma fortuna por essa bailarina. E não me pergunte o por quê. Não saberia dizer. Só sei que ela me fascinou. Imagine esse quadro na minha sala de visitas! Sinto ganas de roubá-lo. O que é todo esse calhamaço? Os autos do processo da herege?"

"Mais ou menos isso. É um relato do prior franciscano sobre os terríveis *factos* ocorridos em seu convento. Quer ver?"

Ela folheou algumas páginas. "Que linguagem elegante! Isso precisa ser lido em voz alta. É um português muito sonoro, é retórico, uma graça." Leu umas frases, caprichando nas inflexões de voz e desatou a rir: "É uma preciosidade! E essa sintaxe arrevesada é deliciosa! Vou querer uma cópia. Agora quero dar só uma olhada".

Passei-lhe algumas páginas. As freiras mudaram-se para o outro lado da sala. A devota de Sartre suspirou ostensivamente e nos deu uma olhada severa. Não era a nossa conversa que as incomodava. Era a alegria de

Eva. Senão, já se teriam mudado enquanto Saulo desancava a teologia dos Inquisidores. Voltei ao texto.

E me pediu Poderia Vossa Paternidade perguntar ao Senhor Inquisidor se deseja tomar a poção de dormir? Que se poria de pronto a prepará-la. E fui ao padre Wiesenius e lhe expliquei. E com brados a tudo recusou, pelo que tornei, com frei Rufino, a aplicar-lhe ao ventre compressas quentes e os emplastros de mostarda e elle suava muito e parecia arder em febres pelo que lhe começamos a colocar compressas frias sobre a fronte. E estivemos assim a cuidá-lo desde as duas, frei Rufino e eu.

Tocadas as três e meia, foi a comunidade ao coro a entoar matinas e lá não fui eu nem frei Rufino, que como foi escrito estávamos a cuidar do Venerável Wiesenius e este, ou por fadiga ou pela prostração do padecimento, já a esta hora menos clamava e gemia.

E, indo em meio as matinas, veio a nós frei Eusébio pedindo que lhe fosse frei Rufino abrir o portão externo, o da estrada, a fim de por elle passar com frei Eustáquio e as verduras. Levam elles bem cedo na carroça muy copiosa carga de legumes e verduras a nossas irmãs clarissas no outro lado de Évora, fora da cidade, todas as terças feiras. E quando alumiou o portão com a lanterna, percebeu frei Rufino que o não precisava abrir, pois fora arrombado. Por algum larápio à cata de ovos ou galinhas, assim pensou. E o ligou com uma corda depois de sair a carroça com frei Eusébio à brida dos mulos e frei Eustáquio na boleia onde sempre vai, todo encolhido, pelo frio da manhã que lhe agrava a tosse pois sofre dos pulmões há tempo. E mesmo adoentado e muito magro trabalha forte nos lavores da horta e com os animais. Mandei-lhe, na Santa Obediência, usar um bom gorro de lã, que lhe cubra as orelhas e uma larga faixa para o pescoço e a nuca, nos dias frios quando atravessa os campos na carroça. E o mandei porque padece de alguma febre má, mas não sempre.

Afora as expressões de afeto pelo pobre frei Eustáquio, era um belo trecho, também pelo retrato que fazia da árdua vida do frade. E o registro dos cuidados com a saúde do coirmão revelava outro aspecto enternecedor: se não fosse por mandado de seu superior, frei Eustáquio, mesmo doente, estaria a suportar os rigores do frio. Uma escolha ascética, um gesto de virtude. E, no caso dos franciscanos, por duas razões: pelo espírito de penitência e pelo voto de pobreza, que vedava a qualquer frade a posse de alguma peça especial de vestuário, mesmo um agasalho. Zeloso, o prior, frei Martinho, ordenara o uso do gorro e da faixa, que hoje seria uma *écharpe*.

E tendo bem ligado o portão, voltou frei Rufino até mim e seguimos cuidando do Venerável com compressas quentes sobre o ventre e procurando que ficasse calmo. Deus ajudando poderia dormir. Vendo que mais se enfraquecia o Inquisidor, mandei frei Rufino ter com frei Fernando a ver o que poderia este fazer até que, pela manhã, se buscasse um médico; que deles há alguns, bons cristãos, em Évora.

Voltou frei Rufino, aflicto, que não achara frei Fernando em sua cela nem na botica, nem na cozinha que eram postos onde se o poderia encontrar e disse que talvez mesmo na escuridão estivesse o irmão boticário a procurar na horta certa erva que pudesse empregar nalguma poção para os males do Venerável. Isto disse, porque não dera pela lanterna do boticário que de costume deixava na soleira de sua porta. E também faltava a sacola de couro de que usava para recolher temperos e hortaliças para a cozinha e alguma erva. Por mais de meia hora o buscou frei Rufino sem o achar, mesmo na horta, onde naquela hora pouco se via.

Ordenei então que frei Rufino chamasse no coro dois irmãos que o ajudassem na busca. Tornados das matinas ordenei a frei Anselmo e frei Basílio que com lumes também dessem busca ao boticário em toda a Casa, na granja e na horta e no estábulo. Que, Deus não o quisesse, bem poderia, no seu terror atentar contra o mais precioso dom do Senhor que é a graça de viver para servi-Lo e glorificá-Lo. E nada do irmão ausente encontraram naqueles sítios.

Chegaram então pelo portão do campo frei Eusébio com frei Eustáquio na carroça e eu mesmo os vi já na luz das seis horas e vinha frei Eustáquio encolhido, com seu gorro e a agasalhos de que escrevi e tinha na mão um hábito da nossa Ordem. E, apeado, me explicou que o haviam achado nuns arbustos logo além da granja, não se lembrava onde, ao voltarem das clarissas. E que na ida não o poderia ter visto, pela escuridão que fazia e porque sendo fraco, dormira em todo o trajeto e pediu que o desculpasse por isso. Disse que sentia enjoos de tanto odor de pepinos que lhe ficara nos braços e na roupa.

Frei Martinho queria mostrar ao Provincial da Ordem duas coisas: que seu relato era de primeira mão e confiável ("eu mesmo os vi já na luz das seis horas") e que ninguém estranho passara pelo portão. Também deixava claro seus cuidados com a saúde de frei Eustáquio. O hortelão, a julgar pelos indícios, devia ser asmático, ou alérgico a pepinos. Dura sorte para um verdureiro, hortelão.

Chamado por mim a examinar dito hábito, frei Basílio que quando não está a labutar na ferraria costura e remenda vestes da comunidade toda disse que o acreditava, com certeza, ser de frei Fernando pelo remendo que lhe havia aposto dias antes na manga direita. Foi então muito amarga a tristeza deste vosso servo em Cristo, e dos irmãos que o hábito viram, pois elle estava a provar que o nosso irmão boticário, abandonara o convento e a Ordem. Deus se apiede de sua alma e o guie com misericórdia, pois era grande o terror que o assaltava naquela noite e já de sua razão talvez o lume não seguisse, nem o da santa prudência. Deixei frei Basílio a olhar pelo Venerável com ordem de ali ficar enquanto eu não voltasse e fui pedir misericórdia a Deus na igreja e depois de um miserere *voltei ao enfermo.*

A amargura pela provável fuga do herborista e o desespero do prior eram comoventes. A fuga era sempre uma perda para a Ordem. E para o convento de frei Martinho, significava um prejuízo grave. A Casa perdia, naquela madrugada, o cozinheiro, o herborista e o boticário. Que, Deus não o houvesse permitido, poderia ter levado na sacola as receitas de comidas e licores, ou, mais grave, as de remédios e xaropes.

Disse a mim então frei Rufino: Senhor Padre, se falta elle e falta a sacola de couro que usava, bem pode haver levado nela cousas outras que lhe sirvam de uso ou de vender, que de certo andará o pobre irmão muito falto de dinheiro. Ordenei então que frei Eusébio, guardada a carroça e os mulos, se ocupasse sem detença de dar busca na botica das ervas junto com frei Eustáquio. E este, pediu-me que o deixasse por um pouco repousar, que sentia grande fraqueza. Como às vezes sente. A muita tosse do dia anterior o tinha assaz enfraquecido. Aduziu que, tanto isso era verdade, que frei Eusébio, em o vendo tão prostrado lhe dissera que dormisse até a hora de partir com os mulos. Que ele tomaria a si o encargo de aprontar a carga e a carroça. E lhe permiti repousar no claustro.

Mandei ainda que frei Rufino e frei Anselmo olhassem cada canto da cela do boticário. E frei Eusébio em quase meia hora de buscas que fez, por nenhuma falta deu na botica, tendo em vez achado muitas ervas espalhadas no balcão de mármore e aberto o caderno de receitas do boticário. De modo tal que se podia ler ali dous modos de aviar a receita da poção de dormir. Vendo-se por este facto que o boticário estivera cuidando de trazer o alívio do sono ao Venerável, como em minha presença se dispusera de fazer. Aos outros dous frades, postos à cata do boticário, sucedeu que na cela dele acharam e a mim trouxeram algumas ricas vestes de varão e de mulher e vendo-as frei Anselmo afirmou tê-las recebido em donativo para os pobres e que as houvera posto no dispensário à espera da terça-feira, dia de virem os mendigos. Também acharam na mesa da cela a chave do portão da granja, a que tem a figura de um galo. Chave que sempre esteve com frei Fernando, para quando lhe faltassem ovos, pois era elle que da botica e da cozinha se ocupava como escrevi antes. E da granja só elle tinha a chave, que de costume deixava pendente de um cravo na porta da cozinha ou a trazia no cordão da cintura.

Li o texto para Eva. Era denso de questões intrigantes: um, o herborista desaparecera; dois, levara a sacola de couro; três, na cela havia deixado roupas de varão e de mulher, retiradas secretamente do dispensário; quatro, largara a chave da granja fora do lugar.

Eva não esperou muito: "Ora, é simples: o herborista estava tenso demais, desde que o Inquisidor resolveu aterrorizá-lo. Queria fugir, mas sem ser perseguido pelo Santo Ofício, o que era muito difícil. Mas percebeu que o estado do velho Wiesenius era grave e ele seria inculpado: tinha que fugir, naquela madrugada...".

"E as roupas? E as roupas de mulher?"

"Simples também", disse ela. "Ou ele se vestiu de mulher ou elas eram para alguma mulher."

"Mas ninguém as usou, Eva. Estavam na cela dele."

"Você não vai querer transformá-lo em travesti, nessa hora de angústia. Eram para alguma mulher, ou ele se disfarçou para não ser reconhecido pelas estradas... Também pode ser que as roupas que ficaram foram sobras. Deixadas ali porque outras serviam melhor, sei lá."

"E a chave da granja?"

"Ora, era a saída para o campo, sem passar pelos portões. Os frades sempre deram muita importância às portarias. Separavam o pecado e a virtude, a paz e a tentação. Um porteiro sempre foi um vigia. Um guardião. O nosso pobre boticário não tinha outro jeito, senão sair pelo portão dos fundos..."

"Como você sabe que era o dos fundos? A tal intuição feminina?"

"Isso é bobagem, Eugênio. Ninguém iria criar frangos na portaria do convento, sob a fachada da Igreja."

"Tudo muito bonito, mas na teoria, querida", falei e me espantei com o "querida". Sem perceber eu tinha botado açúcar demais na palavra. Eva me olhou, entre surpresa e arredia. "Por quê?", perguntou.

"Por dois motivos: falta explicar como ele entrou no dispensário e roubou as roupas sem ser visto por ninguém; além disso, se ele usasse a chave da granja para fugir, teria deixado a chave no portão da granja, e não no seu quarto. Não acha?"

"Isso eu não sei, Eugênio", ela me olhou, toda ternura. "Eu quis ajudar." E riu. Uma risada solta, feliz. Sem dúvida, a chave existia muito antes do sumiço do herborista.

"Leia alto", pediu ela. "A linguagem fica mais solene. Sou toda ouvidos." Calculei um volume de voz que não perturbasse a severa freira sartriana. Estranhei que ela não tivesse um nariz adunco. Não sei por que. Ficaria bem, nela.

Para que nenhum facto fique omitido nesta minha notícia, devo agora explicar-vos Senhor Padre que um artesão piedoso, mestre ferreiro, por voto feito à Santa Virgem Mãe de Deus, teve há dous anos a bondade de refazer todas as chaves do convento e com arte, pois à da igreja adornou com uma cruz, com um livro a da biblioteca e estudos, com um galo a da granja, com um cavalo a do portão do estábulo e ornou a do dispensário com um coração que refere à virtude da caridade. Ainda, com um lírio, em honra da Santíssima Virgem marcou a chave da antiga capela do dispensário que a Ella se dedicara e já desconsagrada se adaptou, são passados já quase dous annos, a custódia ou prisão da herege de Praga, em obediência ao Senhor bispo e ao Venerável Inquisidor do Santo Ofício.

"Céus!", falou Eva, com olhar espantado. "Ela esteve presa lá, por mais de dois anos! Que maldade! Mas eu tenho uma dúvida. Se a Inquisição era coisa dos dominicanos, por que prenderam a herege na casa dos outros, no convento dos franciscanos?"

Essa dúvida eu sabia responder: "Eles habitualmente evitavam envolver as Casas da Ordem no combate à heresia. E tratando-se de processo a uma mulher, a norma era prendê-la entre outras mulheres, criminosas de todo tipo. Mas quando a ré fosse parente de pessoas influentes, era trancafiada no porão de algum convento feminino".

"E daí? Esses frades todos eram homens."

"Sim, deixe-me terminar. Durante o processo, a ré era 'visitada' inúmeras vezes, pelo Inquisidor e seu notário, e pelos sinistros 'familiares' encarregados de induzir a herege a confirmar as acusações, com ameaças, falsa compreensão e torturas. Ora, toda essa turma era composta de homens, machos."

"Certo. E então, esse entra e sai de homens ficaria meio esquisito num convento de freiras. Para desgosto delas, talvez." Eva tinha esquecido as duas freiras no outro lado da sala. Tapou a boca com a mão, olhos arregalados, pálida. E desatou a rir.

"É mais ou menos isso aí. Por tudo isso, a mando do bispo e do todo-poderoso Inquisidor, os franciscanos tiveram que 'alojar' a herege. Não por nada, frei Martinho insistiu no início da *Notícia* em declarar que a prisão estava fora do seu convento, fora do 'recinto de clausura'."

Eva arrematou: "E tiveram que hospedar também Wiesenius. Com cama, comida especial e roupa lavada. Mas nós nem sabemos se essa herege era de família influente, Eugênio".

"Devia ser. Se não, mofaria em algum porão de cadeia. Na verdade, ainda não sabemos coisa alguma sobre essa 'jovem de Praga'. Norberto tem os autos do processo. Lá deve haver muita coisa sobre ela."

Assim pois, a chave que na cela se encontrou era a da granja, por ser ornada pelo galo. E não se atinava a causa de ela ali estar, e não na cozinha como era costume. Foi então frei Anselmo com a dita chave até a granja e com espanto de lá bradou Valham-me os anjos que não estou delirando. A chave da granja está já metida na fechadura, mas sem cabo e dali não saiu. E esta então deve ser falsa. E tentou o irmão abrir com ela o portão da granja e nem se ajustava ela à fechadura. Disse então frei Anselmo tem a argola com o galo mas é falsa bem se vê.

Decidi apostar na famosa intuição feminina. "Por que essa chave falsa, Eva? Por que falsificaram justo a da granja?"

"Sei lá!", foi a resposta. "Você tem alguma ideia?"

"Uma. Se era falsa, mas enfeitada pelo galo, quem costumava circular com a chave verdadeira da granja podia andar, insuspeito, com a falsa. Na mão, ou pendurada no cordão da cintura. Mas ela servia para alguma outra porta. Elementar, minha cara Eva."

"Gostei da sua intuição."

"É intuição masculina."

"Então, no portão da granja ficou uma chave sem argola, sem cabo! Esquisito, não? Não: o cabo foi serrado e, depois, aproveitado para completar a chave falsa. Reproduzir aquela argola ornada pelo galo era muito complicado. Por isso, a chave da granja ficou sem argola. É óbvio."

"Tem sentido."

"É intuição feminina."

E já passadas as sete horas, deixado o Venerável ao cuidado de frei Rufino e frei Eusébio que para o necessário pode entender também palavras alemãs do Venerável, fui eu com atraso celebrar a missa e já na igreja dezenas de bons cristãos, mulheres e homens, esperavam por ela, todos muito encapotados que o frio na igreja é bem maior, pelo vento que ali sopra mais forte, mesmo agora que já vai em meio este mês de Maio. Devo aclarar, Senhor Padre, que alimentos e roupas só os damos aos mendigos que assistem ao Santo Sacrifício, para que também suas almas saiam daqui nutridas e aquecidas pelo amor a Deus nosso Pai.

Havia duas coisas interessantes nesse parágrafo. O prior mostrava ao destinatário da *Notícia* que, além das obras de caridade na distribuição de comida e roupas aos pobres, zelava também pela vida espiritual dos fiéis. Outra coisa: havia muitas pessoas na igreja, eram dezenas, cobertas de agasalhos, toucas e gorros, já que o frio era muito. Não era um detalhe banal: no meio de toda essa gente, com rostos meio encobertos, bem poderia infiltrar-se alguém menos piedoso. Segundo o historiador Victoire, pelo que contara o padre Flores, a herege teria sido raptada por correligionários. Não era um absurdo. Expliquei a Eva a minha ideia e ela concordou.

"Ora, ora, Eugênio! Com um pouco de fantasia dá para pensar que, graças a alguma chave falsa, a moça poderia ter fugido da prisão e se misturado a essa gente toda, cobrindo a cabeça e o rosto como pudesse. O frio facilitava isso..." Ela não gostou da minha cara de dúvida: "Fantasia por fantasia, esta também pode servir, não?".

O trecho seguinte explicava muita coisa sobre a tal chave.

Da missa me fui a benzer roupas e alimentos que se dariam aos fiéis mais desvalidos os quais em tumulto se aviaram ao dispensário buscando os donativos e dali se foram. Fui então ter com os irmãos que cuidavam do padre Wiesenius e me disseram que um pouco se aquietara, mais de fadiga pelas muitas dores da noite. Estando eu lá chegou-se a mim frei Anselmo em grande agitação dizendo Senhor Padre venha comigo a toda pressa que outra cousa terrível ocorreu. E me explicou que tendo-se metido a ver em qual fechadura entrava a chave falsa da granja chegara à do dispensário e notado que ali se conformara comodamente dita chave, assustou-se, visto que ali sempre havia guardado também moedas e ouros doados à Casa. E tendo dado pela falta de tais ouros e moedas, viera, sem detença, referir-me a perda. E que, também, ante o portão da antiga capela pensara em ali enfiar a chave a ver se ia.

Mas não lhe assistiu coragem de o fazer pois tendo espiado para lá das grades assaltou-o grande espanto e então disse Senhor Padre, prova alguma da chave fiz ali, posto que gravemente proibiu o Venerável que ali se toque não sendo frei Rufino, guardião daquela porta e de sua chave. Então vos estou aqui a chamar, eis que tendo eu olhado pela grade acreditai-me nada vi da herege quando lá espiei. Que em tanta luz seria impossível não a ver, mesmo que estivesse sob o leito a esconder-se visto estar dito leito bem à frente da porta que assim ordenou o Venerável Wiesenius.

E para lá fomos frei Anselmo e eu e nos assombrou o que ali se deixava ver tanto quanto o que se não via. Sou testemunha eu mesmo, Reverendo Padre Provincial, de que a herege dali se fora estando bem trancada e aferrolhada a porta que lhe poderia dar passagem e fuga. Que as grades da janela eram e estavam bem sólidas e inteiras e cementadas nas pedras e bem assim estavam perfeitas as barras todas da porta com a fechadura. E se saiba que a chave dela jamais saiu naquela noite e na manhã do cordão de frei Rufino atarefado de a guardar e que nem da prisão se avizinhara elle em toda a madrugada e a manhã tendo-a deixado bem trancada desde o cair da noite que até passou à herege pela grade pão e leite e algum cozido a guisa de ceia antes de se entoarem as completas...

"Espere um pouco!", Eva interrompeu minha leitura. "O prior pode estar escondendo alguma coisa. Na ânsia de isentar frei Rufino de qualquer suspeita de abrir a porta da prisão, ele omite a história da outra chave. A chave do galo, que não era da granja, mas do dispensário..."

"E daí?"

"Daí, fica claro que o boticário, portador usual da chave da granja, com o galo, usava a chave falsa para pilhar o dispensário. A *Notícia* diz que ali se guardavam também joias e algum ouro doado pelos fiéis. Ou a usou apenas para conseguir disfarces para a fuga..."

"Dele mesmo... e da mulher! Por isso havia roupas femininas, também, na cela dele!"

Ela franziu o nariz, cética. "Então, ele e a herege seriam cúmplices, não é? Mas o herborista já tinha problemas demais com o Santo Ofício. Passara a tarde cuidando do jantar dos frades e de Wiesenius e a noite a preparar emplastros e compressas. Tinha até conversado em particular com o prior... Não dava para cuidar também da herege. Mesmo porque naquela noite ele estava em evidência, chamado a toda hora para cuidar do Inquisidor..."

"Como ficamos, então?"

"Não sei. Sabemos que a jovem sumiu e que a porta da prisão ficou fechada. Logo, alguém abriu para ela sair, e depois fechou tudo, direitinho."

"Quem?"

"Alguém que tinha uma chave adequada e não era frei Rufino, o encarregado de guardar a herege. Ele seria completamente louco, se o fizesse."

"Não, Eva. Seria louco se livrasse a jovem e ficasse por ali. Mas ele podia libertá-la e fugir com ela, sumir do mapa."

"Mas, então, o herborista se encaixa melhor, nesta hipótese. Tanto, que ele fugiu."

"Fugiu? O certo é que sumiu, desapareceu. A fuga fica por sua conta."

"Então, para que aquelas roupas, no quarto dele? Vamos ver o que o prior tem a dizer."

E do que se ver podia também sou testemunha, Reverendo Padre, e é disso que se inquieta, minha pobre alma como as almas dos irmãos, eis que ali no que se tornara prisão da herege, fora antes capela de os mendigos orarem pelos dons com um retábulo de Sant'Anna de quatro colunas, de capitel de mármore da lavra daquele frei Eusébio, antes esculptor e que por evitar a tentação da vaidade, abandonou dita arte. Na obediência lhe mandei, porém, esculpir um novo frontão para o portal da Igreja, pois se trincou gravemente o que lá está.

E dita capela foi desconsagrada e reformada em mudanças que na Casa se fizeram e ditos capitéis tinham ali ficado, mas revirados com a parte alta e quadrada para baixo e tendo então na face de cima os furos por onde neles se ajustavam antes os fustes das colunas. E isso se fez porque tais furos bem se prestavam a sustentar tochas bem altas, ou velas de até uma braça que ali duravam horas assim enfiadas com firmeza sobre tais bases de mármore. Eram então os quatro capitéis depois de assim virados como perfeitos castiçais. Bem firmes pois medem coisa de palmo e meio em cada lado. E deles um perto do leito que ali foi posto e outros sobre a mesa e junto da janela.

Tremi, Reverendo Padre, ao ver que no capitel que jazia junto ao leito faltava a vela que se via caída ao solo. No furo em que deveria ela estar fincada surgia, grosso quanto um dedo de mulher um caule de espinhos a sustentar uma rosa quase desbrochada com um botão por abrir-se e outro a meio curso de se abrir. E era vermelha a rosa como o botão. E noutro capitel, o que estava sobre o parapeito da janela outra roseira havia nascido, mais fina e com uma só flor entreaberta. E esta não nascia do furo já dito e sim de uma fenda que se abrira no lado como se as figuras esculpidas se houvessem curvado a dar passagem à planta, como amolecidas por algum grande calor que houvesse quase derretido o mármore.

Durante a minha leitura, Saulo chegou suado, do convés, abanando-se com um boné e sentou-se à mesa vizinha, ouvindo o que eu lia. Quando parei, ele não esperou: "Tive sorte, cheguei justo na hora do milagre! Estou pronto para ser convertido".

Eva enrugou a fronte. "Não entendi nada desses furos. Dá pra me explicar?"

"Acho que sim. Um capitel tem duas faces planas. Normalmente, a de baixo é circular e se apoia sobre o fuste..."

"Fuste?"

"... que é o corpo da coluna, cilíndrico quase sempre. É nessa face que fica o furo circular, no qual se encaixa algum pino fixado na ponta do cilindro. A face de cima é sempre quadrada porque seus lados acompanham a linha da trave ou viga mestra que a coluna deve sustentar. Antes de apoiar a viga o cilindro pode ser girado para expor seu lado mais belo..."

"Por isso o furo do capitel é circular..."

"Exato. Mas na face quadrada, que deve alinhar-se com a trave, costuma haver um furo quadrado, menos profundo..."

"Pra que serve?" Era Saulo que perguntava.

"Nele se encaixa alguma saliência, quadrada, da trave. Assim o alinhamento entre ela e o capitel fica definitivo. Na prisão da herege os capitéis estavam revirados."

"Isso eu entendi", falou o engenheiro, ainda abanando-se com o boné. "A face circular ficava em cima, com o furo no meio. Perfeito, para se enfiar uma vela e usar como castiçal..." Tirou a caneta do bolso da camisa e pediu uma folha do caderno de Eva. "Quero calcular algumas medidas desse capitel." Fez umas contas e desistiu: "Não adianta quebrar a cabeça. O prior já disse: tinham cerca de palmo e meio em cada lado. Deve dar uns trinta e cinco centímetros. O peso, então seria de uns... oito a dez quilos". Largou folha e caneta e se pôs a andar pela sala resmungando alguma coisa.

Eva levantou a mão, querendo falar. Pensei que tinha entrevisto alguma pista. Ela emendou: "Devia ficar lindo. É uma boa ideia para decoração". Seguramente, era a última coisa que eu poderia pensar a respeito do trecho lido. Mistérios da alma feminina...

Ela ainda insistiu. "Vou aproveitar essa ideia." Quis anotar algo, tomou a folha e a caneta que Saulo largara sobre a mesa.

Ele gritou: "Não mexa nisso!". Tinha levantado o braço, como se a quisesse segurar. Ela largou tudo, assustada. O engenheiro derreteu-se: chegou até ela desconsolado, balançando a cabeça como a rejeitar o grito que dera: "Desculpe-me! Me perdoe", tomou a caneta e, todo encabulado, explicou: "Esta caneta é muito perigosa. Se você aperta o grampo ela se transforma num bisturi. Poderia fazer um corte profundo em sua mão".

Notou minha cara de estranheza. "Eu sei, Eugênio, parece muito esquisito eu andar por aí com um brinquedinho destes." Ele estava meio pálido, e falava hesitante: "Mas explico: eu, normalmente, desenho muito, sempre a lápis. Uso frequentemente as duas pontas, uma mais fina que a outra. Cansei de me cortar os dedos com lâminas de barbear", ele gaguejava um pouco, na explicação, "e como não pretendo carregar, no bolso, um daqueles apontadores de manivela, encomendei esta geringonça a um amigo ourives. É um bisturi, embutido na tampa da caneta. Faz as pontas mais perfeitas em qualquer lápis, e não corta a minha mão. Desculpe-me, Eva".

"Só se você desenhar para mim uma bailarina igual àquela!", apontou o Degas.

"Não consigo, Degas era um especialista em bailarinas. Poderia roubá-lo para você, mas há o sistema de alarme."

"Oh, meu herói!", ela carregou na efusão. "Então me desenhe o capitel com a roseira."

"Foram dois os capitéis que floriram, lembrei."

"Dá para me explicar?", pediu Eva.

"Fácil: o milagre foi duplo. Havia uma roseira brotada do furo circular, a qual poderia, em última análise, ter sido plantada nele. Mas, note, apenas em tese, porque uma roseira precisa de terra fértil e abundante. No tal furo caberia pouco mais que um dedo de homem. Gordo, pelas dúvidas. Já a outra roseira, ao crescer, teria estourado o capitel, deformando ou quebrando as figuras esculpidas. É um caso bem mais intrigante."

"É mesmo!", disseram os dois. Então lembrei: um dos livros sobre Évora, que eu havia lido antes de embarcar, era um guia turístico. Ali se mencionava, na ampla lista de atrações históricas, um "Museu da Capela", no convento franciscano. Uns dois ou três parágrafos resumiam o acervo e nele constavam vagamente algumas "peças do milagre das rosas". Se a herege tinha virado santa, na interpretação popular, era bem possível que os devotos houvessem conservado as "provas" do seu milagre.

Saulo voltou a abanar-se. O episódio do bisturi o tinha agitado. "Quero ler as entrelinhas deste texto. Depois você me empresta?", perguntou, espiando as páginas da *Notícia*.

"Claro."

"Mas não quero já. Agora eu gostaria de *ouvir* o texto. Essa linguagem é muito singela, deliciosa."

"Eva também acha. Eu também, preferiria ouvir", respondi.

As duas freiras tinham saído da sala. Então pude ler com mais ênfase.

O que mais temo, Reverendo Padre Provincial, é que Deus nos queira a todos provar duramente pois em Outubro passado estando o Venerável Padre Inquisidor a interrogá-la ouvira eu mesmo que desafiava a herege a que operasse algum milagre. E lho disse em palavras das quais ora não guardo boa lembrança, que como estava ela a dizer que temia a Deus e a Elle servia e que então, sendo assim tão boa serva de Deus como clamava ser, que a Elle pedisse um milagre que bem podia ser o de nascerem rosas da pedra e apontou aqueles capitéis virados em castiçais. E se ria o Venerável em a vendo espantar-se de tal desafio. E tendo refletido respondera a prisioneira não ser pretensão sua a de tentar a Deus e que Elle tendo ouvido o que propôs o Venerável se um dia em sua misericórdia houvesse de ajudá-la poderia fazer tal milagre e outros mais. E por lembrança desse dito tremi ante aquelas rosas, Senhor Padre, como tremo agora ao vos dar noção desses factos. E de outro gravíssimo que então sucedeu nesta Casa que Deus proteja em hora de tão amarga provação.

Parei a leitura. "Veja só, Eva, como esse Wiesenius era insidioso."

"Por causa do desafio?"

"Mais pela forma de propô-lo: ele deixava a herege em uma situação angustiante..."

"Mais ainda?" Havia alguma tensão nas mãos dela, enquanto falava. "É evidente que esse Wiesenius não jogava limpo: feito o milagre ela mostraria que Deus estava ao seu lado. Senão, estaria provada sua apostasia ou sua heresia. Deus a teria abandonado. Como as rosas não nascem do mármore, Deus estaria ao lado dele."

"Não só, Eva. O *Directorium* de Emericus, que era o manual dos inquisidores em Portugal, ensinava, entre outras malignidades, esse ardil específico: induzir o herege a 'tentar a Deus', um dos pecados mais graves, e prova irrefutável de heresia. Se a jovem pedisse o milagre, em proveito próprio, obviamente, incorreria nessa falta gravíssima. Negando-se a pedi-lo a Deus daria fundamento à suspeita de não crer no poder divino."

"Que safado!"

O execrável Wiesenius sabia o seu ofício. Mas a resposta da ré fora magistral. (Na pureza de seu relato o prior punha a nu a perfídia do desafio.) Ela proclamou sua fé com humildade, e não só denunciava a insídia do Inquisidor, mas apontava sutilmente, no próprio desafio do dominicano, um ato de tentação a Deus. Devia ser brilhante a tal herege. Fiquei comovido com o sofrimento dela. E vislumbrei um risco: não era impossível que, com o andar das leituras sobre o seu caso, eu viesse a me apaixonar por ela.

Eva e Saulo puseram-se a comentar a perfídia dos inquisidores. O engenheiro parecia saber muito mais do que mostrava. Dei uma olhada nas páginas que faltavam, as quatro últimas, enquanto eles conversavam. Eu jamais sonhara em ter nas mãos um depoimento tão precioso sobre o famigerado dominicano da Bavária. No seu final, a *Notícia* tornava-se patética.

Saulo estava arrematando alguma argumentação: "E, desse modo, Deus sempre acabava ficando com os inquisidores".

"Talvez nem sempre", rebati. "Segundo este relatório de frei Martinho, as coisas não foram bem assim. Ouçam."

Sendo este de todos o mais triste dentre os factos que vos estou a referir, peço-vos Reverendo Padre que sem tardança mandeis cá algum irmão a visitar a Casa com vossas direcções sobre o de fazer nesta hora tão grave. E isto vos peço porque na mesma manhã foi colhido por morte tristíssima o Venerável Inquisidor, que Deus lhe tenha consigo a pobre alma. E digo tristíssima essa morte, por tudo o que dela Vos passo em seguida.

Foi que tendo com frei Anselmo visto as rosas que do frio e duro mármore brotaram sentimos pavor por não saber se ao demonio ou à Santa Vontade de Deus se devia tão desusado facto. Incertos entre exorcizar ditas flores ou louvar ao Creador por as haver ali creado tivemos grande aflicção frei Anselmo e eu.

E fomos então ao Venerável que ainda de suas dores gemia quase a desfalecer mas quando lho contamos, como se movido por nova energia que Deus lhe mandasse, abriu os olhos e sentou-se à borda do leito e ordenou que lhe dessem água benta e a estola de quaresma e bradou: Non praevalebunt*! Maldito espírito das trevas! Vamos em nome de Deus e do santo Arcanjo Miguel mandar aos infernos o demônio ao qual deu sua alma e seu corpo aquela bruxa herética que ali está a enganar-vos eis que vossos olhos não viram mais que ilusão diabólica. Levai-me a essa imunda feiticeira que cedo há de queimar na fogueira antes de arder para sempre no inferno de Satanás. E o levamos carregado com os braços sobre nossos hombros mas de golpe se pôs de pé, mesmo com tremores grandes como se fora movido por força nova de algum santo ódio e então caminhou. Ante a porta da prisão, ordenou a frei Rufino de a abrir, o que fez, com sua chave. Dentro que se achou o Padre Inquisidor bradava Vem alma corrupta ajoelha-te ante o sacerdote de Jesus Cristo Redentor dos homens e obedece ao Inquisidor da Santa Igreja e parecia não ver que herege ali não mais havia e elle como se a visse fugir para um e outro lado da prisão seguia alguma visão que tinha dela, pelos cantos todos a aspergir com tanta água benta cá e lá, e dizia os exorcismos em clamores muito fortes.*

Temi que uma apoplexia lhe viesse tanto estava seu rosto vermelho e com olhos demais abertos e respirava como a saltos. E se chegou onde estavam as rosas e lhes atirou com muita água santa e impropérios como se costuma dizer nos exorcismos contra os demônios e então muito suava e de sua boca escorria água. Mas seguia bradando palavras duras tendo o crucifixo na mão e eram palavras como estas: Torna ao inferno maldito demônio impuro que finges crear rosas e nada sabes fazer mais que excrementos, retira-te para o inferno besta imunda, e querendo arrancar as roseiras dos seus capitéis se lhe rasgaram os dedos que copiosamente sangravam pelo chão. Ajoelhou-se então e com as mãos muito rijas apertava seu rosto como se o quisesse amassar e o manchou de muito sangue. A frei Basílio pareceu que chorava e a mim também. E seu corpo tremia fortemente. Ouvimos que dizia cousas como estas: De que vale então servir-te? Então me enganaste. E também tu Emérico com teu Directorium *e tu, Bernardo Gui, onde está a verdade de tua doutrina? Onde está agora o poder todo que vias nos defensores da fé verdadeira? De qual verdade? Qual fé? Em qual Deus?, dizei-me. Naquele que glorifica uma imunda infiél e fere quem sempre o serviu? E agarrando-se à mesa que sustinha um capitel com as rosas içou-se até estar de novo em pé a proferir ainda mais graves palavras que, perdoe-me Deus, que vo-lo digo em muita confidência, eram blasfêmias. E vindo-lhe forte acesso de tosses calou-se e respirava com muito vagar, e bem rubro estava de rosto e trêmulo de mãos.*

E seguiu dizendo palavras terríveis que já não eram contra o demo mas, que o diga também frei Rufino e frei Anselmo e frei Basílio ali acorridos pelos brados que haviam escutado, eram contra o Senhor Deus nosso Pai, ao qual seja dada toda glória. E, de respeito ao bendito nome de Deus, não as repito aqui. Foi razão de todos pensarmos que ao Venerável alguma febre lhe roubara a razão ou que furor maníaco lhe tomara a mente tanto era grave o que bradava cousas como: É então aos infiéis que ajudas, ao impuro hebreu deixaste que me envenenasse, é à cadela luterana que atendes com milagres e não a quem por toda vida defendeu teu nome. Creaste rosas para a meretriz e sangras a mão que se ergueu em tua defesa e outras tão graves cousas dizia que a nós turbava grandemente. E se pôs frei Rufino a implorar que Deus não ouvisse tais ditos e tivesse piedade do Inquisidor. O qual, Deus me perdoe de assim pensar, mais parecia possuído de algum mau espírito. Dolorosa tristeza tomou-me então, Reverendo Padre Provincial. Eis que toda a boa doutrina que sabemos afirma serem os Inquisidores imunes e defendidos de toda ação diabólica, pelo que minha razão estava a mostrar que o Venerável se entregara por si mesmo ao pecado e à blasfêmia com palavras e atos e não por força do demo.

Comecei a recitar com os irmãos o miserere *e então, Vo-lo digo, que é meu dever dar-vos notícia justa de tudo, mesmo que me envergonhe de o dizer que o Venerável despiu de um golpe seu santo hábito de São Domingos e lançou à parede o sagrado crucifixo. Atirou-se sobre o leito da prisioneira gritando Se assim é, se assim prefere este deus de meretrizes devo eu também preferir esta cadela herética e como se ela ali estivesse praticava movimentos da maior torpeza e vergonha, Deus me perdoe, fazia como um cão que cobre a fêmea e insultava o santíssimo nome de Deus Nosso Senhor e então lhe faltou o ar e lhe roncava o peito no querer sorvê-lo e não podia. Foi quando lhe saíu um copioso e mui escuro vômito e caíu do leito ao solo, de olhos espantadíssimos e estremeceu grandemente e se lhe desatou o espírito. Que na sua misericórdia se apiede o Senhor, de sua tribulada alma.*

E de tão tristes cousas vos dou notícia por cuidar que se não creia ter este vosso servo descurado de zelar pela comunidade dos irmãos ou pelos deveres de seu encargo. E posto que me incumbe pela santa obediência também velar pela boa paz da Casa e pela honra da nossa Santa Ordem, só a vos dou esta notícia, tendo vedado a todos os irmãos que sobre ditos factos falem ou discutam com quais quer pessoas e nem mesmo entre elles, se não por licença e mando de seu prior. E tendo dado aviso da morte do pobre Venerável Padre Inquisidor ao Senhor Bispo não o fiz com os pormenores que a Vos relatei, maxime do modo triste e torpe por que tal morte se houve. É, então, assim, que ao Senhor Bispo, apenas informei, por boca de frei Anselmo, que para isso lhe mandei, que o Venerável morrera de mal súbito, após dores que por todos meios se tentou mitigar durante a noite. E que antes de o colher morte tão vil esteve a exorcizar e aspergir a capela antiga de onde se sumira dita herege.

E vendo o pobre padre Wiesenius caído em meio a tanta imundície, mesmo em grande temor, consegui, pela graça divina entrar na prisão e dar ao pobre Venerável absolvição in articulo mortis *e com óleos que fiz trazer por frei Rufino fiz-lhe a unção dos moribundos, mas não tinha mais ares de viver. Por frei Basílio e frei Anselmo, que são homens de grande força e coragem, depois de encomendar o corpo fiz que o transportassem à cela que ocupava em vida e que ali livrado de imundícies lhe vestissem seu hábito de Pregador.*

Da falta da herege, também mandei aviso ao Senhor Bispo e mandei que se mantenha trancada e aferrolhada a antiga capela, que assim a en-

contrem como a vimos. E somente mandei que se limpasse o pavimento, das sujidades ali vertidas pelo Venerável em seu terrivel decesso.

E é tudo o que me obriguei a vos dizer e no pedir-vos a bênção franciscana Senhor Padre Provincial rogo-vos mandar-me prontas ordens sobre o de fazer nesta Casa no tribulado momento que atravessa, eis que de certo, para cá se mandará algum Visitador do Santo Ofício ou da Sé, e não sabemos, eu e nossos pobres irmãos, o quê e como se deva dizer e a quem. Servo humilde em Cristo vos auguro paz e bem. Frei Martinho de Santa Tecla, O.F.M. Em 22 de Maio do Anno do Senhor de 1625.

Saulo foi o primeiro a comentar: "É incrível que exista um texto deste tipo. Não sei como chegou até hoje. É uma bomba. Imagine este relatório nas mãos de Voltaire, Diderot, D'Alembert! É difícil acreditar: o tal Provincial não devia ser muito ortodoxo. Ou era muito descuidado. De outro modo, teria queimado essa *Notícia* e silenciado, por qualquer meio, o autor dela".

"Entendo que é um documento constrangedor", rebateu Eva. "Mas era estritamente confidencial. O texto é muito claro quanto a isso. Ele confiou no seu Superior."

O engenheiro abanou a cabeça, rejeitando a interpretação. "Não é isso. Sem dúvida, era informação confidencial. Mas, a menos que o Provincial morasse muito longe, a conduta mais prudente seria alguém ir até ele para referir oralmente, pessoalmente, toda a história. Aliás, para informar ao bispo, mandou-se um emissário pessoal. E não me refiro, propriamente, aos malabarismos finais e à morte grotesca do Inquisidor."

"Então, o quê?", perguntei.

"Ora! Deus, pela primeira vez, abandona o seu agente! Prefere atender uma herege! Custa a crer que se tenha escrito isso naquele tempo. E, mais ainda, que não tenham queimado o documento. Ou até o seu autor."

Eu tinha uma explicação: "Os franciscanos eram diferentes, Saulo. Estavam distantes da *sofística teologia* dos dominicanos e jesuítas. Sobretudo, eram estranhos à luta pelo poder entre os pregadores e os bispos. Foi como lance dessa luta que se proclamou a imunidade dos inquisidores às artes do demônio. Para dar-lhes mais autoridade doutrinária e mais poder de controle". Eva me olhava, muito atenta, boca entreaberta, num esboço de sorriso. Maravilha! Ela estava admirando o que eu dizia.

Saulo, não: "Isto só explica por que o prior viu as coisas como consta ali. Insisto, não explica que a *Notícia* tenha sobrevivido até hoje. E note que ele também admite a 'teoria' da imunidade. A novidade é outra: ele não endeusa o Inquisidor. Admite, pois '*sua razão está a mostrar*', que o Venerável não é tão venerável como consta. Tornou-se um rude e vulgar blasfemador, um pervertido sexual explícito. É o que se esconde atrás dos aturdidos *miserere* dos frades".

"Parece que você não gostou tanto do Inquisidor." A frase de Eva era puro veneno.

"De bom ele só tinha a terra de origem. Na Bavária se bebe a melhor cerveja do planeta. Falando sério, acho que esse prior gostava dele tanto como eu."

"Eu disse que os franciscanos eram diferentes", lembrei.

"E bem mais simpáticos", concluiu o engenheiro.

Eva me sorriu. "Você tem razão, pelo que consigo entender. Mas, que morte mais trágica! Parece peça de teatro. O inquisidor enlouqueceu. O prior acentua isso. Apostou nisso. Pois depois de tanta blasfêmia e daquele número acrobático de sexo explícito, só a desculpa da loucura o salvaria do inferno..."

Saulo saboreava as palavras de Eva. Não gostei muito do olhar açucarado que lhe dava. Interrompi, acho que inconscientemente, a fala dela: "É isso mesmo. Esse frei Martinho, por trás de sua pureza toda, era bem esperto. Ele sabia as complicações que lhe viriam se aquele festival de sodomia... virtual se tornasse público. Seu convento e seus frades não teriam mais paz".

"E, então, por que ele não abafou toda a história?", quis saber Eva.

Saulo levantou a mão antes que eu falasse. Armou uma cara magistral e doutrinou: "Os franciscanos eram diferentes, minha cara. O voto de obediência obrigava o prior a prestar contas ao Provincial sobre todos os eventos importantes da Casa". Virou-se para mim: "Acertei?".

"Bem no alvo."

"Como será que fizeram essas duas coisas?", Saulo cruzou os dedos e olhou para o teto. A pergunta era para ele mesmo.

"Que coisas?", Eva queria saber.

"Fazer nascer aquelas rosas e mandar o inquisidor para o outro mundo. Explico melhor. Os mistérios são vários: Quem era a herege, quais as acusações específicas, como foi parar em Évora? Qual a causa da morte do velho Wiesenius? Se não foi natural, quem planejou e/ou executou a morte dele? Envenenamento? Como se explica a provável fuga do boticário-herborista? A história da chave falsa tem algo a ver com a morte do Inquisidor? E com o desaparecimento da herege? Os dois fatos fazem parte de um único plano? Se a herege saiu pela porta, alguém a ajudou. Quem? Nos dois fatos, quem teria participado? Apenas pessoas do convento? Qual dos frades teria interesse na morte do Inquisidor ou na fuga da herege?"

"Não sabemos se ela fugiu", retruquei, "mas, de todo modo, essa penca de perguntas era um belo desafio para os tais Visitadores do Santo Ofício, encarregados de destrinchar o caso."

"Para nós também!", Eva falou com entusiasmo. "Vai ser divertido investigar tudo isso. Tenho já alguns suspeitos."

"Quem?", Saulo e eu perguntamos juntos.

"Não posso dizer... para não atrapalhar as investigações...", ela riu e explicou. "É assim que se diz aos jornalistas, não é?"

Saulo emendou: "Eu tenho vários suspeitos. Pode ser alguém de fora do convento, pode ser... E você, Eugênio?".

"Não tenho ainda qualquer suspeito. Apenas não gosto do tal prior; embora assustado, parece muito esperto. Preciso estudar mais o caso, reler cada linha desta *Notícia*. Ela esconde muita coisa nas entrelinhas."

"Temos poucos dados", Eva falava olhando à volta como se procurasse algum ponto para ancorar seu pensamento. "Precisamos dos *verbales* dos interrogatórios. É para isso que serviam os notários, não é?"

"*Verbales*? Você parece estar mais informada..."

"Não. Apenas aprendi que eram as atas dos depoimentos. Li que eram, quase sempre, ditadas pelos inquisidores."

"Exato", falei. "E, desse modo, constava como resposta do acusado o que o dominicano ditasse. Raramente se dava ao réu oportunidade de ler tais registros. Havia bons motivos: os réus eram, na maioria, analfabetos, e os *verbales*, quase sempre em latim. Mas no caso de Évora, a ré deveria ser culta. Os heliocentristas eram a vanguarda do pensamento. Não é impossível que ela pretendesse um registro fiel do que dizia. E Wiesenius, provavelmente, não queria aparecer como trapaceiro."

Saulo entortou o canto da boca e balançou a cabeça: "É tudo muito hipotético, não? Prefiro apostar que, mesmo com as distorções do Inquisidor, os *verbales* podem resumir, para quem ler nas entrelinhas, o que a jovem dizia".

"De acordo", emendei. "Mas, pelo texto desta *Notícia*, o desafio de Wiesenius foi provocado por alguma contestação anterior da herege. Se ele a reptou a provar com um milagre a justeza de suas ideias, deduzo que houve algum confronto de ideias entre eles."

Eva refletia, roendo uma unha, Saulo olhou para o alto e suspirou, descrente: "É, mas mesmo que os tais *verbales* digam alguma coisa... É muito pouco para explicar toda aquela confusão".

"Temos ainda outras duas fontes importantes, segundo o padre Flores; uma é a investigação feita na época, pelo Visitador do Santo Ofício e...", Saulo franziu o nariz, "a outra é o que se descobrir em Évora, *in loco*. Consta que os tais capitéis ainda estão lá. A prisão também".

"Boa sorte!", foi o comentário, gélido, de Eva. Saulo preferiu calar e alisar o bigode. Olhava os próprios pés estirados à frente. Era o próprio ceticismo.

O padre Flores apareceu pouco antes do almoço. "Que tal? Gostaram da *Notícia*? Houve alguma conversão, por aqui?", olhou para Saulo.

Ele ignorou a alusão: "Norberto, a ré leu algum registro dos depoimentos que deu? Dá para saber o que ela realmente disse àquele energúmeno comilão?".

"Não posso responder com segurança. Sei que Wiesenius era rigoroso nos seus *verbales*, porque em muitos pontos ditou correções ao notário." O engenheiro ergueu o indicador. "Já sei, Saulo!", apressou-se o padre. "Isso mostra apenas que ele trocou um registro por outro. Não que o segundo seja mais verdadeiro do que o primeiro." O engenheiro sorriu, com ar de vitória. Mas o padre prosseguiu, indiferente.

"Acontece que o nosso Wiesenius, pelo que pude saber, estudou física em Pisa e, nos interrogatórios, fazia questão de disputar com a herege sobre assuntos de astronomia. Claro, uma disputa desigual: ele podia dizer o que lhe viesse à boca; ela, não: o que falasse poderia condená-la. Pode-se notar que, no terreno da astronomia, ela falava com total segurança, mas era cautelosa. A cada afirmação menos ortodoxa, acrescentava alguma profissão de fé..."

"Como, Norberto?" A pergunta de Eva tinha uma nota de afeto que não me agradou.

"Expressões do tipo: 'como ensinam os santos Padres Jerônimo e Ambrósio', 'como está em Aristóteles', 'é o que consigo lembrar da *Summa Teologica*', 'que o Senhor me ilumine para compreender a sua obra', 'com a ajuda de Deus espero não estar enganada'..."

"E, mesmo assim, o troglodita dominicano a considerava uma bruxa vulgar!" Saulo falou e cruzou os braços à espera de algum revide, que não veio. O padre sorriu, plácido, e explicou: "É o que está na *Notícia*, concordo. Mas você acha que um prior assustado como aquele lembraria tudo o que se disse naquela manhã? É óbvio que Wiesenius a considerava herética. Está claro nos interrogatórios. Mas só a chamou de bruxa após o anúncio do milagre. Para ele, uma obra do demônio, a serviço dela. Prova grave de bruxaria".

Saulo alisou o bigode, refletindo: "Pode ser. Mas quero ver esses depoimentos".

"Mais tarde. Agora preciso deles."

Chegou um camareiro. "Com licença, senhores. O segundo turno do almoço estará à sua espera, dentro de dez minutos."

"Vou arrumar minha cara e já encontro vocês no restaurante", Eva caminhou leve, a túnica grega esvoaçando. Um poema! Saulo copiou a pressa dela. Desajeitado, passos pesados. Nenhum poema. Rumou para o bar: "Vou arrumar minha garganta com um traguinho e vejo vocês lá. Se eu demorar, não me esperem".

Capítulo 3

A maleta azul

Nossa mesa ostentava um vaso com margaridas. Perfeitas para combinar com o vestido branco e o cordão amarelo de Eva. O padre Flores abriu o cardápio mas, em vez de lê-lo, me olhou, curioso: "É um belo desafio o caso da herege, não? Um ano atrás, tentei decifrar o caso, mas desanimei. Ela não deixou pista alguma. Era uma mulher muito inteligente. Embora não tivesse recursos para ir muito longe. E, claro, para sair da prisão sem ser vista por ninguém...".

"Acho evidente que alguém a ajudou. E, salvo erro teológico meu, Deus não estaria disposto a fazê-lo", falei. O jesuíta ajeitou seu guardanapo.

"Para mim, foi alguém de dentro da casa, até ela sair do convento. Depois, alguém mais entrou em jogo."

"Quem, Norberto?"

"Foi ali que eu desisti, meu caro."

A julgar pelo cardápio, entre os tripulantes italianos estava o pessoal da cozinha. Havia *Ossibuchi Bellunesi*, mais vêneto seria impossível, e até uma lombardíssima *Faraona Gaieri*.

Eva chegou, levemente perfumada. Estava hierática, com aquele vestido "grego". Consultou o camareiro sobre os *cannelloni* do menu. Alberto explicou que eram de massa muito fina em quadrados de dez centímetros sobre os quais se espalhava o recheio em todo o comprimento, antes de enrolá-los. O recheio era de abóbora muito refogada com pouca cebola, abundante noz-moscada e queijo tipo *Grana* ralado grosso. Posta a gratinar, era, depois, semeada "avaramente" com basílico, picado muito fino. O olhar de menina gulosa que ela fez dizia tudo.

"Bem, para a senhorita, *cannelloni*. Os senhores pretendem esperar mais?"

O padre Flores olhou para Eva, depois para mim e concluiu: "*Cannelloni* para três".

Alberto assentiu com um gesto e esperou a escolha de Saulo, que acabara de sentar-se.

"Temos *cannelloni d'oro*, Saulo." Foi assim que Eva saudou a chegada dele. Bem penteado, de camisa trocada. "Para quatro, por favor", disse ao camareiro.

"Você nem leu o cardápio!", falei.

"Você não viu os olhos dela quando mencionou os *cannelloni*? Alta psicologia, meus caros." Chegou-se ao ouvido de Eva: "E fome!".

Norberto retomou o assunto: "Fora do convento, poderia ser, teoricamente, qualquer habitante de Évora. Milhares".

Insisti: "Mas alguns seriam mais... prováveis. Protestantes, conterrâneos dela, algum judeu mais revoltado com a repressão brutal que sofria...".

"Sim", disse o jesuíta, "alguém que sabia do caso da herege..."

"E que tinha contatos com o convento", completei. Achei que ele concordaria. Arqueou a sobrancelha, irônico: "Muito bem! Agora é mais fácil: temos que investigar apenas algumas centenas de pessoas, que não deixaram traços, nem nomes. Só os mendigos que frequentavam o dispensário seriam centenas".

Saulo entrou na conversa. "Você mencionou os protestantes. A herege vinha de Praga. Quando ela foi encarcerada em Évora?"

Eu não sabia. O jesuíta respondeu: "O processo acabou, por falta de réu, em 1625, perto do fim do ano. Durou uns dois ou três anos. Então ela foi aprisionada por volta de 1622 ou 1623".

"Faz sentido."

"O que, Saulo?"

"Não sei bem o quê. Andei pensando: muita gente culta sumiu de Praga em 1621, quando a cidade foi tomada e ensanguentada por Sigismundo e seus fanáticos católicos. A nobreza local, protestante de velha data, reagiu em armas e foi dizimada. Quem pôde, fugiu. O tal Victoire escreveu que a jovem herege, heliocentrista, visitou Galileu, em Florença, antes de cair nas garras daquele glutão dominicano, em Évora."

"E disso se conclui...?", Eva jogou a isca.

"Nada de importante. Os *cannelloni* ali da outra mesa estão irresistíveis. Vocês escolheram o vinho? Era impossível estar em Praga e não saber de Kepler. Afinal, ele era o astrônomo da corte de Rodolfo II. Só isso, Eva."

"Situação invejável, não?", provoquei.

"Nada disso. A vida de astrônomo era complicada. Vejam. Tycho Brahe ganhou uma ilha. Fez nela o seu luxuoso *Castelo de Urânia*, uma mistura de castelo, observatório astronômico e laboratório de química. Tinha até uma tipografia. De uma hora para outra, seu protetor no poder caiu em desgraça. Ele perdeu tudo o que possuía e teve que exilar-se em Praga, onde os cientistas eram bem-vindos. Também Kepler, que seria seu último discípulo, estava exilado lá. Pagando o preço de ser astrônomo: ganhava a vida fazendo almanaques e horóscopos. O exílio fazia parte da vida de astrônomo. A nossa herege não escapou do padrão..."

"Talvez Kepler a tivesse mandado para Florença a fim de salvá-la...", sugeriu Eva.

"Talvez, mas Galileu, quando ela o visitou, estava já sob a mira do Santo Ofício... Ah! Alguém mais foi visitar Galileu! Outro astrônomo, que também se exilou. Foi um português, o famoso Rosales, especialista em cometas. Um cientista de vanguarda. Seu tratado sobre os cometas é de 1619. O mesmo ano em que saíu o *Harmonices Mundi*, de Kepler. Visitou Galileu em Roma, em 1625, e voltou para Portugal. Perseguido, exilou-se. Havia bons motivos: além de ser astrônomo, tinha outros defeitos graves: era heliocentrista e judeu..."

O padre levantou a mão, pedindo a palavra: "Você, que sabe história da astronomia, acha que seria muito absurda uma ligação entre a herege de Évora e Rosales? Ambos eram heliocentristas, ambos amigos de Galileu, ambos perseguidos em Portugal...".

"Não acho absurdo. Acho até provável. Principalmente se ela fosse amiga ou discípula de Kepler. Ganharia toda a simpatia de Galileu. Eles eram muito amigos. Na minoria heliocentrista, a solidariedade era muito grande. É quase absurdo pensar que Galileu, ao receber Rosales, chegado de Portugal, não lhe tenha mencionado ou, até, recomendado a sua seguidora, de Évora."

"Na verdade, ter apoio de um judeu não era muito confortável. Principalmente, em Évora", falou o jesuíta.

"Depende. Quando pagavam bem ao rei, os judeus podiam respirar. Mas os reis eram insaciáveis: eis a questão, meu caro Norberto. Você sabe que a Inquisição portuguesa era controlada pelo rei. Pertencia ao rei. De todo modo a longa perseguição aumentou a solidariedade e as organizações clandestinas entre os judeus, cristãos novos e outros perseguidos. Para uma astrônoma, estrangeira, acusada de heresia e desamparada o apoio do judeu poderia ser vantajoso."

A conversa era iluminadora. Mas eu tinha sede. De um bom vinho. "Posso sugerir o vinho?" Ninguém contestou. Então pedi um vinho tipo *Chiaretto*, da Puglia. Costumam ser leves, brilhantes, pouco frutados. São até alegres: não têm a sisudez de um *Nebbiolo*, por exemplo. Pelo menos para mim.

E o que o glorioso Kepler tinha a ver com o nosso caso da herege? Pensei isso antes do vinho, que conste! E pensei mais: Kepler e Galileu eram amigos. Em algum canto do meu cérebro alguma coisa, nevoenta, começou a formar-se. O ódio de Wiesenius contra a herege por ser seguidora de Galileu poderia ter mais um motivo: ela poderia ser, também, uma discípula de Kepler, o gênio das elipses, outro demônio para os geocentristas.

O vinho chegou junto com os *cannelloni*. Acertei em cheio: Eva lambeu os lábios depois do primeiro gole, Saulo olhou a cor dele na contraluz, girou o copo ondulando o vinho, sorveu o aroma, tomou um gole generoso e deu seu veredicto: "É uma delícia de vinho. Não sei por que os provadores fazem toda esta encenação. Depois escrevem textos... impressionistas, sobre a cor, os aromas, o *bouquet*. Tal como fazem os críticos de pinturas: matizes melancólicos, *chiaroscuro* angustiante, luzes e reflexos eufóricos, profundidades agitadas que se contorcem como num espasmo...".

O jesuíta completou o texto: "... num espasmo telúrico, onde, à força primária e instintiva da forma, sobrepõe-se, ainda que tímido, o equilíbrio de uma geometria crepuscular, quase macabra...". Eva e eu começamos a rir.

Saulo fingiu tomar notas: "Pode repetir esse último pensamento?". O padre soltou uma gargalhada. A francesa de cabelos curtos, duas mesas mais longe, me olhou sorridente, como se desejasse partilhar da nossa alegria. Pela natureza das coisas, era óbvio, mais cedo ou mais tarde nos conheceríamos. Retribuí o sorriso dela. Era esguia, muito bonita, traços finos, e dona de uns lindos olhos verdes. Pelas joias e roupas que exibia, devia ser dona de muito mais.

"De carnes, temos *Faraona rippiena*, *Vitella marsallata* e *Pollo alla diavola*", anunciou o padre Flores, atrás de seu cardápio. Pedimos *Faraona* para três. Eu preferi o *Pollo alla diavola*. Mais pelo sabor, único, que resulta da trindade sagrada: alho, vinagre, alecrim.

Até o fim do almoço, a conversa foi passando da linguagem oca dos catálogos de *vernissages* ao poder da retórica, à magia das palavras, aos ardis da propaganda e, principalmente, a arte de escrever e seus fascínios. Eva comentou a diferença entre a redação jornalística e a linguagem de romance: "É bem difícil criar uma trama, seus personagens e diálogos e, ainda, botar tudo isso em linguagem eficaz e agradável. Ainda aprendo tudo isso".

"Mas você escreve muito bem", disse o padre, com uma segurança que não admitia contestação. Ou ele lia a revista *Saber*, pensei, ou Eva já tinha publicado alguma coisa mais... densa. Que ele conhecia e eu, obviamente, não. Resolvi não perguntar. Eu acabaria sabendo.

"E a sua cobertura sobre a viagem?", Saulo a olhava por cima dos óculos. "Vejo que você anota muita coisa nesse caderno. Quando escrever sobre o bar da proa, espero que não mencione... a freguesia. Minha mulher é ciumenta."

"Cuidarei disso, fique tranquilo. Estou alinhavando dados. Preciso ainda 'sentir' a vida do navio. Chegar à alma do *Provence*. Chique, não?"

"Há ainda bastante tempo para isso. Até Gênova, você tem ainda cinco ou seis dias de mar. Você e Saulo, se ele não desembarcar em Marselha. Eugênio e eu temos só três dias até Lisboa. Amanhã chegamos a Tenerife, logo depois do almoço. Quero passear um pouco, esticar as pernas." Olhou para Eva como se a convidasse. "O Comissário da ponte A disse que só partiremos às dez da noite. Dá tempo para um giro tranquilo pela cidade."

"E para jantar em terra", notou o engenheiro. "Eles têm bons pratos de peixes. E uma bagaceira memorável. Ademais, é uma chance de ver como vivem os terráqueos. É uma espécie muito mais complicada do que a nossa. Cheios de horários, hierarquias, compromissos, prazos...", voltou-se para mim: "fidelidades, resmungos, 'precisamos discutir o nosso relacionamento', 'você anda meio histérico', 'aonde vamos no Natal?' Mas, *noblesse oblige*, amanhã enfrentarei a barbárie. Podemos jantar juntos, para variar, Norberto".

O padre riu: "Não prefere algum exportador de couros?".

Eva não se animara muito: "Com esse calor infernal, não dá muita vontade de desembarcar. A não ser pela sensação de espaço aberto. Aqui, mesmo no convés, exposta ao céu e aos ventos, com horizontes infinitos, eu me sinto ilhada. Acho que só no fim da tarde vou dar uma volta pela cidade. Como todo mundo vai querer descer, as piscinas, finalmente, ficarão vazias. Será ótimo para tomar sol e nadar um pouco. Estou enferrujada. E você, Eugênio?".

"Mais enferrujado ainda, se é isso que você pergunta. Acho boa a ideia de só desembarcar depois do calor forte. Não sei bem o que vou fazer. Acho chatíssimas as filas de desembarque. Parece que baixa uma histeria geral. Só porque se volta à terra firme..."

"Que oferece todas aquelas graças que eu mencionei", lembrou Saulo.

Eu, na verdade, não queria ir à terra. E gostaria que Eva não desembarcasse. Já tinha notado em outras viagens: o contato com a terra e com a vida convencional desencanta a vida, sufoca as grandes paixões de alto-mar. Cada um retorna à aridez e à geometria do quotidiano. Recolhe as asas. Abotoa-se nos esquemas do esperado. O próprio ato, banal, de retomar o passaporte no vestíbulo é já uma renúncia ao sonho, um fim de festa. A volta ao RG.

Para os navegantes de primeira viagem é diferente, nada tão existencial: após uns dez dias de travessia, as surpresas ou as atrações programadas esgotam seu poder antitédio. A proximidade da terra empolga, entusiasma. É o primeiro desembarque, os primeiros postais enviados da Europa, as primeiras impressões do velho mundo. Pisar terra europeia, pela primeira vez, mesmo numa ilha. Tudo isso agitava os colegiais em férias já antes do almoço, no dia seguinte. Os professores tentavam, em vão, acalmar a excitação. A freira sartriana havia trocado seu véu preto por outro que era a própria "alvura imaculada". Várias damas argentinas discutiam no vestíbulo quais os produtos mais exóticos de Tenerife. Havia fila diante do escritório do comissário: gente que tinha guardado dinheiro no cofre do *Provence*.

No almoço, os camareiros não tinham a calma de sempre. Mas Alberto manteve a cortesia habitual. Eva queixou-se por duas vezes de que seu ombro ainda doía.

O padre Flores condoeu-se: "Não quer consultar um ortopedista, em terra? Temos tempo para isso".

"Não, Norberto, prefiro um pouco de sol e exercício leve. Sinto que os músculos estão forçados. Por isso doem. Já melhorou bastante, com os banhos de luz."

Num certo momento, os olhos dela me fitavam, num esboço de sorriso. Mas fugiram do meu olhar, quando os vi, muito meigos.

"Vocês nos encontram em terra?", perguntou Norberto.

"Eu só vou descer depois das seis", falei. "E você, Eva?"

"Não sei. Vai depender de como vou me sentir. Pelas dúvidas, podemos marcar um lugar e um período máximo de espera." Saulo resolveu: "Entre sete e sete e meia, na porta da igreja de Santo Antônio. Depois disso, eu e Sua Eminência vamos jantar".

"De acordo", disse ela. O padre assentiu com um gesto e eu, também. Dentro de mim eu torcia para que ela não tocasse a terra. Ela voltaria enquadrada, "inserida no contexto" convencional. Não seria mais a Eva dos meus sonhos; seria Eva Bernini, jornalista da *Saber*, endereço tal, cargos tais e tais, escolaridade tal.

Se eu tivesse fé, teria rezado a alguma divindade que a detivesse a bordo. Eu senti, ali, toda a fragilidade da paixão. Era o esforço desesperado de eternizar o efêmero. Era a consciência, instintiva, de que, a paixão, para além do efêmero, se torna *praxis*, racionalidade. O que se ganha em duração, perde-se em verdade.

No horizonte, pouco a pouco os contornos da terra iam se delineando. Após umas duas horas já se podiam ver as casas, os barcos, depois os veículos, e as pessoas que se moviam no porto.

Subimos, Eva e eu, até o convés para assistir ao final da atracação. Pelo megafone alguém comandava o trabalho dos atracadores, em mau português. Depois, falava para a casa de máquinas: *Doucement, tout doucement... en arrière.*

Norberto e Saulo nos acenaram, já na rampa de descida, e voltamos para a sombra. Na escada, ela apontou o relógio do vestíbulo: "Quinze para as quatro. Boa hora para a piscina, não?". Concordei, é claro. Ela segurou meu braço: "Tenho um problema, Eugênio. Não quero me queimar demais, preciso passar um creme com filtro solar...".

"Podemos comprar na boutique, se você não trouxe."

Ela me fitou bem no fundo das pupilas: "Não é isso. O problema é que, com este ombro machucado, não consigo passá-lo nas costas e nos ombros...".

"Quer ajuda? Disponha. Sou o maior passador de cremes e filtros solares na rota da Europa."

Ela me fitou, de novo, daquele jeito penetrante: "Vou precisar deste favor seu. Mas não lá no *deck*. Acho de péssimo gosto tomar certos cuidados corporais em público. Cortar unhas, escovar dentes e passar cremes".

Meu coração começou a galopar. Ele sempre é mais rápido do que eu para perceber as coisas: "Escolha o lugar que lhe convém", tentei disfarçar uma súbita rouquidão, fingindo tossir.

"Se você for à minha cabine não fica bem, meu caro." "Resta a capela", brinquei, "ou a minha cabine. É a 27 no fim do corredor azul..."

"Me espere lá."

Fiquei lá, de garganta seca, quase tremendo. Ia ser uma situação tensa. Meio constrangedora, para ela. Decidi mostrar a quem passasse que não havia nada a esconder: aumentei um pouco o volume da música e deixei semiaberta a porta. Ela chegou após uns eternos vinte minutos, numa saída de praia branca e amarela. Ficava linda com os cabelos presos no alto da cabeça, mostrando a nuca, que parecia pedir uma carícia. Assumi meu autocontrole, penso: "Oi! Trouxe o filtro solar?".

Ela trancou mansamente a porta: "Eu já disse que cuidados corporais devem ser tomados entre quatro paredes", deixou cair a saída de praia sobre a cadeira e sentou-se à beira da cama.

"Céus!", não consegui dominar as palavras. "Me desculpe, mas você é linda!"

Ela apenas sorriu. "Eu sei que meu corpo é benfeito. Graças a Deus. Agora, vamos ao filtro solar, não?"

"Pois não!" Espalmei um pouco do creme sobre os ombros dela e comecei a espalhá-lo lentamente, cuidando para não causar dor no ombro machucado. Ela se contorceu um pouco. "Doeu?", perguntei.

Suspirou antes de responder: "Não, é claro. É que... o creme está um pouco frio. Pode espalhá-lo mais!".

Percebi que minha mão tremia. Ela também percebeu: "Não tenha medo, eu não mordo. E meu pai ciumento ficou em São Paulo. Para um especialista em passar cremes, você parece meio inseguro".

"É falta de treino", rebati, mas minhas mãos tremiam miseravelmente quando chegaram à nuca. Percebi que já não havia creme algum nas minhas mãos. Ela se contorceu, sorrindo, de olhos fechados. Peguei um pouco mais de creme.

"Esfregue mais abaixo, nas costas, por favor."

"Não quero lambuzar o *soutien* do biquíni", expliquei.

"Pode-se dar um jeito, não?" Ela levantou-se, tirou o *soutien* e me abraçou: "Seu bobo! Fiquei rezando para você não descer do navio!".

Reduzi o volume da música. Era a *Serenata Noturna*, de Mozart.

Era já noite, mais de oito e meia, quando ela saiu do chuveiro: "Nossa tarde foi bem melhor do que ficar torrando ao sol naquele *deck*, não acha?".

"Com o filtro solar, não faria mal", ponderei.

"Filtro? Você viu o nome dele?"

"Não."

"Nem eu tinha visto. Na pressa, errei o frasco. A cor da tampa me confundiu."

Olhei o rótulo, dourado: "Dior. Xampu para cabelos secos".

Ela emendou: "Deve ser o último lançamento de Dior: um xampu afrodisíaco".

Chegou-se até a cama, com os cabelos molhados, bela, esplêndida em seu corpo bronzeado, ainda com algumas gotas d'água escorrendo entre os seios e nas coxas. Deitou-se ternamente ao meu lado. Sorrindo, de olhos fechados. "Adorei a nossa tarde. Ou nossa noite, meu querido."

"Falta apenas um bom *champagne* para celebrá-la..."

"Não se preocupe. Pensei nisso. É algo que me tem trazido sorte: meu *Noilly Prat*. Mas tem que ser nesta garrafinha." Levantou-se, remexeu na sacola de palha e tirou uma garrafa de bolso, do tipo *pocket flask*.

A chamada "garrafa de bêbado", dos lenhadores. Pequena, muito achatada, formando uma curva para ajustar-se ao bolso de trás das calças.

Era uma bela peça, de prata ou alpaca. Ela desparafusou a tampa e levantou o frasco, num gesto quase ritual. Nua, belíssima, naquele gesto ela parecia uma sacerdotisa de outros tempos. Brindou: "Aos deuses do amor, Afrodite, Eros. E a Diana, a deusa da Lua", bebeu um gole e passou-me a garrafa. Bebi a todos os deuses do Olimpo e lhe devolvi a garrafinha.

"Não, Eugênio. Ela vai ficar com você...", vestiu a saída de praia e ajuntou: "Para o próximo brinde. Agora, temos que subir logo para o jantar. Estou morta de fome".

Beijei a garrafinha. Ela destrancou a porta. Já com a mão no trinco, voltou-se, jogou-me um beijo. Antes de sair, recomendou: "No restaurante, trate de disfarçar essa cara de quem ganhou a loteria de Natal".

Guardei a garrafinha no fundo da última gaveta, como se guarda um tesouro, um amuleto, a lâmpada de Aladim.

Enquanto me vestia para o jantar, lembrei-me de que havíamos faltado ao encontro com Saulo e o jesuíta. Era preciso encontrar uma desculpa que não fosse desmentida por Eva. Havia tempo para combinar: eles haviam dito que jantariam em terra. Muitos outros passageiros tinham decidido a mesma coisa, pelo jeito: quase a metade das mesas do restaurante estavam vazias quando cheguei. Eva veio logo depois, "morrendo de fome". Pedimos *risotto alle seppie* e um Verdicchio que pode ir muito bem com peixes e mariscos.

Eva estava meio inquieta: "Nem me arrumei ainda, estou morrendo de fome. O que vamos responder quando eles perguntarem por que faltamos ao encontro? Cada um de nós precisa ter uma explicação. O que você vai dizer?".

"Fiquei até as oito e meia passando xampu nas costas de Eva."

Ela riu. "Chato! Fale sério! Vou dizer que depois da piscina tomei uma ducha memorável e deitei-me um pouco para relaxar. Adormeci e só acordei quando algum camareiro anunciou, no corredor, que era hora do jantar. E você?"

"Depois da piscina combinei com Eva que nos veríamos às seis e meia, na rampa de desembarque, cansei de esperar, um camareiro me disse 'sua colega de mesa desceu com as duas senhoras francesas'. Ele enganou-se, desci à procura de Eva nos arredores e decidi ficar num bar, logo à saída do cais, esperando que passasse por ali. A hora do encontro passou, voltei ao navio para jantar."

"Ah é? O que você viu de interessante na ilha?"

"Não ligo muito para ruas e praças, gosto de ver como as pessoas vivem, e de lugares particulares, com vida própria. O bar, por exemplo, tinha uns cestos de vime enormes, alguns em forma de charutos. Duas crianças brincavam de esconder-se neles. As pessoas são gentilíssimas, me pareceu. Exceto pela insistência dos vendedores de *souvenirs*. Até precisei comprar, de uma menina, um xale, ou *écharpe*, ou estola, sei lá, de rendas feitas à mão. Não sei para quem. É bonito, acho."

"Céus! Quanta mentira, Eugênio! Agora sei por que você escreve ficção! Barbaridade..."

"Foi você que pediu uma desculpa diferente." Dei-lhe o pacote.

"O que é isto?"

"Lembrança desta noite, para você."

"Que renda mais linda, que delicadeza! Fico encabulada, Eugênio. Mas onde você comprou isso?"

"Achei uns vendedores que subiram a bordo, no vestíbulo da ponte B. Tive sorte. Já estavam fechando as malas. Agora posso enumerar uns vinte tipos de *souvenirs* que poderia ter visto na cidade."

"É uma *écharpe* finíssima, um charme! Vou guardar na maleta azul."

"O quê?"

O rosto dela se tingiu de rosa: "Falei demais: é um segredo meu. A maleta azul é uma espécie de diário íntimo de cada viagem que faço. Parto sempre com ela vazia. Quase sempre volta vazia. Só guardo nela alguma coisa que marque um momento muito especial da viagem. Que signifique muito para mim. Pode ser um presente valioso, como o seu, um cardápio, uma rolha de *champagne*, um folheto comercial, um guardanapo de papel. Na viagem, não olho o que guardei. Mas, depois da volta, é uma delícia abri-la e reviver os momentos que valeram. Nesta viagem, esta *écharpe* é a segunda coisa que vai para a maleta azul".

Devo ter feito uma cara de mágoa. Ela percebeu o meu ciúme. Olhou-me carinhosa: "A primeira coisa foi o vidro de xampu! Ele merece, não?".

Capítulo 4

Memória da Visitação

Estávamos já na sobremesa quando chegou Saulo: "Já sei. Me desculpem. O erro foi meu. Troquei o nome da igreja do nosso encontro. Não era Santo Antônio, era Santo Antão. Vocês já jantaram, pelo jeito. Nós também. O padre foi tomar banho e vai jogar pôquer com uns amigos novos. Vou acompanhar a sobremesa de vocês, se não incomodo". Chamou Alberto e pediu *Roquefort*, com peras.

Eva lhe recomendou: "Para não deixar outra vez os seus amigos a esperar na porta da igreja errada, você precisa frequentar mais a igreja. Assim não trocará os nomes dos santos. Cada um tem títulos e funções muito específicas. Se você invocar Santo Antão, para arranjar casamento, por exemplo, vai morrer solteiro. Isso não é tarefa dele".

Terminamos a sobremesa enumerando as funções oficiais de todos os santos que conhecíamos. Não eram muitos.

Depois, no bar da proa, como sempre, Eva quis o seu *Noilly Prat*. Saulo pediu uma *Tuborg*, eu quis o meu *Amaro Braulio*. No bar, ela encomendou dois litros do vermute, para depois de Marselha: "São para atravessar o deserto depois dessa fartura. É difícil achar esse vermute fora da França".

Um perfume suave anunciou, como um feromônio, a chegada de alguma mulher, por trás de mim. Era Patrízia. Elegantíssima, num vestido estampado de flores azuis muito discretas sobre fundo preto. Pendurou-se no ombro de Saulo, totalmente à vontade; devia ser mais uma amiga dele. Por um átimo, achei que ele trocara o nome da igreja de propósito. Desajeitado, fez as apresentações. Disse que ela lecionava em Veneza.

Eva, toda sorrisos, convidou-a: "Por que não se senta conosco?". Saulo, mais ágil do que de costume, ajeitou-lhe a cadeira, pediu sua garrafa de *White Horse* e dois copos, um para mim. A cara simpática que Eva armou para a italiana devia ser mera cortesia. Queria mostrar que, tanto eu como Saulo, para ela, éramos apenas bons amigos. Mais: talvez quisesse que nós dois pensássemos isso. Uma pena, achei.

A conversa começou sobre Veneza, vidraria, passou para astronomia antiga, mau gosto na roupa de umas argentinas, a boa comida do navio, as atrações, não muitas, de Tenerife, a vida a bordo e seus problemas.

Quando o baile já se arrastava a meio vapor, vários casais se recolheram. Eva, discretamente, preencheu mais algumas linhas do caderno. Muitas mesas já desocupadas, namorados trocando afagos na penumbra do fundo do salão. Nos poucos grupos restantes, muita conversa e risadas mais soltas aqui e ali. Denise, de vestido azul, aproximou-se. "Desculpe, Eugênio, queria apresentar-lhe minha amiga, Gisèle. Ela adorou seu livro."

Levantei-me: "Oh, muito prazer", etc. etc. Conversamos rapidamente sobre dois personagens que lhe haviam interessado muito, mas não quisemos cortar a conversa do grupo. Saulo buscou mais duas cadeiras e as francesas se juntaram ao grupo. Eram muito belas. Gisèle tinha algumas sardas, muito poucas, no colo. Sensuais, até. Não sei por quê. Também tinha, à primeira vista, pernas de enciumar qualquer Marlene Dietrich. Mas Denise tinha aquele par de olhos verde-mar, encantadores. Os de Eva, lindos e severos, estudavam cada movimento dela.

Eu estava cercado de mulheres lindas, charmosas. Lembro-me de que, embalado por várias doses do nosso *White Horse*, agradeci aos deuses (pareciam tão próximos) por eu ter nascido e procurei moderar meus ímpetos. Não foi difícil. Inútil querer enganar-me: Eva, querendo ou não, me havia fisgado. Nenhuma daquelas belas mulheres conseguiria encantar-me mais do que ela. Aquela tarde, ou noite, selara alguma coisa, para sempre. Lembrei a *tyche* dos gregos, o acaso, a fatalidade, que rege a vida dos mortais. Para o bem ou para o mal. E, por uma dessas ideias parasitas, oportunistas, que embarcam no primeiro pensamento que passa, lembrei *Tycho*. O velho Tycho Brahe, o mestre ranzinza de Kepler.

Saulo, já em órbita, heliocêntrica, é claro, marcou um aperitivo com todo o grupo, às onze da manhã seguinte, no *deck* da popa, "longe daquela garotada bronzeada, sem barriga, sem rugas, sem papadas e sem dívidas. São acintosos naquela beleza toda. Naquele vigor de potros novos ou, se preferem, naquele frescor de corolas entreabertas. Ou, se gostam mais dos gongóricos, naquela lepidez de gazelas, no desbrochar da primavera".

"Prefiro os potros", falou Gisèle, num murmúrio seco, para Denise.

"Na popa teremos mais sombra", prosseguiu Saulo, "e vou convocar também meu amigo padre Flores. É o único jesuíta confiável. Ele merece toda a minha confiança, por enquanto, até certo ponto, em determinados aspectos e dentro de alguns limites, bastante estreitos!"

"Posso contar a ele?", perguntou Eva.

"Sobre o convite para o aperitivo? Pode. Ele vai gostar."

"E sobre essa confiança incondicional?", quis saber a italiana.

"Ele já deve saber, Patrízia. Os jesuítas sabem tudo. Mas o nosso sabe muito mais!". Voltou-se para as francesas: "Vocês vão gostar dele: é o próprio *esprit de finesse*".

Quando a conversa acabou, Eva me pediu: "Você pode me dar aquele comprimido? Andei bebendo muito hoje". Não entendi coisa alguma. E minha cara mostrou isso. Ela me deu um beliscão doído, fingindo pegar meu braço para levantar-se. "Ah! Claro", arrisquei, "vou buscar".

"Vou com você." Na escada do vestíbulo, longe dos outros, me disse, rindo: "Seu bobo, eu queria apenas dizer que gostaria de te dar um beijo, mas agora não posso, é claro. Exceto pelos olhares meio doces, você soube parecer apenas mais um amigo meu. Gostei. Sonhe comigo".

Não preciso dizer que me deitei pensando em Eva. Naquelas suas formas esplêndidas ao sair do chuveiro, na doçura e graça que ela tinha posto em toda aquela nossa intimidade. A começar pela troca do frasco. Sinal da pressa dela de me encontrar, achei. E ali, de novo, o veneno da dúvida: não seria tudo um mero jogo seu? Aparência de amor e não verdade? Nem perguntei, e não teria graça alguma, se ela era mesmo uma "senhora", como tinha sublinhado no embarque. Voltou-me à mente a filosofia de Saulo. O máximo de verdade que podemos ter é a verdade das aparências. Portanto, segundo ele, agarremo-nos a elas.

Agarrei-me ao que me parecia: Eva me amava! E adormeci feliz.

Sonhei com ela, molhada do chuveiro, a deitar-se toda terna ao meu lado, sonhei com a *écharpe* de renda, com a maleta azul. Mas cheia de frascos, variados.

Na manhã seguinte, não me saía da mente cada palavra, cada suspiro, cada sorriso dela no nosso encontro da véspera. Mas lembrei-me também do sonho: os outros frascos na maleta. São paixões de alto-mar, pensei. Ela poderia ter-se empolgado e agora estaria meio constrangida com toda a aquela efusão da véspera.

Fui o segundo a chegar ao *deck*. O jesuíta já estava lá, de bermudas e tênis e... recitando seu breviário. Quando me viu, fechou o livro. Fez uma cara séria.

"Olá! Bom dia, Eugênio. Ouça o que diz este bilhete. Alguém o passou por baixo da minha porta. Deixou-me intrigado: 'Caro amigo, a elite deste navio está convocada para amanhã às onze horas a fim de honrar alguns deuses mais antigos, como Baco ou Dioniso. Para isso, lá estarão à sua espera, no *deck* da popa, as mais belas damas do *Provence* e os dois homens mais brilhantes do planeta. Saudações.' Deduzi que Eva estará aqui, com outras beldades, talvez aquela francesa de olhos verdes, com sua amiga... Quanto aos dois homens brilhantes, não tenho a mínima ideia de quem possam ser". E riu, à solta.

"Nem eu, Norberto."

"Mentiroso."

"Juro."

Pegou no banco uma pasta das suas: feia, de cartolina esfolada. "Esta é a *Memória* do Visitador, da qual lhe falei. Consegui liberá-la para você, com algum tempo antes de Lisboa. Aqui está tudo o que o James Bond dos dominicanos conseguiu descobrir, em 1626, depois do sumiço da herege. É um belo exemplo de inquérito eclesiástico da época. Você vai gostar. Espero que lhe ajude a resolver os mistérios do caso."

"Eu?"

"Claro! É você que remexe os porões do Santo Ofício. Para mim bastam os aspectos jurídicos..."

"Mas você bem que gostaria de saber aonde foi parar essa herege."

Ele refletiu mais do que eu esperava. A minha insinuação não era trivial, pelo jeito. Coçou o queixo e explicou: "Sim e não. Sim, porque o esclarecimento do sumiço teria grandes implicações jurídico-canônicas.

Não, porque, conforme for o desfecho do mistério, eu vou ter que escrever muita coisa. Deixemos isso para outra hora, não?".

Ajudei-o a mudar de assunto. "Como é a linguagem desta *Memória*? Igual à da *Notícia*?"

"Era praticamente a mesma. Mas esta passou por duas transcrições: a de 1909, tal como a *Notícia*, e uma outra em 1933. Isto porque, sendo um relato de investigação, tem mais importância processual."

"Tem? Ainda hoje?"

"Explico. O sumiço da herege criou, tanto na época como logo depois, várias jurisprudências canônicas divergentes. Por isso o texto do inquérito do Santo Ofício foi mais trabalhado em sucessivas reproduções e interpretações. Hoje ele está numa linguagem de século vinte, mas meio antiquada. O processo, como tal, tem grande interesse para a história do direito canônico."

"Mas o conteúdo é fiel ao original de 1626?"

"Muito fiel. Eu mesmo confrontei os dois textos. Claro, aquele está em latim. Um bom latim, até. O Visitador, ou seu notário, era um homem de bom preparo, afora os vieses ideológicos. Você pode confiar nesta transcrição. Mas duvido que encontre alguma pista nova sobre o destino da herege. Muita gente já estudou essa *Memória*, e até hoje a famosa 'Jovem de Praga' continua sumida. Ainda estou lendo a parte final. Aqui está o começo. O Visitador era um duro, pelo que parece." Sorriu com malícia: "Aproveite para dar uma olhada antes que cheguem as beldades e o outro homem mais brilhante do planeta", olhou-me por cima dos óculos e reabriu o seu breviário.

Desde a leitura da *Notícia* estávamos, Saulo, Eva e eu, empenhados, quase por jogo, em achar o destino da herege. Mas na *Notícia* faltava qualquer pista sobre duas questões essenciais para uma investigação mais objetiva. Uma era: supondo que não tivesse sido raptada ou assassinada (coisa que Wiesenius evitaria por todos os meios, para garantir sua vitória sobre a jovem), qual o modo encontrado para sair da prisão e do convento? A outra era: se a morte do inquisidor tinha conexão com o desaparecimento da jovem, qual seria essa conexão?

Um fator mais imediato da morte era conhecido ou, pelo menos, presumível: a constatação de ter sido *traído* por Deus precipitou alguma forma de colapso que lhe trouxe a morte. Mas ele já estava muito mal antes de ver as rosas e se ferir com elas. Restava explicar as dores da noite precedente, que bem poderiam esclarecer a *causa-mortis*.

Por tudo isso, o relatório do Visitador do Santo Ofício era essencial para a minha investigação. Secretamente, agradava-me também a ideia de oferecer ao jesuíta a chance de resolver a charada jurídica que o caso se tornara. Mergulhei no texto, com vontade. Parecia nascido da mesma Remington ou Underwood em que haviam batido a transcrição da *Notícia* do prior.

MEMÓRIA da Visitação que, por mando do Santo Ofício da Inquisição, e anuência do Senhor Bispo de Évora, Dom Silvestre Procópio Nunes d'Almeida, efetuou, em o convento de São Francisco da mesma cidade, com escrupulosa dedicação a quanto prescrito pelo Excelso Tribunal da Sacra Romana Inquisição, Frei Diogo Fernão de Braga, da Ordem dos Pregadores, Inquisidor de Coimbra e, para esse preciso fim, designado com jurisdição para a inteira região da Sé de Évora, com poderes para interrogar, examinar e visitar quaisquer pessoas ou sedes, com ressalva da autoridade episcopal para os casos de direito canônico, ou definidos em decretais não revogadas.

Era um belo preâmbulo. Solene, autoritário, legalista. Dom Diogo, sem dúvida, entendia de seu ofício. E isto ficava ainda mais claro nas linhas seguintes.

Dada notícia à Sé, anuladas as prerrogativas de hierarquia, por decreto episcopal, visitei o convento dito e, nele, especialmente os sítios em que se deram os factos que a esta visitação devem ocupar. E foram tais sítios: a cozinha onde se preparou a ceia e o refeitório onde ceou por última vez o Venerável Padre Wiesenius, dos Pregadores, na noite em que deixou este mundo, no pio exercício de seu sagrado ofício inquisitorial...

Das duas uma: ou Frei Diogo Fernão não conhecia o patético relato da *Notícia* ou, logo de saída, tentava colocar em boa luz o sinistro Wiesenius. Vi, depois, que não era nem uma coisa nem outra: eu ainda tinha muito que apreender sobre a retórica eclesiástica. Sim, Frei Diogo Fernão tinha lido, necessariamente, o relato desesperado do prior. Mas dera a ele o tratamento que mais convinha: ignorar, quanto possível, a grotesca morte de Wiesenius e sua atuação desastrada no caso. O alvo do Visitador aparecia bem claro e preciso: as culpas e os cúmplices, eventuais, da herege.

Também outros sítios foram investigados ou, eufemisticamente, visitados por ele:

... bem como a cela em que jazia em dores após cear, e a antiga capela, liturgicamente desconsagrada, onde se recolheu a herege de que trata o processo conduzido pelo finado padre Wiesenius. Processo esse cujos registros todos ora se guardam em cofre da referida Sé, que assim mandei, que ali fiquem em custódia, com os verbais todos dos interrogatórios havidos com a ré, até o último, na véspera dos factos que aqui se investigam.

Esses verbais, transcritos, eram os autos do processo que Norberto estava analisando. Neles, muito provavelmente, constariam dados sobre a proveniência geográfica e intelectual da prisioneira.

E também visitei o dispensário confinante com a dita antiga capela. E todos os mais sítios onde pudesse ter estado na ocasião dos factos ou onde pudesse haver passado qualquer pessoa das que interroguei e que se nomeiam mais adiante.

Era, bem se vê, uma investigação detalhada, tipo pente fino, como dizem. A seguir, o Visitador enumerava as medidas e objetos de todos os aposentos investigados. Apesar do tom quase policial da *Memória*, as descrições da herboristeria do angustiado frei Fernando era um documento minucioso para uma história sobre a arte das ervas, com seus instrumentos e materiais. E até de seus bisonhos processos de cocção, decantação, destilação. Igualmente, a descrição da cozinha chegava a ser fascinante: frei Diogo Fernão descrevia panelas, temperos e até o caderno de receitas que o mesmo frei Fernando executava. Rigoroso e sedento de justiça, a seu modo, o Visitador não deixou sem registro, elogioso, até a letra de quem escrevera as receitas. E apontava uma coisa que, como tantas outras, inúteis para o seu inquérito, constavam ali mais como prova de seu rigor e argúcia. Que a letra do receituário das comidas era muito parecida, ou idêntica, à das fórmulas no livro do herborista. Na verdade, nem as formas das panelas, nem as medidas da ex-capela apontariam o destino da ré desaparecida. Nem esclareceriam a morte grotesca de Wiesenius. Mas frei Diogo Fernão de Braga tinha que manter seu prestígio de investigador minucioso.

Descrevia, com rigores de medida, dois desenhos *que bem poderiam ser blasfêmias contra a Santa Cruz*, encontrados à cabeceira do leito da herege. Quem transcreveu o texto em 1933 teve o cuidado de registrar que copiara fielmente os desenhos da última transcrição latina. Nada demais, me pareceu. Apenas uma cruz ornamentada e, mais acima, um desenho parcial da mesma cruz.

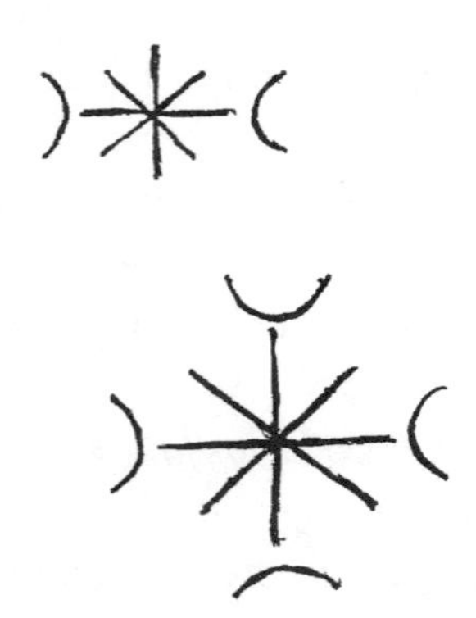

Mais adiante havia dados curiosos sobre as várias testemunhas do caso. Todas eram frades daquele convento e todos oriundos da região. Menos dois: o herborista, frei Fernando, que constava como *saxão e por um oitavo hebreu, o que se soube depois de seus votos na Ordem, donde o não lhe haverem dantes recusado o hábito franciscano*, e o notário, frei Eusébio, migrado do norte da Itália, já *com todas as quatro ordens menores seis anos antes dos eventos que aqui se indagam*.

Lembrei-me de que, pela *Notícia*, o notário-escultor chegara à Casa cinco anos antes. Se os dois documentos estavam corretos, frei Eusébio passara um ano fora do convento, mas já como clérigo. Com todas as ordens menores, portanto já fora ostiário, leitor e até exorcista e acólito. Faltavam-lhe as três maiores: subdiácono, diácono e sacerdote. Era um homem bem preparado. O Santo Ofício sabia escolher seus homens. Saber que um notário pudesse, nas madrugadas de Évora, tornar-se o carroceiro que levava verduras às clarissas não era surpresa. A tradição secular dos franciscanos de atribuir funções humildes aos frades mais sábios vem desde o tempo de Francisco de Assis.

Já o boticário-herborista, via-se, carregava a marca, indelével, do sangue impuro. Um Visitador cauto não deixaria sem registro um dado como esse, que poderia "explicar" qualquer deslize de conduta, qualquer ação menos ortodoxa do boticário.

O que mais me atraiu, porém, foram os dados sobre a herege. Finalmente podia-se saber quem era. O relato, na sua frieza, era comovente:

Quanto à ré. Acusada de heresia por haver discursado repetidamente e difundido por escritos e até versos doutrinas heréticas e blasfêmias contra a Santíssima Mãe do Redentor Nosso Senhor, e por suspeita de atos de bruxaria contra dois representantes da Santa Inquisição, e por contumácia em contestar a Sagrada doutrina eclesiástica sobre o universo.

Portanto, as acusações eram várias, como na maioria dos processos do Santo Ofício. Se o réu se demonstrasse inocente de uma, podia ser condenado por alguma outra. A jovem era ré, portanto, de heresia, blasfêmia e contumácia na contestação da verdade oficial. A menção aos dois inquisidores era importante: antes de Wiesenius ela já fora vítima de algum outro guardião da doutrina católica. A redação era ambígua: podia-se entender que praticara bruxaria contra Wiesenius e algum outro inquisidor. Então, o Visitador acrescentava uma acusação nova, prejulgando a questão do milagre das rosas, como bruxaria. A menos que se entendesse que a jovem já havia sido vítima de dois inquisidores, antes de Wiesenius.

As acusações eram vagas, eram rotulações, mais que imputações concretas. As evidências delas eram obtidas ou produzidas *a posteriori*, nos interrogatórios. A *contumácia* indicava que a jovem fora renitente às insinuações ou ameaças dos interrogadores. Então, provavelmente já sofrera torturas, mesmo antes de ser entregue a Wiesenius.

Uma coisa era emblemática na *Memória*. A pessoa da ré tinha pouca ou nenhuma importância: ela era qualificada por seus "crimes". Apenas num segundo momento, alguns dados pessoais mereciam a atenção do Visitador:

Batizada na Santa Igreja como Anna, sendo de família Brahei, que poderia ser adaptação de Hebraei, portanto Hebreu, escandinava, com letras e estudos de ciência astronômica, passada às terras tchecas com vinte e três anos a estudar com o senhor Kepler que também lhe deu morada, sendo sabido que a mãe do mesmo esteve encarcerada até à morte por bruxaria e blasfêmia. E todos estes factos me foram dados pelo notário do processo, pois de outro modo deveriam ser lidos todos os verbais com grande detença desta visita, que se pretende acurada mas breve. E também me referiu dito frade notário que, instada pelo finado padre Wiesenius, declarou a ré saber-se filha, a última, de um astrônomo que a teria levado, com seus cálculos de mecânica dos astros, ao dito senhor Kepler de Praga. É então que chegada ali, pouco depois se uniu em matrimônio a um cavaleiro da corte tcheca também discípulo do senhor Kepler e de nome Alexander, cristão, e que depois se deixou envenenar pela doutrina luterana. É o que a mim declarou o mesmo frei Eusébio, que anotou todas as visitas do senhor padre Wiesenius a dita ré e as respostas dela. Também disse, o notário, ter ouvido da acusada, que no ano de 1621, na invasão das tropas católicas na cidade de Praga, o apóstata Alexander com seus pares levantou-se em armas contra os soldados da fé e tendo sido aprisionado foi, como numerosos adeptos de sua injusta causa, degolado, pelo que se fez então viuva a ré. Disse ainda o notário do processo haver a ré declarado ao padre Wiesenius que de Praga se mudou para a cidade italiana de Florença onde habitavam parentes de seu finado marido, o apóstata Alexander, e serem tais parentes, donos de terras, muito tementes a Deus e à Santa Igreja de Roma, tanto que um deles foi superior geral da Companhia de Jesus junto à Casa Mater de sua congregação. Que em Florença muito se ouvia falar do senhor Galilei do qual também lhe falara o senhor Kepler quando dele fora discípula em Praga.

Parei a leitura. Enfim, tínhamos um perfil da herege, a infeliz Anna de Praga. Tentei entrar na mente do Visitador. De outro modo não se poderia entender tanta má-fé. Desde a semelhança do sobrenome com a palavra *hebreia*, as informações registradas eram, sempre que possível, desfavoráveis à ré. Tentavam colocá-la sob suspeita de contatos com hereges ou um acusado de heresia, como Galileu. Do marido, salientava-se o ter deixado a Igreja: chamado sempre o *apóstata*, pois adepto de causa injusta. Injusta porque contrária a um usurpador católico. Mas a malignidade maior do trecho talvez fosse a tentativa de colocar sob suspeita de heresia o contato de Anna de Praga com Kepler. O indício era pesado, segundo o Visitador: a mãe de Kepler morreu na prisão, por bruxaria.

O historiador Victoire, então, estava certo. Anna era uma heliocentrista que estivera em Florença, fugida de Praga. E conhecera Kepler, como suspeitava Saulo.

Uma coisa, porém, não me convencia: Dom Diogo Fernão de Braga, o Visitador, não tinha percebido que Anna podia ser parente de ninguém menos que o grande Tycho Brahe da Dinamarca! Era incrível tanta ignorância.

Norberto Flores fechou o seu breviário e veio até mim: "Como você pode ver, é um relato rico e, até, vivo. Combinei um horário com o barbeiro da ponte A. Depois virei encontrar vocês. Até logo".

"Este texto é uma mina, padre."

Voltei à *Memória*. O tal frei Eusébio, notário *ad hoc* no processo, mostrava lembrar muita coisa dos interrogatórios. Não surpreendia. Pois os *verbales* eram escritos durante os interrogatórios em forma provisória, chamada *minuta*. Só mais tarde eram passados a limpo, em *bella copia*, depois de lidos pelo inquisidor. Assim, além de ouvir as declarações da ré, o notário ainda as escrevia duas vezes. Frequentemente, a segunda versão dos depoimentos era mais simples: as perguntas preliminares e as respostas evasivas ou irrelevantes para a acusação eram omitidas.

Outra coisa aparecia no texto: as informações de frei Eusébio municiavam o Visitador com várias pistas que poderiam levar a alguma "prova" de heresia: ligação com astronomia, contatos com Kepler, o filho de uma ré de bruxaria, portanto herege, casamento com um apóstata, passagem por Florença, um ninho de intelectuais pouco ortodoxos, até mesmo ateus.

A informação mais importante sobre Anna, afora a eventual filiação a Brahe, era o parentesco com um florentino da Companhia de Jesus. Que havia ocupado o posto mais alto da milícia jesuítica! Isto o colocava no miolo das manobras romanas. Talvez, até, dentro dos grandes conchavos da cúria pontifícia. Tudo isso eram coisas passadas, não serviria para evitar o processo contra Anna. Mas impunha alguma moderação de seus interrogadores e carcereiros. Agora ficava mais claro por que a haviam aprisionado no convento dos franciscanos. Nem em cárcere comum, nem em casa de jesuítas, nem em sede dos dominicanos.

O trecho seguinte mostrava que frei Eusébio fez sucesso como notário. Ou que merecia tanta confiança do Visitador, como merecera a de Wiesenius:

Mandei que o prior dispense da obediência de esculpir o novo frontão do portal de sua igreja e de outros ofícios o clérigo frei Eusébio de Novara que designei como notário desta visitação e que escreve esta Memória. Referem-se, em seguida as declarações das testemunhas dos factos.

Padre Frei Martinho de Santa Tecla mandou que alojassem a ré na antiga capela, fazendo preparar dito aposento para que ali vivesse durante os interrogatórios que foram feitos sempre ali nessa capela desconsagrada, tudo a mando do Santo Ofício, na pessoa do finado Venerável frei Benedictus Von Wiese, que Deus misericordioso tenha consigo.

Encarregou a frei Rufino, homem mui prudente, de manter guarda da ré, para isso portando a única chave que pudesse abrir a porta da prisão. Devendo frei Rufino servir à acusada as refeições, e prover para que se pudesse lavar e devendo cada mês trocar os panos do leito que ali se montou, diante da porta de grades, como ordenou o padre Von Wiese.

Interrogado sobre quem teria intenção de tirar a vida do Venerável Wiesenius, disse crer que de causas mui naturais teria resultado seu passamento e que dos doze frades que havia na Casa, no setor dos clérigos, nenhum jamais teria desejado que se fosse desta vida. E que esses frades estariam à mão para serem visitados pelo reverendo padre Visitador. Que outros quatorze frades há, noutro setor, que deste por completo se isolou até com porta murada, há disso já quatro anos. E são noviços e postulantes, que ali vivem com mestres de noviços que os guiam e preparam para a Ordem. Que para cá se aviam somente após a profissão solene dos votos.

Perguntado sobre as dores do referido padre declarou: Quanto me permite Deus ter certeza, afirmo que em nada a comida de que foi servido poderia trazer-lhe mal, visto ser muitas vezes dada também aos demais frades. Que ele mesmo provara sem dizer nada a outrem o que restara do guisado de coelho e da sopa de verduras servidos ao Inquisidor e nada de mal lhe viera. Que todos os recursos de mitigar as dores do Venerável foram exercidos por ele mesmo, por frei Rufino e por frei Fernando que temia os rancores do padre e por ele fora várias vezes ameaçado de ter-se que explicar ao Santo Ofício, por ter sangue impuro.

"Oi!", disse alguém, ao meu lado.

Levantei os olhos, e ali estava Eva, no esplendor de seu corpo esguio, com um *short* branco, que realçava as pernas esplêndidas. Sentou-se ao meu lado e me falou ao ouvido: "Se você tem alguma dúvida, saiba que dormi deliciosamente e que adorei tudo o que houve". Era a frase mais doce que eu queria ouvir naquela hora.

"Gostaria de te dar um beijo", confessei.

"Contenha-se. Por enquanto!"

Esqueci tempo e espaço, embasbacado, sorrindo para ela. "Mude essa cara de bobo", sussurrou. "Vou tentar, não está fácil", respondi. "Que bom! Adoro essa cara!", falou ela, fora de toda lógica conhecida.

Estendi a ela a folha com os dados sobre Anna: "Eis a mulher que procuramos". Ela leu. No fim da página, mordeu o lábio, tensa: "Pobre mulher! É duro aceitar que dezenas desses sádicos, impostores, estão hoje nos altares...".

Tentei aliviá-la. "Vamos honrar a luta dela. Vamos assumir o..."

"Como? Levando flores a Évora? Rezando missas? Desculpe."

"Não, Eva. Achando seu paradeiro. Ela ainda tem o que contar, denunciar. Sei que pode parecer bobagem. Mas eu me conheço: mordi a isca. Não vou ter sossego enquanto não achar essa nossa amiga Anna, e der o recado dela 'a quem interessar possa'. Quero gastar minhas férias todas nisso."

"Como? Meu caro Dom Quixote, estamos a mais de três séculos do processo! Só com essas informações facciosas?" Ela pareceu gostar do que havia dito. Puxou o caderno de notas e registrou alguma coisa. Já estávamos acostumados a essas interrupções... *jornalísticas*.

"Sim. E com o que Norberto achar nos depoimentos. Se é que eles guardam alguma pista melhor. Posso achar alguma coisa em Évora. Preciso apostar no que temos, não no que nos falta." Até gostei da minha frase.

"Que algum deus te ajude. Agora, ouça um pouco", ela pegou as folhas e começou a ler para mim:

Perguntado se alguma poção foi dada respondeu que naquela noite não. E assim foi, por se ter o padre Wiesenius recusado a aceitar quaisquer poções pelo motivo de achar, assim disse, que lhe poderia o boticário envenenar o remédio. Pelo quê, só unguentos e compressas pode dar-lhe o boticário.

Sobre a Notícia que mandou ao seu Provincial franciscano disse haver posto nela toda a verdade, assim como a soube por seus olhos e ouvidos ou por haver interrogado os demais frades sobre o que haviam presenciado na antiga capela. Que por essas interrogações só não passaram dois irmãos sendo um frei Eusébio, ainda que chamado a reconhecer os capitéis como de sua lavra, depois que eventuais rosas deles brotadas teriam rasgado e sangrado os dedos do padre Wiesenius. Sendo outro, frei Eustáquio, hortelão da Casa, porque ambos estavam fora do convento quando se deu por falta da herege e quando morreu o padre Inquisidor Benedictus Wiesenius e que de tal ausência de ambos era ele mesmo testemunha, com frei Rufino que lhes fora abrir o portão quando saíram com as verduras.

Sobre a chave falsa disse só haver sabido dela quando frei Anselmo a descobriu e lho disse. E que nenhuma ideia tinha sobre quem e para quê fabricara dita chave. Podendo pensar-se que frei Fernando, por ter tomado roupas do dispensário, poderia ter-se valido da mesma chave e então quiçá de há muito poderia estar furtando roupas e ouros de lá e que não atinava com o uso que lhes desse.

Perguntado sobre se os mendigos poderiam chegar à porta da prisão da herege, respondeu que apenas uma porta separava o dispensário do corredor da antiga capela, mas que tal porta sempre estivera bem trancada.

Declarou também que três pessoas de sua Casa poderiam, com paciência e muito engenho, fazer uma chave como aquela, que como todas da casa era bem grande, sem dentes muito pequenos difíceis de forjar. Que de nenhum modo pensava que a houvessem feito. A apenas por juramento de dizer a verdade o dizia. E eram frei Fernando, por ser alquimista, versado em fundição e cocção de metais, eis que fizera ele mesmo vasos e jarras de cobre para a botica. Outro era frei Eusébio que, antes da vida religiosa e menos depois dela, fizera esculturas em bronze e ainda frei Basílio, ferreiro do convento, que também trabalha de costureiro e rou-

peiro. E não mencionou se qualquer outro frade poderia ordenar que se fizesse tal chave por algum artesão da cidade, eis que todas as chaves haviam sido feitas por um deles, bom cristão, em pagamento de votos, e bem andavam por serem todas de bom metal e pouco uso.

Declarou, perguntado, que frei Eusébio e frei Eustáquio, na madrugada dos fatos haviam estado na horta a carregar as verduras, sendo este um trabalho longo e da horta iam para o portão já com a carga. Sendo então difícil que houvesse algum deles dois entrado a libertar a herege com alguma chave falsa. Também porque teriam que passar pelo corredor da cela em que se cuidava do Venerável e seriam vistos por quem ali estava. Mas achava possível que a passagem de algum frade pelo corredor da prisão não fosse notada, visto que ninguém estava a vigiar ninguém. Mas, ao contrário, a passagem de algum estranho e, mais ainda, a da herege seria notada.

Interrogado, referiu saber que o citado artesão chaveiro não mais vivia em Évora tendo-se mudado para Outeiro Calvo com uma sua filha viúva. Disto, há mais de um ano. Mas não sabia se ali ainda morava, nem se vivia ainda.

Disse que frei Rufino estivera todo tempo ao seu lado ou junto ao inquisidor enfermo, tendo dali saído para cuidar do portão para a passagem das verduras. E, perguntado, respondeu que não sabia se, antes ou depois de ligar o portão que estava arrombado, o mesmo frei Rufino fora até à porta da prisão, que ficava a meia distância entre a cela do Venerável enfermo e o portão. Que em tal hora não se via facilmente a porta da prisão. Mas se fiava inteiramente de frei Rufino tanto que a ele confiara a guarda da prisioneira.

Eva parou sua leitura: "O tal Fernão era uma raposa. Pelo texto, ele suspeitava, em princípio, de todo mundo. Mas uma pista dele parece clara: se alguém, no convento, fabricara uma chave falsa do dispensário, poderia também fazer uma chave extra para a prisão da pobre Anna. Chegou até a admitir que frei Rufino, o guarda da prisão, poderia ter libertado a ré com a chave normal do aposento. Até calculou a possibilidade de ele tê-la libertado aproveitando-se da confusão criada pelo arrombamento do portão. Ademais, esse frei Diogo Fernão desconfiava também de frei Fernando, o boticário...".

"Nesse caso eu também suspeitaria, Eva."

"Era inevitável: tratava-se de um alquimista, com sangue impuro de hebreu, ladrão de roupas, possuidor de uma chave falsa, malvisto por Wiesenius..."

"E então?", perguntei.

"... Então deve ter percebido que essa pista incluía um problema: o boticário-herborista tinha bons motivos para fugir, disfarçado ou não, e até para matar o Inquisidor. Mas em nada melhoraria sua sorte se se metesse a desafiar todo o Santo Ofício, libertando uma ré de heresia, que lhe era totalmente estranha. O herborista tinha todas as razões para evitar complicações, sair sem deixar pistas, a não ser o arrombamento, talvez inevitável, do portão. Para isso teria aproveitado a confusão criada pelo Inquisidor moribundo, quando o guarda do portão, frei Rufino, estava a acalmar dores e fúrias de Benedictus Von Wiese."

"Certo, Eva. Mas a suspeita de falsificar a chave da prisão podia estender-se também a frei Basílio, o ferreiro. E até ao próprio notário frei Eusébio. Decerto, o Visitador sabia que o fato de ser o notário do processo dava-lhe muita evidência na Casa. E sendo este um homem instruído mais do que a média, sabia as grandes vantagens de uma conduta fiel ao Santo Ofício. Sabia também a delicadeza de sua situação: podia ser, a qualquer momento, acusado de traição ao Santo Ofício, leia-se, risco de ir para a fogueira..."

"Você está certo, Eugênio. Além disso, estando às vésperas do sacerdócio, com o prestígio e os relacionamentos nada desprezíveis da posição de notário, ele seria o último dos mortais a pensar em libertar a herege. Mas nem é preciso todo esse raciocínio, meu caro..."

"... frei Eusébio tinha um *álibi* sólido. Diversos frades, mais as clarissas todas, podiam testemunhar que o escultor, junto com frei Eustáquio, estivera fora do convento na manhã dos *factos*."

"Pode ser". Mas contestei: "Porém, há uma hipótese maligna do Visitador: ele chegou a desconfiar do notário. Só por isso, teria perguntado ao prior se era possível sair da horta, destrancar a prisão sem ser visto e, em seguida, voltar às verduras. O prior, porém, achara impossível tudo isso".

"O Visitador parece seguir uma certa linha de procedimento..."

"Sou todo ouvidos."

"Explico: esse Diogo Fernão prescindia, ao menos nessa fase, de qualquer consideração sobre *motivos* que alguém teria para libertar a jovem Anna. Bastava-lhe, então, saber quem tinha *possibilidades* de o fazer. Era, convenhamos, uma estratégia esperta: começando por suspeitar de todos, definiria os possíveis; dentre esses, apontaria os prováveis; entre eles, escolheria os dotados de meios para a execução; por fim, dentre esses últimos, acharia o culpado."

Um suspeito, dentre os demais, era frei Basílio, pelo que Eva leu, a seguir:

Interrogado dito frei Basílio sobre seus actos na ocasião do desaparecimento da herege, disse ter estado a procurar o herborista desaparecido por ordem de seu prior e que o fez de lume em punho, pelos muitos pontos da Casa o que também fez, noutros lados, frei Anselmo. Interrogado, negou ter chegado à antiga capela onde se prendia a herege. Se cuidara das dores do Venerável Padre Wiesenius disse ter ali estado enquanto seu prior lho ordenara.

Perguntado, qual frade fora visto por elle enquanto confortava o inquisidor, disse ter visto frei Eusébio descer duas vezes ao porão e dali voltar, cada vez com um cesto de cebolas. Como faz sempre nas terças-feiras. Que as cebolas são ali postas a secar, perto dos mármores em que trabalha.

Interrogado, novamente, se viu alguma outra pessoa, responde: Vi também frei Eustáquio indo para os lados da horta, pela portaria, com um dos cestos de verduras no ombro. Coisa que faz muitas vezes quando preparam a carroça.

Interrogado se dali não se movera antes que retornasse o prior, disse não se haver afastado do enfermo. Ainda, explicou que andando com o lume a buscar por frei Fernando nenhum outro frade viu.

Era uma pergunta muito capciosa. Na *Notícia*, o prior, frei Martinho, afirmara ter deixado frei Basílio a sós com o Inquisidor, por algum tempo. Tempo suficiente para o frade ir até à prisão e destrancar-lhe a porta. Mais ainda, uma resposta diferente, que frei Basílio desse, poderia incriminar o prior, por ter afirmado na *Notícia* exatamente o contrário. Diogo Fernão de Braga mostrava sua astúcia. Frei Basílio, porém, não se livraria facilmente da suspeita: se tinha andado *pelos muitos pontos* da Casa, a procurar o herborista, podia ter soltado a herege durante essa procura. Decerto o lume em punho o tornaria muito visível, mas visível por quem? Os frades, dizia a *Notícia*, nessa hora estavam a cantar as matinas. O Visitador queria confirmar uma hipótese: frei Basílio estivera, por muito tempo, andando sem ser visto, pelo convento. O prior estava atribulado com os males do enfermo e frei Anselmo, seu companheiro de tarefa, procurava o boticário *noutros lados* do convento. Seguramente, também frei Anselmo seria interrogado, por ter tido, ele também, muita possibilidade de chegar à prisão de Anna de Praga sem ser visto, enquanto procurava o herborista.

Continuava o interrogatório de frei Basílio:

Perguntado sobre o que viu na prisão, respondeu dito frei Basílio que na luz que ali se havia, pode sem dúvida ver que não se encontrava pessoa alguma dentro do recinto e que sua porta estava aferrolhada por fora e que pelas grades via muito bem os capitéis que ali se haviam depositado e que em dois deles se viam plantas pequenas de rosas em flor. E não se lembra, agora, da figura que tinham ditas flores, mas, bem o sabia, eram rosas. E que nenhum sinal, nem mesmo vestes se podia ver da herege que ali estivera pelo menos até à hora em que ali passou, indo para o coro a recitar completas.

Do boticário-herborista disse ter percebido que andava em muita inquietação desde dois dias antes da morte do Venerável, mas não o julgava capaz de envenenar dito Inquisidor e, muito menos, de libertar a herege. NOTA APOSTA A ESTE VERBAL: MANDA O SENHOR VISITADOR QUE DORAVANTE SEJA ESTE VERBAL CONFORME AO MODO USADO PELO SACRO TRIBUNAL ROMANO O QUE SE PASSA A CUMPRIR.

Interrogado: Que sabe da herege e suas ideias? Que pensa da doutrina do movimento dos astros?

Responde: Nada sei de tais doutrinas e somente vi a herege uma vez quando lavei o corredor da antiga capela. E vi que estava a escrever.

Foi-lhe dito: Então deve conhecer quem lhe deu papel e pena.

Responde: Não o sei, mas ouvi, numa tarde, que o venerável Inquisidor lhe dizia de fora da porta: "Podes escrever ali o que quiseres em favor da tua vã e herética doutrina e confrontar com o que diz a Escritu-

ra. Mas o demônio entrou em tua mente e se apossou de tua razão: já não podes enxergar a verdade, com olhos puros".

Saulo tinha chegado no início da leitura de Eva, andando na ponta dos pés, para não perturbá-la. Estava de barba bem raspada, cabelos ainda molhados do banho, e se esparramou numa espreguiçadeira mais próxima.

O trecho continha uma informação surpreendente: Wiesenius deixara que Anna, a herege, escrevesse suas ideias. Não era um gesto magnânimo, porém. A aparente concessão era uma armadilha, de uso não raro nos processos da Inquisição: se o texto beneficiasse a ré, seria desprezado. Se a comprometesse, o execrável Wiesenius não precisaria de qualquer outra prova: poderia mandá-la direto para a fogueira. Quase rezei para que Anna devolvesse os papéis em branco. Era sua chance.

Eva prosseguiu:

Interrogado: Sabe quem recolheu algum escrito da herege?

Responde: Não sei. Mas suponho que tenha sido alguém mandado pelo Venerável, talvez tenha sido frei Rufino, ou o notário que o auxilia.

Foi-lhe dito: Não lhe foram perguntadas suas suposições. O Notário que está aqui ao meu lado saberá informar-me.

Interrogado: Viu algum escrito da acusada em mãos de outra pessoa?

Responde: Nem em mão dela nem de outrem. Mas sei de um poema seu que se dizia pelas ruas de Évora e versava sobre o sol. E me foi dito que por tal poema, que era contrário ao que ensina a Sagrada Escritura, tinha sido encarcerada.

Interrogado: Sabe que existiu esse poema ou sabe o que nele se diz.

Responde: Sei apenas que existiu, senhor padre. Pois mesmo o edital do Santo Ofício contra a herege, menciona aquele poema.

Foi então dispensado e lhe ordenou o Visitador que a ninguém referisse o que ouviu e o que se falou em sua presença.

Saulo levantou a mão, pedindo uma pausa. "Pelo que entendo, Anna tivera a ousadia de publicar um poema heterodoxo, ou de o declamar. Não seria de admirar se o tal poema fosse apenas o 'Cântico do Sol' de Francisco de Assis. Atrás de tanta mística e singeleza, o 'menestrel de

Deus' anunciava que a palavra divina não está apenas nas escrituras sagradas; que Deus fala também por suas obras, pela natureza, o sol, a rosa, o riacho, os astros."

Eva emendou: "Posso dizer o que penso?".

"Não dá para impedir", retrucou o engenheiro rindo e alisando seu bigode.

Ela continuou, imperturbada: "O tal notário, frei Eusébio, deve ter tremido um pouco ao registrar a última resposta de frei Basílio. Ela o envolvia, eventualmente, numa atividade perigosa: ter ou veicular algum texto herético, escrito por Anna de Praga. A menção a frei Rufino também tinha sentido, porque era ele o guarda da prisioneira, que a encontrava diariamente, pelo menos para levar-lhe comida. Provavelmente o Visitador não tinha dúvidas sobre o destino de algum escrito da herege: estaria guardado em algum cofre de Wiesenius. Ele também não ignorava que o notário poderia ser encarregado de os guardar e até de os copiar, para o processo. Tanto assim que afirmou esperar informações de seu notário. Vocês não concordam?".

"Pode ser", falei.

"Para mim, parece óbvio", rebateu o engenheiro.

"Por que você não lê um pouco para nós, Saulo?"

"Tudo bem, eu leio. Ouçam que linda voz de barítono", ajeitou seus óculos e pegou as folhas restantes.

Foi então chamado frei Rufino, porteiro na ocasião dos eventos aqui investigados.

Interrogado: Sabe de algum texto que teria a herege escrito em sua prisão?

Responde: Vi, senhor padre, mais de uma vez que escrevia, em letras que me pareciam gregas e com poucas palavras, e que fazia desenhos de círculos e outras figuras, algumas como astros e as circundava de muitos números latinos e outros sinais.

Foi-lhe dito: A pergunta se refere a textos escritos pela ré em sua prisão. Se os viu e se sabe quem os viu.

Responde: Vi uma vez algumas folhas escritas sobre a laje que usa como mesa, mas não posso saber se foi autora delas. Quem mais as viu, não sei. Mas, talvez o notário frei Eusébio aqui presente, de ordem do padre Inquisidor Wiesenius, pudesse ter recolhido tais escritos, no exercício de seu ofício, como provas de heresia da prisioneira. E quero declarar, senhor padre, que a mim foi proibido pelo Venerável e pelo prior do convento que falasse à herege, senão para cuidar de sua comida e limpeza. E mesmo sabendo que eu não lhe falaria, muitas vezes a mim dirigiu palavras de gratidão. E vos digo que muito me custou obedecer à proibição dos superiores, quando a via chorar por eu não lhe dizer como estava o dia, quais as coisas importantes acontecidas na cidade, no país.

Foi-lhe dito: Ela bem mereceu estar fora do convívio das pessoas justas, eis que diz o Senhor: 'se tua mão te escandaliza, corta-a, e lança-a ao fogo'. E que mais dizia?

Saulo não conteve sua ira. "Devia ser mesmo um brutamontes o tal Wiesenius, que o diabo o tenha. Também o Visitador é meio casca-grossa, não?" Não esperou qualquer resposta e continuou a ler:

Responde: Não ficava eu a escutá-la, senhor padre. Duas ou três vezes pareceu-me perguntar muito aflicta, do senhor Galileu de Florença que, bem sei, também deve explicar-se ao Santo Ofício da Inquisição. Também me pareceu que cantava, em baixa voz, nalgumas manhãs. Sempre canções tristes.

Foi-lhe dito: Consegue lembrar algum desenho da ré?

Responde: Vi muitos, complicados e informes, sem sentido. Havia círculos, triângulos, flechas e raios como de rodas de carroças. E dois desenhos grandes e jamais vistos. Só dei por eles depois que ela sumiu da prisão. Estão ainda lá, na parede que lhe ficava à cabeceira do leito. E se não fosse pecado jurar em vão, juraria que lá os traçou na manhã em que saiu, ou na noite anterior e vo-lo digo porque ao levar-lhe a ceia, tive que trocar a vela, muito gasta, do capitel próximo ao leito. Se os desenhos então lá estivessem, eu por certo os teria visto, senhor Padre. Não estavam.

Enquanto o engenheiro lia, o rosto suave de Eva se entristecia. Quando Saulo parou a leitura, ela mordeu o lábio, contendo alguma palavra. Ele também nada disse. Estavam emocionados. Minha sensação era confusa. A triste sorte de Anna me comovia, é claro. Mas as declarações do frade porteiro apontavam uma esperança. Mesmo tênue: havia legados de

Anna. Escritos, desenhos técnicos, rabiscos, tudo isso provavelmente ainda estava guardado: o caso envolvera várias instâncias do Santo Ofício e cada uma, de costume, se protegia, guardando provas de tudo e contra tudo. Talvez o padre Flores pudesse me ajudar a escavar alguma coisa. Ou, quem sabe, ele mesmo poderia conhecer algum cofre, algum porão que contivesse documentos secundários do processo e, entre eles, algum bilhete ou desenho de Anna. Os da parede, por algum milagre, poderiam ainda estar em Évora, no Museu da Capela do convento franciscano.

A menção ao pranto de Anna, na sua crueza, era comovente. O depoimento mostrava que também o guarda da prisão se comovera: mesmo agora, na frente do gélido Visitador, ele recordara o sofrimento dela. A emoção do frade porteiro me plantou uma ideia na mente: se Anna o comovera, poderia ter comovido também outros que soubessem de sua situação desgraçada. Tendo à mão tinta, pena e papel, inteligente como era, Anna bem poderia escrever às escondidas alguma coisa que pudesse socorrê-la, sei lá, alguma mensagem, algum desabafo. Por que não?

"Sabe de uma coisa?", falou Saulo. "Há uma coisa intrigante nas declarações do frade porteiro. Tinha visto páginas escritas, em mãos da herege, sem saber se eram escritas por ela. Tenho uma hipótese: alguém poderia mandar-lhe mensagens escritas. Quem? Estou pensando... O Inquisidor poderia mandar-lhe argumentos doutrinários, como desafio para a induzi-la a condenar-se com alguma resposta escrita, irretratável. O notário, que *no seu ofício* podia dirigir-se a ela, evitaria toda comunicação que não fosse autorizada ou mandada por Wiesenius. Ele sabia que o fanático Benedictus era um homem perigoso. Capaz de arruinar-lhe a carreira e a vida. Ademais, entre inquisidor e notário formava-se, fatalmente, um vínculo. De cumplicidade mútua: o notário era testemunha de todas as distorções, fraudes e imposturas do processo inquisitorial; o inquisidor podia mandar à fogueira o seu notário, quando bem quisesse, por traição ao Santo Ofício. Até quem lhe pisasse no pé poderia ser acusado de atentar contra o inefável tribunal do dogma..."

Enquanto ele falava, desliguei-me do assunto. Não consegui evitar uma lembrança banal do meu tempo de universidade. Qualquer diretor ou prefeito de algum campus, se questionado judicialmente por suas arbitrariedades, encolhia-se atrás de uma arrogante Consultoria Jurídica, que saía em defesa da... Universidade, e sob a capa dela, protegia os desmandos pessoais de qualquer mandatário. Com dinheiro público, no caso da minha universidade; com dinheiro sequestrado dos réus, no caso do Santo Ofício.

Saulo continuou pensando em voz alta: "... O diabo é que não sabemos quem eram aqueles frades todos. Podia haver algum capaz de se comover seriamente com a sorte da herege, a ponto de querer ajudá-la...".

"Nem por sombra", contestei. "Eram obcecados por certas verdades indisputáveis: primeira, os hereges fazem o jogo do demônio; segunda, ajudar hereges é incorrer em heresia; terceira, heresia é pecado gravíssimo, passaporte para os caldeirões de Satanás. Ou de Pedro Botelho, já que se fala de Portugal; quarta, heresia dá tortura e pena de morte. Era preciso muita coragem e muita, muitíssima astúcia, para ajudar a pobre Anna sem arriscar a pele."

Eva trocou a expressão triste por um olhar de surpresa: "Espere um pouco. Aquele historiador francês afirmou que protestantes ou judeus, disfarçados de mendigos, teriam raptado Anna. Eles entram no perfil que você traçou. Já estavam na mira do Santo Ofício, eram já candidatos à fogueira, não tinham muito a perder. E tinham a movê-los, poderosamente, a crença, também obcecada, nas verdades, muito outras, de Anna...".

"E disso se deduz o quê?", Saulo ficou a olhá-la, de nariz empinado.

"Que eles tinham coragem. A astúcia foi o disfarce de indigentes, chegar lá no tumulto da distribuição de roupas, aproveitar a confusão para soltar Anna, escondê-la no grupo dos mendigos... Sei lá. Eu também estive pensando alto."

"Não funciona", afirmei com segurança. "O prior declarou que entre o dispensário e o corredor onde ficava a prisão havia só uma porta, sempre bem trancada. Os seus protestantes disfarçados teriam que arrombá-la. E isso não aconteceu."

Saulo me olhava firme esperando apenas o fim da minha frase, para discordar: "Sim. Mas veja só: a saída de Anna exigiu uma chave extra da porta gradeada. Alguém providenciou antes essa chave, sabendo como era a fechadura da porta. Ora, essa pessoa podia fazer o mesmo com a fechadura da outra porta, a do corredor, que dava para o dispensário! Tenho dito e peço moderação nos aplausos".

Ele tinha razão. Anna devia passar por duas portas, pelo menos: a da prisão e alguma outra. Pelo que eu tinha lido na *Notícia* do prior, quem estivesse naquele corredor poderia sair do convento pelo portão principal da casa, guardado caninamente por frei Rufino, ou pela porta do dispensário que levava à igreja e dali para fora. O primeiro fora arrombado naquela madrugada ou durante a noite precedente.

Eva levantou-se: "Ouçam, meus caros Watsons: eis como tudo se passou: o boticário assustado pela morte iminente do Inquisidor, devida a algum temperinho especial no guisado, decide fugir. Toma a chave falsa do dispensário, que ficava normalmente pendurada em seu cordão e que todos pensavam ser a da granja, por causa do enfeite em forma de galo. Aproveita a confusão criada pelo berreiro do Venerável, abre o dispensário. No escuro pega roupas a esmo, de homem e de mulher, para si mesmo e para a herege. Agora, suspense! Notem: com a mesma chave abre a prisão, entrega algumas roupas à herege. Diz-lhe que espere ali, vai buscar sacola, dinheiro e lanterna em sua cela, deixa ali as roupas excedentes. Espera o novo berreiro do velho Benedictus, passa pela prisão e corre com a herege para o portão. Arromba o referido e, para usar uma linguagem da época, escafede-se. Elementar!".

Eu e Saulo tínhamos acompanhado, espantados, toda aquela arquitetura de ideias. No final aplaudimos. Não só nós. Também Gisèle, Denise e Patrízia, chegadas de surpresa, tinham ouvido o *summing up* de Eva. Ela sorriu, um tanto constrangida. Mas o discurso fora um sucesso. A hipótese também, até prova contrária.

Saulo armou algumas cadeiras de praia, havia uma pilha delas junto à amurada, para as recém-chegadas.

Patrízia, num elegante *short* amarelo, em meio às frases convencionais, que belo dia, etc. etc., cruzou as lindas pernas e foi direto ao que lhe interessava: "Eva, o que era esse seu discurso? Algum jogo do tipo 'Descubra o criminoso'?".

"Mais ou menos isso, só que não é um jogo." Denise queria perguntar alguma coisa. Mas nada disse. Ouvia tudo, com aquele olhar luminoso a dançar de um ponto a outro, arquivando cada frase que se dizia. Era uma mulher muito cauta, que se sabia ansiosa, com boa dose de autocrítica. E, como toda mulher, ávida e descrente de certezas. Foi o perfil psicológico que pude descobrir. Note-se: em dois minutos, sem qualquer divã, sem testes de personalidade e sem cobrar nada.

Saulo, menos analítico, também percebeu a inquietação da francesa. Respondeu a Patrízia, olhando para Denise: "É um caso verídico, mas nada tem que ver com alguém deste século". Denise serenou a linda fronte e me sorriu.

Eva melhorou a explicação: "Compramos uma briga no século XVII. Estamos estudando o relatório de um notário-escultor sobre o caso de uma herege, encarcerada pela inquisição de Évora. Ela sumiu. Deixando trancada a porta do cárcere, depois de fazer nascer rosas da noite para o dia, em dois capitéis de mármore".

O rosto de Denise era o retrato da curiosidade. Como o de Gisèle. O de Patrízia era a própria imagem da descrença.

"Um belo resumo, Eva! Você é brilhante!", o padre Flores havia chegado, com cheiro de *Aqua Velva* e cabelos cortados. O engenheiro apresentou "o nosso amigo Norberto Flores" às duas francesas, depois a Patrízia. Constrangida, ela tentou esconder as pernas com a bolsa. O padre cumprimentou sorridente as três damas e sentou-se ao meu lado, muito perto de Patrízia. Enquanto os demais falavam ouvi o que ele disse à italiana: "Sabe o que diz o *Gênesis*, minha cara? 'Então o Criador olhou para o que havia criado e gostou de sua obra'. Você fica muito bem com este *short* amarelo. Fique à vontade, minha filha. E agradeça a Deus pelas belezas que lhe deu".

Nosso amigo jesuíta sabia mesmo como tratar as pessoas: Patrízia escutou-o de olhos baixos, depois lhe deu um sorriso constrangido, fitou-lhe os olhos e então sorriu aliviada. Até feliz, me pareceu. Entendi, então, que a afabilidade do padre Flores não era apenas um *savoir faire* mais ou menos mundano. Era uma forma de virtude. Sem dúvida, o velho Inácio de Loyola pensaria diferente. Mandaria enfiá-lo num tonel de água benta, por quarenta dias. Por que quarenta, não sei. É um número que purifica alguma coisa, tira manchas. Uma espécie de amoníaco espiritual.

Não dava mesmo para continuar nossa leitura da *Memória*. Eva juntou as folhas sobre o banco, ao seu lado. Denise, com os olhos, pediu-lhe licença para pegá-las e começou a ler.

"Os senhores desejam algum serviço", perguntou reverente o camareiro do *deck*.

As damas pediram sucos, o padre pediu qualquer refrigerante desde que bem gelado. Saulo e eu quisemos cervejas. Ele especificou: "Por favor, duas *Tuborg*, geladíssimas, depois mais duas, e assim por diante. Muito obrigado". O camareiro arqueou as sobrancelhas e sorriu.

Antes que meus neurônios se encharcassem registrei o *status quo ante* da nossa investigação. Havia dois pontos a esclarecer: os escritos que frei Rufino vira nas mãos de Anna e a hipótese de alguém tê-la ajudado a fugir. Sobre as folhas escritas, os mistérios eram: quem as escreveu? O que se dizia nelas? Como chegaram à prisioneira? Na hipótese de Eva, a ideia mais promissora era a de que a chave falsa do cozinheiro-herborista serviria também para abrir a prisão.

O camareiro trouxe as bebidas, Saulo, como sempre, fez seu brinde: "Brindo às muitas repetições deste momento, em que se junta a beleza", apontou as damas, "à virtude", indicou o jesuíta, "e ao meu bom gosto!". Norberto falou-me ao ouvido: "Ou ele esqueceu da inteligência ou aquele bilhete sobre os dois homens mais inteligentes do mundo foi escrito por você". Respondi: "Acho um texto muito objetivo, mas não fui eu".

Denise deixou a leitura para acompanhar o brinde, sorriu meio formalmente para todos e depois voltou ao texto da *Memória.*

"E como esses papéis vieram até vocês?", a pergunta era de Gisèle. O padre respondeu: "É um documento oficial de um processo da Inquisição, escrito de 1626".

"Então, não é lenda", concluiu a italiana. "Gostaria de dar uma olhada nele, quando estiver disponível."

"E vai gostar", emendou Saulo, interrompendo um gole de cerveja, "porque a herege foi discípula de Kepler, em Praga! Para quem estuda Copérnico pode ser interessante, não?"

"Acho que sim." A frase dela era hesitante. Ou não queria esvaziar o entusiasmo de Saulo, ou não via muito nexo entre as elipses de Kepler e o *De revolutionibus* do misterioso Copérnico.

"Ora! Não acredito! *Voilà!*", foi quase um grito a frase de Denise. Ela balançava a cabeça, como se contestasse alguma frase, apontando o alto da página. "Então, ele virou franciscano! É incrível!"

Houve um espanto geral. Nem podia ser diferente: a nossa linda amiga de olhos de mar parecia ter despencado de outra galáxia. "Ele, quem?", interrogou o padre Flores.

"Esse italiano, Lorenzo Comense! Ou Lorenzo Lombardo. Ele assinava as obras como Ex M. LL, ou seja: Ex manu Laurenti Lombardi.

Qualquer bom catálogo de escultura desse período menciona a obra dele." Ela largou as páginas da *Memória*. Os olhos quase faiscavam de entusiasmo. "Jamais pensei que um dia soubesse o destino dele. Tenho que ir a Évora algum dia. Pode ser que exista ainda alguma peça dele por lá!"

"Agora quero saber mais sobre isso!", disse Patrízia.

"É o notário do processo, não?", perguntou o padre.

Denise ficou meio sem jeito, alisou os cabelos. "Sim, senhor. Era Lorenzo, virou Frei Eusébio. Talvez não lhes interesse, acho que não é fácil, para vocês, imaginar o que significa, para uma escultora, saber o destino que tomou o genial Comense. Desde os dezesseis anos, ele esculpiu dezenas de peças sacras num estilo leve e fluente que lembra Donatello. Por volta dos trinta anos destacou-se pelo *non finito*. Foi uma evolução do estilo do Buonarroti. Alguns a chamaram o *quasi finito*.

Eva se interessou pelo assunto: "Qual a diferença entre os dois estilos?".

"O *non finito* de Michelangelo, em muitos pontos, apenas esboça a forma final das figuras, deixando que partes dessa forma pareçam ainda imersas no mármore bruto. Há até grandes partes de pedra bruta 'à espera da forma'. O *quasi finito* de Comense mostra toda a forma, sem deixar pontos imersos na matéria. A figura é completa, mas aparece toda como revestida de uma camada de matéria que não se destacou da forma. Como se a forma não conseguisse despir-se da matéria da qual nasceu. Dá um efeito muito intenso. Existem várias peças sacras dele em *quasi finito* em Lisboa. No século XIX acharam algumas outras fora de Portugal."

Em cada palavra de Denise havia paixão. Uma paixão que seduzia. Comecei a entender o que leva um escultor a enfrentar, por meses, ou até anos, um tosco bloco de mármore. Denise estava irresistível naquele entusiasmo todo. Eva, por um momento, pareceu invejá-la. Não pelo brilho, decerto, mas pela vibração da escultora com seu mundo de formas. Foi o que me pareceu. Sei lá... Não é simples interpretar um sorriso de mulher, quando ela morde o lábio logo depois de sorrir, contendo algum impulso e então baixa os olhos como olhando para si mesma.

Patrízia estava curiosa: "O que mais se sabe desse meu conterrâneo, Denise?".

"Conheço pouco de história da escultura. Lorenzo Comense me

interessa porque trabalho com mármore, e ele foi um dos poucos que desenvolveram a técnica do *non finito* em pedra. As figuras ganham uma tensão muito forte, parecem apenas estados momentâneos da matéria. Comense foi o melhor nesse estilo. Sabe-se pouco sobre a vida dele. Só agora fiquei sabendo que se tornou frade, franciscano. Uma perda para a arte."

"Não!", disse o padre, "ele ainda esculpiu outras obras depois de entrar na Ordem. Isto está noutro documento, que você não viu".

"Ainda bem! Vou querer ver essas peças. As que sobraram."

"Para trocar as glórias do sucesso artístico por um hábito cor de terra e uma carroça de verduras, é preciso ter muita humildade. Ou uma esposa muito chata, insuportável." A frase, em tom de quem dispensa ouvintes, foi de Saulo, ocupado em abrir mais uma *Tuborg* média. Notei que Eva massageava o ombro ferido. Devia sentir alguma dor. No fim da tarde eu iria acompanhá-la à sessão de diatermia. Mas ela conversava animada com Gisèle: a dor não devia ser forte.

"Ele também entra nessa história da herege?", Patrízia fez a pergunta ao grupo todo. O jesuíta respondeu: "Como os fatos se deram no convento franciscano, praticamente todos os frades são citados nos documentos. Ele aparece como notário dos interrogatórios da herege". Os olhos luminosos de Denise se turvaram. O padre percebeu, e emendou: "Mas não o julgue mal. Provavelmente não era um 'colaboracionista'. Tornou-se notário por obediência: foi designado pelo seu prior, por ter 'muito boa escritura'".

Denise esboçou um sorriso: "Assim está melhor. Pobrezinho. Seria horrível ter que odiá-lo".

Saulo elogiou, tanto, o sabor da cerveja, que todos quiseram prová-la. Até Norberto, com uma ressalva: "Tomo uma só e depois desço. Aqui já está muito quente para o meu gosto".

"Justamente agora que estamos ficando mais... brilhantes?", perguntou Eva, maliciosa.

"Por isso mesmo. Sinto-me ofuscado, minha cara. A propósito, quem poderia identificar o autor desta mensagem que passaram sob a minha porta?"

Saulo olhou para o mar, que se estendia prateado, a perder de vista. "Para não ofuscar-se, basta que você use óculos de sol", falou, ainda olhando para o horizonte. "Aliás, se vocês olharem em volta, em todo o convés, pouca gente está sem óculos escuros; em geral homens. As mulheres, praticamente todas, estão de óculos. Acontece o mesmo nas praias ou na beira de qualquer piscina. Deve haver uma explicação para isso. Eu tenho a minha."

Norberto levantou a mão: "Deixo minha contribuição, muito criativa, e depois vejo vocês no almoço: porque o sol forte incomoda os olhos. E muito!".

Formulamos várias hipóteses: "Elas querem proteger a pele", "Querem evitar pés de galinha nos cantos dos olhos", "Ganham um certo ar de mistério", "Estão exibindo um objeto de *griffe*".

"Tudo isso são racionalizações", falou Saulo. "Acontece que, no convés, na piscina ou na praia as mulheres sempre exibem alguma parte mais *sexy* de seu corpo. Querem ser admiradas, e gostam de receber olhares de aprovação ou mesmo de desejo. Mas não podem mostrar que estão vendo esses olhares e gostando deles. Seria uma falta de recato, pouco charmosa. A sedução precisa parecer inconsciente. Os olhos trairiam o desejo ou o prazer de seduzir. Tenho dito. Infelizmente não posso conceder autógrafos. Temos também outras teorias, em estoque, sobre diversos assuntos, principalmente sobre a mulher, que é toda a graça desta vida." Gisèle o olhava satisfeita. Denise entortou a boca, bem-humorada: "*Peut être*".

Eva resolveu provocar: "Não acho: elas podem apenas querer tomar sol, também em partes que ficam normalmente vestidas, que então ficam à mostra. Sem pretender seduzir ninguém, e usam os óculos só para proteger os olhos ou a pele".

"Você acredita nisso?", perguntou Saulo, apontando para ela.

"Eu, pessoalmente, não! Você tem razão. É tão gostoso sentir-se desejada. E fica mesmo sem graça demonstrar esse prazer. Só quis apontar outra explicação, menos... intimista. Para mim, os óculos protegem muito mais o charme da sedução."

Patrízia estava folheando as páginas da *Memória.* Parou para ouvir Eva e discordou: "Então, não se explica que elas usem óculos de sol também quando estão vestidas".

Eva reagiu: "Ou também escondem o prazer de seduzir, mesmo quando se cobrem".

Saulo traiu sua própria causa: "Mas sol forte nos olhos é mesmo desagradável. Ainda bem que inventaram os óculos de sol".

"Bravo!", ironizou Patrízia. "Justo agora que eu começava a aderir à sua tese. Afinal, seduzir olhando francamente os olhos do outro já não é sedução, é entrega."

Ouvi um "*bien sûr!*", não sei de quem.

Eva mudou de banco para colocar o ombro no sol, e cruzou os braços fitando a cara do engenheiro: "Você falou de exibir alguma parte mais *sexy* do corpo. Mas, de certo modo, estamos sempre mostrando alguma parte sensual, que pode ser o colo, o ombro, a nuca, até o tornozelo...".

Ele interrompeu: "Eu sei, Eva. *Sexy* é o que provoca desejo. Pode ser até o cotovelo, se alguém se excitar com a visão dele. Você omitiu uma parte fundamental: o umbigo. Imagine como seria horrível uma garota de biquíni, sem umbigo. Aliás Adão e Eva deveriam ficar muito feios, sem umbigo".

Patrízia murmurou: "Vai ser preciso retocar a Capela Sistina".

Gisèle entrou no tom: "O caso de Adão é ainda mais grave. Além de não ter umbigo, tinha uma cicatriz pavorosa no tórax: tiraram uma costela dele. E naquele tempo a cirurgia plástica não era muito sofisticada".

Eram grandes pensamentos, como se vê. Decidi recolher as páginas da *Memória* e dar mais atenção à minha *Tuborg*. Gisèle, quase tímida pediu que lhe deixasse o texto por umas duas horas: devolveria no meio da tarde.

Alguém se queixou por ficar com o nariz vermelho, de tanto sol: "Em vez de cremes brancos que deixam a gente com cara de palhaço, deveriam inventar um revestimento plástico, cor da pele, que tomasse a forma do nariz, sem dar na vista". Saulo emendou: "Por que não? Um nariz de ouro, como o de Tycho Brahe?".

"Esquentaria muito", ponderei. "Como é essa história?" Achei esquisito ele também pensar em Tycho Brahe. Mas o contexto era bem outro.

"Foi um dos homens mais excêntricos na história da astronomia. Mapeou metade da esfera celeste, descobriu um cometa em 1577. Alguém lhe contestou a autoria de uma descoberta. Brahe desafiou o contestador a um duelo e, nele, perdeu o nariz. Era rico, mandou fazer um nariz de ouro, pintado na cor da pele. Segundo escritos da época era uma reprodução perfeita do nariz original."

"Uma prótese! Em pleno século dezesseis! Ele era meio maluco, não?", disse Gisèle.

"Maluco inteiro! Consumiu quase toda a fortuna da família, e que não era pouca, na construção de seu observatório. O famoso 'Castelo das Estrelas'. Ali passava dias e noites com seus assistentes e discípulos a fazer cálculos e observações astronômicas. Quando o príncipe, seu protetor, caiu em desgraça, Tycho ficou sem casa para morar. Juntou os bens que ainda não esbanjara, comprou um barco e nele montou seu novo observatório. E ali passou a morar com família e alguns alunos. Tão malucos como ele."

"Maluco, mas realmente um gênio", emendou Patrízia. "Basta lembrar duas coisas: todas as suas descobertas, inclusive de estrelas na Cassiopeia, foram feitas sem o uso de lentes! Só com instrumentos de navegação. E, ainda, foi sobre os cálculos dele que Kepler descobriu o traçado elíptico das órbitas planetárias! São passos decisivos da astronomia, quase sempre esquecidos."

Saulo arrematou: "Ele deveria lecionar em Pádova, e dar um pulinho a Veneza de vez em quando. Galileu lecionou lá. Ia ao *arsenale* observar técnicas de construção naval e fenômenos de flutuação. Viu o trabalho dos vidreiros e aprendeu a fazer lentes. O resto já se sabe".

Patrízia corrigiu: "Nem tudo, nem tudo se sabe".

A coroação do assunto, antes de descermos para o almoço, foi de Denise, arrastando os erres, mais que de costume. "É simples: para superar o sistema geocêntrico era preciso ser excêntrico. Como é, aliás, qualquer órbita elíptica." Ela tinha razão. Afinal, a doutrina geocêntrica vinha a calhar numa postura dogmática, adepta de um único centro de poder, uma única autoridade doutrinária, um único critério, imutável, de verdade. As elipses de Kepler, além de eliminarem o *pivot* terrestre do sistema solar, aboliam também o desenho concêntrico do sistema, ao redor de um centro solar. Agora cada planeta podia distanciar-se ou achegar-se ao sol, o novo foco, segundo suas propriedades específicas. Não era o livre pensamento, mas não era o atrelamento, submisso, ao dogma. Foi toda a filosofia que pude produzir, antes de almoçar.

"Há um modo de ir à ponte de comando à noite?", quis saber Patrízia, na escada do vestíbulo.

Saulo arregalou os olhos: "Bem, pode-se dar um jeito. O padre Flores é amigo dos comissários. Mas para quê?".

"Eu gostaria de mostrar a vocês algumas coisas que Brahe descobriu, com astrolábios e sextantes, no seu observatório flutuante. É de pasmar."

Enquanto ela falava, lembrei de Anna de Praga. Que era *Anna Brahei*. E entendi que os filhos de Tycho cresceram a brincar com sextantes, astrolábios e mapas estelares. Ora, Anna bem podia ser uma filha dele e, portanto, uma astrônoma. E mesmo que não fosse filha dele, tinha sido levada a Kepler com o que Brahe tinha de mais precioso, depois da própria família: seus cálculos de mecânica celeste. A *Memória* falava em *saber-se filha* de Brahe. Podia ser uma expressão genérica, a significar filha adotiva, ou neta, sobrinha, pupila. Ou, então, o Visitador teria duvidado da filiação. Ou, ainda, pobrezinha, ela própria duvidaria. Mais um drama na vida dela.

No almoço, o padre Flores estava feliz. Tinha ganhado, no pôquer, dez garrafas de bebida. Podia ser *champagne*, vermute, uísque, o que quisesse. Até chegar a sobremesa, houve impasses na discussão do assunto. Venceu o argumento do jesuíta: "Depois de amanhã, o navio atraca em Vigo, não sei para quê. É uma escala irracional: ir até lá em cima, passando ao largo de toda a costa portuguesa, para depois descer até Lisboa. Pode ser que o comandante goste muito de ricotas ou tenha alguma tia muito querida por lá. Depois de Vigo, teremos ainda um dia e uma noite, até Lisboa. Quer dizer que estaremos juntos apenas mais quatro dias ou quase isso. Tempo insuficiente para esgotar doze litros. De uísque, por exemplo. Portanto, proponho que cada um escolha uma garrafa, no bar da proa. As outras seis serão de *champagne*, duas para cada noite, a partir de hoje".

Não houve votos contra. Uma certa tristeza, diante do iminente fim do nosso grupo. O *champagne* iria cuidar de espantá-la, pensei. E pensei algo mais sério: eu só tinha quatro dias para escavar, nos textos da *Notícia* e da *Memória*, as pistas que poderiam explicar os *factos* de Évora. Senti um frio desagradável nas costas. Talvez o tempo não bastasse. Foi o que eu disse ao padre Flores.

“Lamento, meu caro. Eu também desembarco em Lisboa, mas não lhe posso deixar os documentos por mais tempo. Eles são da Companhia. Não são meus.”

Saulo não perdeu a deixa: “Então os seus coleguinhas querem manter essas coisas em sigilo, não é?”.

“Com unhas e dentes. Tanto é verdade, que já nem sei onde estão os textos”, respondeu Norberto. “Só sei que os emprestei a Eugênio, mas foram lidos, pelo menos a *Notícia*, também por Eva, Gisèle, Denise e até você mesmo.”

“Eu sempre disse. Os jesuítas sabem tudo. E o nosso sabe sempre um pouco mais”, Saulo apertou, com afeto, o ombro de Norberto.

No caminho para o café no bar da proa, o padre Flores conteve o passo. Ficamos atrás dos outros. Tomou-me pelo braço e parou, mirando-me nos olhos: “Você está mesmo decidido a desvendar o mistério do sumiço dessa Anna. A solução do caso me interessa muito, do ponto de vista do direito canônico, como você sabe. Posso dar-lhe uma cópia da *Notícia*, sob três condições. Primeira: você não fará nem permitirá qualquer forma de reprodução do texto. Segunda: voltando de sua caça à herege, você me devolverá a *Memória*. Terceira: deverá contar-me tudo o que descobrir sobre a possível fuga da herege, o destino ulterior dela e a causa da morte do Inquisidor. Que tal?”.

“E se eu não descobrir coisa alguma?”

“Confiarei em você.”

“De acordo. Isso me alivia, padre. Eu estava pensando em passar dia e noite copiando trechos à mão. Combinado. E muito agradecido!”

“Não precisa agradecer. Estou investindo no seu talento. Quero saber o destino da herege. Se fugiu, se morreu, se a mataram. Não devia ter inimigos, fora do clero. As acusações eram as de ensinar e difundir doutrinas contrárias à fé. As provas principais eram duas: primeira, um caderno ou livreto dela com desenhos astronômicos representando o Sol como centro do sistema planetário. Segunda, um pequeno poema chamado a *Mãe dos Amores*, proibido como blasfemo. De acordo com a denúncia de Wiesenius, o poema apontava a Virgem Maria como mera cópia de uma deusa pagã. Seria lindo se você achasse esse poema. Ele não foi guardado pelo tribunal de Évora. Boa sorte, Eugênio.”

Antes do jantar, um camareiro trouxe à minha cabine a cópia da

Notícia. O jesuíta fora generoso. Juntou alguns trechos da *Memória da Visitação*. Sorte demais, pensei. E me voltou aquela ideia chata: alguma coisa em tudo aquilo era ilusória. Não era possível que tantas pessoas, antes estranhas, se tornassem tão amigas, carinhosas. Eram dias felizes, empolgantes. Cercado por gente de bom gosto. Aquilo tudo podia ser mera aparência. A tese de Saulo voltou-me à mente: a única verdade que temos é a verdade das aparências. Percebi que eu estava filosofando. Demais. Enfiei-me debaixo da ducha, e minha filosofia, ingloriamente, se afogou.

Capítulo 5

A bailarina

Gisèle, pontualmente, devolveu-me o texto da *Memória*, logo no começo da tarde. Eu não tinha tempo a perder. Mergulhei, logo que pude, no texto do notário frei Eusébio. Na cabine, a mesa era muito pequena. Eu precisava espalhar as folhas para confrontar facilmente os diversos depoimentos. Juntei duas mesas no fundo da sala de leitura, quase em frente à bailarina de Degas e esparramei as folhas.

Gisèle apareceu logo depois, de saia rodada, verde-água, muito leve, blusa sem mangas. Muito graciosa, ela e a roupa. Trazia algumas revistas. Francesas, me pareceu. Ao me ver, ela se derreteu num sorriso muito franco: "Boa pescaria! Denise diz que tem um suspeito no caso da herege... Eu tenho um outro. Mas, agora, não quero perturbar sua investigação. Só espero que ache um tempinho para falarmos de seu livro". Procurou outra mesa, mais perto da porta de entrada. Não havia mais ninguém em toda a sala, naquela hora: os mais jovens, "potros novos" ou "lépidas gazelas", se amontoavam ao sol, à beira das piscinas; os mais velhos se espalhavam pela sombra, nos vestíbulos, nos salões e nas cabines.

Reli o final do depoimento de frei Rufino, o porteiro. Ele tinha visto nas mãos da herege alguns papéis escritos. Mas afirmara, assustado, jamais ter visto alguma coisa escrita por ela. O medo dele era significativo. O Visitador teria farejado uma possível forma de comunicação escrita da herege com alguém mais. A condução das perguntas mostrava essa suspeita. Mas o porteiro jamais vira qualquer texto dela. Ora, em toda a Casa ninguém via tanto a herege como ele. Tinha se referido até aos esquemas de círculos e flechas e letras gregas que Anna desenhava. Até mesmo os desenhos, talvez banais, na parede da cabeceira. O porteiro era, e queria mostrar que era, um bom observador; que se existisse algum escrito dela, na prisão, ele o teria visto. Concluí, desiludido, que um tal escrito não existia. O interrogatório continuava.

Interrogado: Quais livros viu no recinto da prisão?

Responde: Pediu ela que lhe fosse permitido ler os Salmos e o Novo Testamento, que jamais rejeitara o que na Escritura se ensina, que acreditava ter o Senhor Nosso Deus nelas falado tanto para os sábios quanto para os néscios, para estes com imagens e alegorias, que pudessem entender. E lhe permitira o Venerável Inquisidor que lesse apenas salmos "A ver se na pedra mais dura germina alguma semente do bem." E disse também ao irmão nosso frei Eusébio, em separado da herege, que apontasse nas anotações tudo o que ela respondesse, repetindo ou glosando os salmos. Que respostas desse tipo podiam ser simulação de fé cristã, com fim de iludir. E então também eu me dei a escutar, o que ela dissesse de similar a algum versículo dos Salmos.

Interrogado: E o que disse deste jaez?

Responde: Punha-se a recitar os Salmos inteiros, como se orasse. E sabia muitos de memória. E usava dizer depois do ocaso quando surgiam as estrelas "Coeli ennarrant gloriam Dei".

Interrogado: Sabe que tal dito pode ser blasfemo?

Responde: Perdoe-me Deus Santo nosso Pai, senhor padre. Jamais poderia, com a graça de Deus, pensar em blasfemar contra a sagrada palavra divina.

Foi-lhe dito: Pois saiba que os infiéis entendem existir mais de um céu e, pois, usam a palavra céu no plural, não para louvar o criador do firmamento, mas para afirmar sua fé herética, na existência de outros mundos. Ouviu o padre Wiesenius alguma recitação de dito salmo?

Responde: Não o sei, reverendo padre. E se me concede licença ouso dizer que nosso irmão frei Eusébio poderá dar resposta mais justa, eis que sempre acompanhou as visitas do padre Wiesenius feitas à ré.

Se um coro de monges cantasse o salmo, seria um louvor ao criador do universo. Recitado pela herege, podia ser blasfêmia. Somente porque a palavra céu, num arroubo poético do salmista, estava no plural.

Chamava a atenção a confissão de Anna, de sua fé nas escrituras. Era uma distinção fina entre uma linguagem de Deus para os mais preparados e outra, em forma de alegorias, destinada aos mais ignorantes. Era uma afirmação estratégica: toda a base bíblica do geocentrismo estava na alegoria da parada do sol no firmamento, por ordem de Josué. A herege afirmava sua fé, ao mesmo tempo que considerava néscios os que tomavam como verdade explícita o que não passava de alegoria. Na sequência, o interrogatório mudava de tema. Era uma técnica usual dos inquisidores. Impedia alguma articulação mais sólida dos argumentos: para a acusação serviam, mais, as frases pinçadas, isoladas, aptas a serem interpretadas mais livremente. A mudança de tema tinha também o efeito de surpresa. O inesperado das perguntas dificultava a reflexão da herege. O risco de comprometer-se era maior.

Interrogado: Como estava o portão da estrada quando a ele foi ter, chamado por frei Eusébio a abri-lo?.

Responde: A fechadura, posta na parte direita do portão, tinha um ferrolho interno que a chave empurrava até entrar num furo feito na parte esquerda. Ela tinha sido deslocada de seu lugar até que o ferrolho escapasse do furo. Estimo que grande força e ferramenta forte se usaram ali.

Interrogado: Podia alguém fazer tudo isto estando fora do portão?

Responde: Era bem alta a fechadura, e quase tocava o topo do portão. Certamente seria muito mais difícil tirá-la de seu sítio estando-se na parte de fora.

Foi-lhe dito: Então o portão foi arrombado por alguém que estava na Casa?

Responde: Penso que sim, pela maior facilidade de assim ser.

Interrogado: Onde estavam frei Eustáquio e frei Eusébio quando se deu pelo arrombamento?

Responde: Já os dois estavam na carroça. Frei Eusébio depois de chamar-me para abrir o portão voltara à horta a mover os mulos com a carroça e se chegaram com ela até o portão. Vinha frei Eusébio com as rédeas, de capucho alçado que era fria a madrugada. E desceu a ajudar-me a ligar o portão. E também na boleia vinha frei Eustáquio com seu gorro, encapotado, todo encolhido. Estavam como sempre se afiguram ao saírem com a verdura. E até penso, senhor Padre, que se me vieram a pedir que lhes abrisse o portão certamente não o sabiam já arrombado.

Afora a má-fé do Visitador, o trecho trazia revelações interessantes. Eram várias: a) deram um Saltério inteiro ou uma coleção de salmos à herege, quase como isca para que proferisse sobre eles algo que a incriminasse; b) frei Rufino, temeroso de errar, sugeria que se ouvisse frei Eusébio, o notário; c) o portão foi arrombado de dentro, e isto, de certo modo, podia implicar que o herborista, frei Fernando, o teria arrombado para fugir; d) ficava claro que o arrombador não era frei Eusébio, nem frei Eustáquio: o primeiro fora chamar frei Rufino para abrir o portão, o segundo já estava empoleirado na carroça, à espera da abertura; e) se alguém fugiu, ou entrou, pelo portão arrombado, foi antes da saída da carroça de verduras.

Outra coisa me chamou a atenção: quem precisou arrombar o portão para fugir era alguém forte. Que não tinha a chave dele, é óbvio. Ora, quem falsificou a chave do dispensário poderia ter falsificado a do portão, a menos que a fuga fosse inesperada. Isso tinha uma consequência: como o desaparecimento de Anna, pelas evidências, fora muito bem organizado, aquele arrombamento, tão improvisado, não faria parte do plano de fuga da herege. Ou rapto, como supunha o historiador Victoire.

Havia outra hipótese: o arrombamento fazia parte do plano de fuga de Anna mas, por coincidência, serviu também para a fuga do herborista. Seria muita coincidência, porém. Era mais lógico pensar que, pelo portão arrombado, fugira alguém estranho àquele plano. Ou seja, o boticário fugiu por ali, às pressas. Provavelmente aterrorizado com o risco de ser inculpado pela morte, iminente, de Wiesenius. Se houvesse premeditado a fuga, várias coisas seriam diferentes: teria feito uma chave para o portão, já que se havia munido da chave falsa do dispensário; não teria largado as "ricas vestes de varão e de mulher", espalhadas pela sua cela; sobretudo, não deixaria, na botica, seus preciosos livros de receitas.

Resumindo, se eu estivesse certo, a fuga do herborista era independente da fuga da herege. Fora decidida às pressas e, nela, frei Fernando teria levado algo importante na sacola de couro que usava para colher verduras na horta. E esse algo não eram as "ricas vestes", pois as deixara espalhadas em seu quarto; nem eram, como se viu, os livros de receitas.

Minha dedução era simples: com a chave falsa ele estivera pilhando o dispensário, juntando o que pudesse, em joias, dinheiro ou algum ouro. Fugiu a toda pressa, com medo de cair nas mãos do Santo Ofício, sob a acusação, fatal, de provocar a morte de Wiesenius. Seja pela comida que lhe fizera, seja pelos serviços de herborista. O sumiço de Anna na mesma manhã, ou madrugada, fora pura coincidência.

E a morte do Inquisidor? Também simples coincidência? O jantar não estava envenenado, pois o prior provara tanto o guisado de coelho, quanto a sopa de verduras, sem nada sofrer. Nesse caso, as dores de Wiesenius teriam alguma causa natural. Idoso, comilão, beberrão e rancoroso, sua saúde corria riscos sérios. Pela descrição da *Notícia* do prior, naquela agitada visita à prisão vazia, ele mostrava graves abalos na respiração e circulação. Um enfarte ou um grave acidente cerebral caberia perfeitamente depois de tanto desgaste físico e emocional.

Refiz meu plano de investigação: se a morte do Inquisidor fora, ou não fora, parte de um plano de fuga de Anna era uma questão secundária. No máximo, ajudaria a apontar o responsável pela fuga da prisioneira. Que deveria ser também responsável pelo fim patético de Wiesenius. Mas a confusão criada pelas dores do Inquisidor, esta sim, poderia ser parte do plano. Ou, então, mesmo inesperada, teria sido aproveitada para libertar a herege.

Em conclusão, eu deveria concentrar minha investigação no mistério do sumiço de Anna. A fuga do cozinheiro-boticário e a morte de Wiesenius não eram essenciais para decifrá-lo. Tudo indicava 1) que o desaparecimento dela era algo planejado: ninguém ousaria, sem cuidadosa preparação, raptar uma ré do Santo Ofício, trancada atrás de grades, custodiada por um vigia especial que guardava consigo a chave da prisão; 2) que, sem ajuda, Anna não poderia sair nem da prisão, nem do convento; 3) que Wiesenius foi surpreendido pelo desaparecimento de sua vítima, tanto assim, que se levantou para exorcizá-la e se pôs a chamar por ela, na prisão; 4) e que a fuga do herborista e os males do Inquisidor certamente haviam facilitado o plano de dar fuga à herege.

Pelo teor das perguntas, o Visitador ainda não tinha uma pista mais promissora. Senão, por que aquela pergunta sobre onde estavam frei Eustáquio e frei Eusébio antes de descobrirem o arrombamento? Ele queria saber se um dos dois já tinha chegado ao portão antes de chamar o porteiro.

Curiosamente, as perguntas eram feitas na presença do próprio frei Eusébio, que, na qualidade de notário, as escrevia. Decerto, o Visitador sabia do viés que a situação impunha às respostas, pensei. E corrigi, logo, essa ideia: invariavelmente, os inquisidores — e assim frei Diogo Fernão — tomavam os depoimentos sob juramento. Qualquer alteração ulterior das respostas configurava perjúrio! Grave risco de condenação pesada. Também o notário jurava, sobre o crucifixo, registrar fielmente o que ouvisse. (Embora, na revisão final do registro, nenhum juramento impedisse o Inquisidor de alterar a redação a seu modo.)

Na *Memória* havia ainda umas cinco ou seis páginas sobre o interrogatório de frei Rufino, o porteiro. Mas não trazia maiores novidades. As perguntas visavam, claramente, a confrontar o que dizia o porteiro com o que havia declarado o prior, frei Martinho, no seu depoimento e no texto da *Notícia*. O Visitador usava cada depoimento como controle da confiabilidade dos outros. Era uma técnica usual.

O próximo depoente "visitado" era o próprio notário, frei Eusébio. Uma nota esclarecia que o próprio Visitador tinha registrado suas respostas.

Chamado a depor, frei Eusébio de Novara, notário do Santo Tribunal para a presente Visitação, na condição de interrogado, deixa canonicamente esta função, assumida ad hoc *pelo Visitador Frei Diogo Fernão de Braga,* ex officio.

Mal comecei a ler, chegou um comissário, muito elegante, ares de mordomo da realeza, um belo tipo de homem italiano. Cheio de mesuras pediu-me que ocupasse outra mesa. Precisava manter livres as da primeira fila. Sobre elas ia colocar os quadros da parede. Gentilíssimo, explicou que as molduras pertenciam ao inventário do *Provence*, mas as gravuras, não. Ele tinha que separar as molduras e guardar os desenhos. Enquanto me explicava, ia colocando os quadros sobre as mesas. Senti um calorzinho no peito quando ele estendeu quase à minha frente a esplêndida bailarina de Degas.

Gisèle veio até nós, ouviu o final da explicação do comissário e começou a observar cada quadro, muito atenta. A tela branca que servia de fundo a cada desenho era colada a um quadro de ripas. Que se encaixava, por trás, nas molduras, preso por quatro parafusos pequenos. O comissário ia empilhando as molduras na mesa da ponta. Nas outras alinhava os quadros, lado a lado. Depois, com um estilete, desses de escritório, com lâmina retrátil, tentava descolar do quadro de ripas as margens da tela.

Era um trabalho demorado, que estragava as bordas das telas. Pior ainda era a etapa seguinte: ele colocava as telas, com os desenhos no centro, empilhadas, umas sobre as outras. Rezei para que melhorasse a técnica antes de chegar à bailarina de Degas. Olhei bem: ela era um dos últimos quadros da fila. Exatamente, o penúltimo.

Gisèle não gostou do que viu. Franziu a testa, cara desolada: "Vou até o bar, buscar um café. Você quer um?". Eu recusei com um sorriso. Nem vi quando ela voltou.

Mais tarde veio Saulo. Saudou Gisèle com um sorriso e foi direto até os quadros. Conversou amavelmente com o comissário, admirou os desenhos, deu-me uma palmadinha no ombro e sentou-se à mesa vizinha. Vinha preparado para trabalhar: trazia uma régua de cálculo, cadernos e dois estojos de cartão em forma de tubo. Desses que servem para guardar mapas, desenhos, projetos. Deixou de lado o estojo vermelho, menor que o outro, e despejou na mesa o conteúdo do maior, azul. Eram desenhos complicados de partes de barcos. Ele começou a desenhar e eu voltei ao texto da *Memória*.

Interrogado: Por que e com qual fim lhe mandou o prior que copiasse em forma de livro as receitas de comidas e de remédios que eram seguidas por frei Fernando?

Responde: Não sei exatamente, senhor Padre. Tenho uma escrita mais clara do que a do irmão herborista, conforme disse o padre prior. Desejava ele que noutras casas da Ordem se pudessem aviar receitas como as de frei Fernando. As de comidas, porque eram muito saudáveis, as de remédios e poções porque tinham mostrado eficácia, principalmente as que tiravam dores do ventre e do peito, bem como a poção de dormir que acalma os nervos e os unguentos para feridas e queimaduras.

Interrogado: Já tomou alguma vez a poção de dormir?

Responde: Não, senhor padre. Sei também que o herborista a compôs para acalmar tosses, dores do peito e asma, que afligem a frei Eustáquio.

Muitas noites a tosse não o deixa dormir. Mas logo se viu que tal poção era muito eficaz contra a insônia. E então, quem mais a toma é frei Rufino, que por não poder dormir, sofre durante o dia grande inquietação e dores nos ombros e no peito. Concedeu o padre prior que tenha dela um frasco na cela. Mas a toma somente nas noites de quintas-feiras pois nas sextas pouca gente vem à portaria e algum outro irmão pode atender à porta.

Interrogado: Mas a chave da cela da herege só a tem frei Rufino?

Responde: Sim, senhor padre. E a traz em seu cordão.

Interrogado: Saberia preparar essa poção, em tendo à mão o de que precise?

Responde: Acredito ser capaz, pois mais de uma vez a preparou frei Fernando em minha presença quando tivemos ordem de escrever as receitas. Precisou ele saber as proporções exatas dos pertences, para que não errassem os que seguissem as receitas. E há delas duas formas. Uma demora mais a produzir o sono, mas o faz muito prolongado. A outra traz prontamente um sono profundo, que dura poucas horas.

Interrogado: E qual delas toma frei Rufino?

Responde: A do primeiro tipo, parece-me. E penso que o padre prior lha mandou guardar pois é demorada e complicada de se fazer. Exige longos processos de cocção e de decantação de ervas e infusões. E não saberia eu compor receita deste tipo, pois só uma vez a vi preparar, pelo irmão boticário, frei Fernando. E temo, agora, que sem a presença do herborista, venha a faltar o remédio de nosso irmão.

O Visitador parecia tatear numa nova direção: a poção soporífera poderia ter servido para a fuga da herege. Todos os dados mostravam que naquela madrugada ninguém conseguia dormir naquele convento. Bastava lembrar o corre-corre para cuidar do Inquisidor, o arrombamento, o sumiço do herborista, a morte de Wiesenius, o desaparecimento de Anna. Mais ainda: todos os frades estavam em plena atividade, para procurar o boticário, ou para cuidar do Inquisidor. Dois deles estavam na horta, a preparar a carroça e a carga de verduras. Ninguém tinha condições para dormir naquela situação. Apenas uma pessoa não estava ocupada: Anna. E, convenhamos, devia ser a pessoa menos interessada em dormir, naquela madrugada. Se o Visitador procurava um nexo entre a poção e a fuga presumida de Anna, perdia seu tempo. A menos que alguém a quisesse raptar e, para isso, houvesse tratado de fazê-la dormir. Mas, era uma ideia absurda, também esta: adormecida, ela seria um peso inerte a ser carregado: complicaria muito a saída pelo portão. Mesmo arrombado.

Gisèle veio até nós: "Está quente demais. Vou buscar refrigerantes para nós". Dirigiu-se ao comissário: "O senhor também toma?". Ele sorriu, desconcertado, e aceitou a oferta: "Por favor, água mineral e gelo. Mas posso mandar um dos camareiros...".

"Não", disse Gisèle, "quero ver quais águas minerais eles têm no bar".

"Para mim também, água e gelo", falei.

"Uma *Tuborg* média, bem gelada. Obrigado, Gisèle", Saulo falou sem levantar os olhos, cuidando de seus dedos: estava apontando um lápis, com a caneta-bisturi dourada.

Na *Memória*, o Visitador tinha mudado o tema das perguntas:

Interrogado: Por que deixou de esculpir, nos últimos tempos, como escreveu o prior ao seu Provincial?

Responde: Tenho executado algumas peças para a nossa Casa ou para outras poucas sedes, por ordem do padre prior. De minha vontade, confesso que o trabalho de escultor me tem sempre trazido grande prazer. Foi por isso e para evitar ocasiões de vaidade que abandonei a arte. E só tenho voltado a ela quando assim mo ordenam os superiores. Como é o caso do frontão da nossa igreja que estou esculpindo pouco a pouco, quanto me permitem os trabalhos de notário e o de preparar e entregar as verduras a nossas irmãs clarissas.

Interrogado: O frontão é de mármore. Tem feito alguma escultura, em bronze, ou outros materiais nos últimos meses?

Responde: Não senhor padre. Nenhuma escultura. Não temos instrumentos justos para fundir bronze no convento. Também nos falta o mármore. Hoje, só temos no convento os blocos destinados ao frontão. Frei Rufino, que cuida da nossa igreja, passa-me cada semana a cera escorrida das velas. Delas faço esboços para as imagens do frontão.

Interrogado: Por que ainda não foi ordenado sacerdote?

Responde: Porque, depois de vários anos de glórias mundanas, ainda sinto alguma soberba pela arte que Deus Nosso Senhor me deu. Espero que o Espírito Santo me inspire a virtude da modéstia e me ilumine sobre minha verdadeira vocação. Fugir do mundo não basta. Preciso crescer na virtude, senhor padre. E ter a certeza de que o Senhor me chama para a Ordem franciscana.

Interrogado: Como já sabe, a ré foi autorizada pelo finado padre Wiesenius a ler Salmos. Sabe quais eram esses Salmos?

Responde: O Venerável Inquisidor mandou dar-lhe partes de um velho Saltério que se desfizera quase por inteiro. Não sei dizer quais Salmos continha. Apenas sei que as partes que dei à herege eram da primeira metade do livro.

Interrogado: Deu a ela outro escrito qualquer, sem que fosse parte do dito Saltério?

Responde: Faz dois meses, mandou-me o reverendo padre Wiesenius retirar, da herege, os Salmos que lhe havia dado. E que desse a ela, cada semana, algumas folhas com versículos esparsos de alguns Salmos, para que sobre eles meditasse. Que sobre eles seria inquirida mais tarde.

Interrogado: Por que o padre Inquisidor decidiu tirar-lhe os Salmos e dar-lhe a ler ditos versículos?

Responde: Porque queria saber como ela os entendia. Disse-me que os Salmos a herege podia sabê-los e mesmo entendê-los, por serem iguais, quase todos, aos que usam os protestantes, com os quais ela estivera em Praga. E que uma boa prova de quanto fosse seguidora da Santa Igreja de Roma, era saber os Salmos e outros escritos que fazem parte do nosso ofício divino. Mais ainda me disse, senhor padre Visitador: que desse à herege um liber usualis *com os Salmos, hinos e outros escritos mais recitados no ano litúrgico.*

Interrogado: E lhe foi dado este liber usualis*?*

Responde: Sim. E me ordenou o Venerável que, naquelas folhas que referi, não escrevesse os versículos ou outros trechos em sua versão integral, mas apenas a referência. Que ela deveria localizar os trechos no livro. Mostrando com isso quanto era useira de tais leituras.

Interrogado: Era o padre Wiesenius quem escolhia os textos?

Responde: Nas primeiras semanas, sim. Depois ordenou-me que o fizesse, mas que lhos mostrasse antes de passá-los à herege. E que os passasse através da porta de grades, sem lhe dirigir palavra alguma. Sempre na presença de frei Rufino.

Lembrei que o porteiro havia sido muito reticente quando respondera sobre os textos dados à herege. Agora ficava mais claro o seu motivo. Ele teria que revelar a presença de frei Eusébio à porta da prisão, cada vez que passava os versículos à prisioneira. Por isso tinha insinuado, ao Visitador, que o notário poderia falar mais sobre o assunto.

Interrogado: As folhas com as referências dos versículos eram restituídas pela acusada?

Responde: Sim. E as passei todas ao Venerável, que as guardava junto com os verbales de cada visita à ré, pois confrontadas com as respostas, serviam como provas do modo de pensar da herege. Só lhe não devolvi a última, do dia 19 de maio, porque Deus Nosso Pai o chamou antes que eu transcrevesse, na forma dos verbales, as respostas da herege. Naquela tarde estive no porão a trabalhar no frontão, e somente depois da ceia fui procurar frei Rufino, para acompanhar-me até à herege, como prescrito. E vinha ele de trancar a porta da prisão, depois de recolher os pratos da ceia servida à herege. E sob seu olhar fui à porta de grades recolher a folha das referências. Era já tarde para dá-la ao padre inquisidor, que àquela hora já se queixava de dores. Tendo o padre Wiesenius falecido, passei ao padre prior as respostas da herege e a folha com os versículos.

Foi-lhe dito: Já a tenho comigo. Pode explicar por que escolheu estes trechos bíblicos?

Responde: Não os lembro agora, senhor padre, mas devo confessar que não os escolhia com muito vagar, por não saber quais deles mais se prestariam às perguntas que lhe deveria fazer o padre Inquisidor. De modo geral procurei trechos que fizessem meditar na miséria do homem e no poder salvador de Deus.

Foi-lhe dito: Era imposta à jovem uma dura tarefa, então. Não seria de justiça exigir dela o que muitos irmãos versados na Escritura teriam dificuldade, grande, em cumprir. E, deles, muitos não saberiam, tendo à mão só essas referências, dizer a quais textos se referem. Por exemplo, poderia dizer-me a quais trechos ou versículos correspondem as desta folha?

Era uma observação totalmente inesperada: o Visitador falava em justiça! E colocava o seu notário contra a parede: se exigia da prisioneira que achasse os versículos só pelas referências, deveria, em justiça, ser capaz de o fazer. Na verdade, a crítica era ao procedimento de Wiesenius, mais que à atuação, submissa, do notário.

Mais inesperada foi a reação de frei Eusébio, que vinha logo a seguir. Nela o antigo escultor mostrava não só coragem, mas sua familiaridade com aqueles textos. Pelo jeito, estava mesmo empenhado em crescer na virtude:

Responde: Permita-me, senhor padre, ponderar que, não foi minha a decisão de pedir à herege que achasse os trechos no livro, sem os ter escritos na íntegra. Obedeci ao padre Wiesenius, ao proceder como contei. Também, humildemente ouso declarar que me seria bem mais fácil identificar cada versículo se tivesse em mãos o liber usualis, *senhor padre, como o tinha a acusada.*

Ouvi um grito de dor, sufocado, e o ruído de copos e garrafas espatifando-se no chão. Gisèle, com a bandeja dos refrescos e copos, tinha tropeçado no tapete da entrada e estava caída tentando alcançar o tampo da mesa para erguer-se do chão. O comissário correu a socorrê-la. Saulo levantou-se num salto, com a caneta dourada na mão, e correu para o quadro da bailarina. Ágil como um gato. Correu a lâmina ao longo das ripas, e retirou o fundo de tela, inteiro, com o desenho de Degas. Num átimo, enfiou a peça enrolada, no estojo vermelho e o largou sobre a sua mesa. Frio e preciso, enfiou a moldura na pilha das outras e empurrou o último quadro para o lugar do penúltimo, cobrindo a falha deixada. Depois correu a ajudar o comissário, que tentava erguer Gisèle, a gemer de dor. "Acho que torci o tornozelo", disse a Saulo. Fui até eles, mas não sabia o que fazer ou dizer. Eu estava chocado, apalermado. Não pelo acidente de Gisèle, é claro. Não conseguia entender se o roubo da bailarina fora real ou tinha sido pura alucinação minha.

Acomodaram Gisèle numa cadeira e o comissário foi buscar ajuda. Voltei à minha mesa, como um sonâmbulo, incapaz de articular qualquer palavra. Saulo passou pela fila dos quadros, como a verificar se tudo estava certo, e sorriu satisfeito. Chegou-se à minha mesa e explicou, a meia--voz: "Não se preocupe, Eugênio. Não há risco algum, fique tranquilo. Desde que Eva me pediu, brincando, para roubar o desenho, tenho avaliado os riscos. Fiz amizade com os comissários e, até, com o comandante. Fiquei sabendo, em segredo, que, antes de Gênova, várias peças de decoração e os quadros vão ser repartidos entre três espertalhões que estão viajando na primeira classe. São diretores da Companhia que vendeu o velho *Provence*. Fiquei sabendo, também, que eles nem conhecem os quadros. Querem apenas negociá-los. Estão roubando bens da Companhia. Quem rouba ladrão... Pensei que ia ser mais difícil. Eu estava estudando um jeito de distrair o comissário quando Gisèle caiu. Com todo aquele esparramo de copos e garrafas. O tombo dela caiu do céu, meu caro. Eva saberá apreciar a bailarina, como Degas gostaria. Mas é preciso que ela não saiba nada, antes de desembarcar em Gênova. Assim, não correrá riscos".

Eu ouvia tudo, como se a conversa não fosse comigo. Apenas percebia, vagamente, que eu tinha entrado em apuros. Não podia ser verdade: Saulo tinha roubado o desenho! Senti uma ponta de ciúme. Eu é que deveria ter ousado! Eva, depois do espanto, iria adorar o gesto dele. Senti meu coração a galopar. Medo. Angústia. O que eu devia fazer?

Saulo voltou, calmamente, aos seus desenhos. O comissário confortava Gisèle. Vi quando chegou o médico de bordo, o mesmo doutor Guelfi que cuidava do ombro de Eva, com o mesmo sorriso de dentifrício. Examinou o tornozelo da nossa amiga, tranquilizou-a e lhe deu um analgésico. Ela saiu, apoiada ao ombro de um camareiro. Eu continuei paralisado, com uma folha da *Memória* na mão. Pouco a pouco tomei consciência do que ocorrera. Saulo devia ser um especialista em tais furtos. A segurança e frieza com que tinha agido não deixavam dúvidas. Ele sabia como roubar um quadro. Senti uma certa opressão no peito: ele iria presentear Eva com o desenho que ela mais cobiçava. Quase o odiei. Passou-me pela mente a ideia de denunciar o furto, mas isso só complicaria minha situação. Afinal, eu não tinha cometido delito algum. Poderia, até, não ter visto o furto, se estivesse lendo meus papéis. Ademais, saber que os tais diretores iriam negociar os quadros, lesando a Companhia, me confortava. Justificava uma decisão cômoda: não dizer nada a ninguém. Havia ainda a sensação desconfortável de que o Saulo que eu tinha aprendido a admirar, pelo seu brilho e bom-senso, era um ladrão de obras de arte. Pensei na alegria de Eva ao receber o desenho. E no perigo que correria de ser descoberta com a peça roubada. Mesmo depois que desembarcasse em Gênova. Mas, não! Saulo fora esperto: os desenhos não constavam do inventário do navio, os interessados em ficar com os quadros estavam lesando sua Companhia: se denunciassem a falta do Degas, teriam que explicar o destino dos outros quadros. E se condenariam. Então, se Eva, eu e Saulo nos calássemos, ninguém saberia do furto! Comecei a respirar mais calmamente.

O comissário voltou ao seu trabalho. Não tive coragem de sair antes que ele terminasse. Dividiu as molduras em duas pilhas, amarrou-as com cordões de ráfia e as embrulhou em várias folhas, enormes, de papel de embrulho pardo. Senti um arrepio quando ele começou a espalhar os desenhos. Por sorte, não era para contá-los: ele os separou para colocar, entre um e outro, várias camadas de toalhas de papel. No meio desse trabalho, voltou-se para nós: "Por favor, aguardem um minuto. Um camareiro está trazendo a água gelada e a cerveja".

Finalmente, colocou a pilha de desenhos numa grande caixa de papelão, lacrou-a com várias tiras de fita colante. Depois, embrulhou a caixa e amarrou o pacote com as cordinhas de ráfia. Saulo olhava por cima dos óculos e sorria. Com uma frieza glacial, ainda comentou: "O senhor teve um trabalhão, comissário".

"Fiz o que pude, senhor. Nunca me mandaram fazer coisa parecida. Não sou do ramo; mas o importante era embalar bem todos os desenhos para o desembarque. Há dois dias, não faço outra coisa senão embalar os ornamentos do velho *Provence*. Acho que chegará a Gênova totalmente despojado de seus adornos. Nu." Meu coração subiu à garganta quando ele veio até a minha mesa: "Desculpe-me, senhor, poderia emprestar-me a caneta?". "Por favor", balbuciei. Ele preencheu duas etiquetas grandes. Tinham o emblema do navio. Pude ler o que escreveu, nas duas: *Sala Lettura. Ponte A. Per sede di Genova. Direttore Commerciale. Dr. Luciani. Consegna esclusivamente personale*. A entrega devia ser exclusivamente pessoal. Saulo tinha razão, achei. E respirei aliviado.

O mesmo camareiro que trouxe a água e a cerveja levou a caixa dos desenhos. Depois recolheu nossos copos e levou os pacotes das molduras. O comissário, antes de sair, nos cumprimentou: "Até logo, senhores. Lamento que o incidente com a senhora tenha perturbado sua leitura. Felizmente, disse o médico, não há nada de grave com o pé dela. Tenham uma boa tarde".

Eu ainda estava descontrolado. De seguro, sentia ciúme. Comecei a pensar na reação de Eva ao ver o presente. Mas, não! Ela só poderia saber dele depois de descer em Gênova. Como faria o engenheiro para dar-lhe o desenho, sem explicar o que era?

Juntei as folhas da *Memória* e me levantei para sair. Saulo enfiou seus desenhos no estojo azul e veio encontrar-me. Pegou-me pelo braço e me estendeu o estojo vermelho: "Tome. Eva merece. Ache um jeito seguro de lhe dar a bailarina. Agora precisamos de um bom trago. Você paga".

"Então, eu escolho a bebida."

"De acordo. Mas água gelada, não!"

No bar, pedi: "Dois *Noilly Prat*, por favor".

"Três", corrigiu Gisèle. Vinha chegando da enfermaria, com o pé enfaixado. "Doeu, na hora. Mas é coisa leve. Amanhã, terá passado. Lamento pelo vexame todo. Vou me inscrever num curso de garçom, assim que desembarcar em Lisboa."

"Em Lisboa? Eu também vou descer lá. Pensei que você e Denise fossem para a França."

"Não. Eu moro em Lisboa. Trabalho na embaixada francesa. Espero que você não parta logo para outro rumo. Assim, finalmente, me falará de seu livro..."

"Com prazer. Só tenho que ir até Évora, e sem pressa. Vou procurar a herege!"

"Deve estar muito envelhecida, pobrezinha."

Gostaria de prolongar a conversa com Gisèle, mas eu não via a hora de me isolar, me trancar. Precisava ordenar minhas ideias: o furto do desenho me parecia uma alucinação. Mas o estojo vermelho estava ali, sobre o mármore do balcão, quase gritando que tudo fora real, naquela tarde. Eu não estava bem: pressentia que a amizade por Saulo ia se esvaziar. Não tanto pelo furto, que podia até ser visto como uma molecagem fora da idade justa; mas, sobretudo, porque Saulo agora me aparecia como um mestre da dissimulação. Eu me sentia... enganado, ou algo parecido.

Logo que pude, enfiei-me na cabine e me estirei na cama. Larguei sobre a mesinha o estojo vermelho. Não sei por que me pareceu incandescente, em brasa. Eu sentia medo: de ser inculpado pelo furto, de precisar denunciar Saulo, que, em verdade, queria apenas agradar Eva; da reprovação dela à conduta de Saulo e à minha. Medo, principalmente, de causar complicações a Eva. Mas não havia muito que decidir: a sorte estava lançada, eu tinha que lhe dar o estojo e pedir que mantivesse segredo até desembarcar... Seria apenas mais um dos segredos de Eva. Segredos... A maleta azul! Se eu enfiasse o estojo na maleta, ela só saberia do Degas quando chegasse, de volta, a São Paulo! Nada falaria sobre ele, antes da volta. E, sem dúvida, ficaria exultante, quando achasse a cobiçada bailarina.

Só havia um modo de chegar àquela maleta: entrar na cabine de Eva, na ausência dela. A ocasião chegaria, pensei. Havia ainda dois ou três dias antes de Lisboa. Respirei, mais aliviado. Mesmo deitado, continuei a leitura da *Memória* de Diogo Fernão.

Responde: Não sei de memória as referências dessa folha. Mas tentarei localizar os versículos se tiver a bondade de mas dizer.

O interrogatório, neste ponto parecia totalmente desviado de seu rumo. O Visitador queria mostrar que Wiesenius tinha exagerado, ou que seu ardil era ineficaz. Qualquer frade poderia ser classificado como herege, se o critério para isso fosse errar os textos que as referências indicavam. Cheguei a supor que Wiesenius queria realmente obrigar a herege a curvar-se ante a sua competência doutrinária, seu conhecimento das fontes da verdade. Devia até existir alguma vaidade nisso. Ele queria humilhar a jovem. Por quê? Podia mandá-la à fogueira quando quisesse. Havia em tudo aquilo uma vontade de revanche, de triunfo doutrinário. Por quê? Contra quem? No começo da viagem, quando Norberto Flores, o jesuíta, mencionara Wiesenius pela primeira vez, eu tinha lembrado algo sobre ele: tinha estudado física em Pisa! Era isso! Ele tinha sido discípulo de Cassini e de Lorini, os dois homens que mais perderam prestígio científico, quando Galileu mostrou que não havia corpos leves e corpos pesados, como categorias. Se um bloco de gelo flutuava na água, não era por ser da *categoria* dos leves, mas porque a água pesava *mais* do que ele. Velhos aristotelistas, os dois dominicanos, humilhados, decidiram vingar-se de Galileu, a qualquer preço.

Agora era a vez de Wiesenius mostrar a superioridade do seu saber. Era a hora da vingança. Galileu então já estava às voltas com as tramas insidiosas de Lorini. Benedictus Von Wiese daria tudo para poder, um dia, humilhar o grande Galileu. Mas tinha em mãos uma sua seguidora, discípula do famoso Kepler. Certamente algum eco desse processo chegaria até a Toscana. Cada vez que um heliocentrista era processado ou queimado, todos os outros, em toda a Europa, ficavam sabendo.

A exigência excessiva de Wiesenius tinha, portanto, seus motivos. Frei Diogo Fernão percebera isso. E queria demonstrar ao seu próprio notário que Wiesenius tinha errado. Mas o notário, autor da lista de referências, precisava mostrar que não fora leviano ao escolher aqueles versículos, parágrafos, ou responsórios. Por isso tinha ousado aceitar o desafio do Visitador.

Foi-lhe dito: Digo-lhe todas e bastará que me ache os versículos ou parágrafos referidos em três ou quatro delas.

Responde: A primeira é do Salmo 129, De profundis clamavi ad te Domine. *A partir das profundezas clamei a ti, Senhor.*

Foi-lhe dito: Eis as outras: Cor. 16-5, Marc. 16-2, Io. 16-32, Cor. 16-13, Math. 20-14, Ps. 92-3. Palmis Gl. 3, Nat. Dom. Ant. ad VI, Cant. 2-12.

Responde: Lembro os dois versículos da Epístola aos Coríntios: Virei até vós, é o quinto. Velai e confiai, é o décimo terceiro. Sei também a antífona para a sexta hora na Natividade: é Crastina erit.

Certamente, o Visitador tinha desconfiado de alguma coisa naquela lista, achei. Talvez suspeitasse de alguma mensagem guardada nela. Mas, não: o notário sabia que terreno pisava. Jamais cometeria uma loucura desse tipo. Depois, mudei de ideia: o conjunto do interrogatório mostrava que o Visitador queria avaliar quanto o notário havia sido sério, responsável, ao escolher as referências. Pelas dúvidas, copiei as abreviações da lista. Queria ver se o padre Flores saberia identificar os trechos referidos. Voltei ao texto da *Memória*.

Interrogado: Na ocasião da morte do Inquisidor, entrou na cela da herege a verificar se os capitéis ali postos eram obra sua? Que viu neles?

Responde: Cheguei com a carroça e fui desatrelar os mulos. Depois, mandou-me o padre prior, a investigar, com frei Eustáquio a botica onde trabalhava o herborista, a ver o que faltasse. Ordenou-me então que cuidasse de aliviar as dores do padre Inquisidor. E ali fiquei até que o cha-

massem para exorcizar a capela e as rosas ali vistas pelo padre prior e frei Anselmo. Como sabeis, Reverendo padre, ali o Venerável Wiesenius rendeu sua alma a Deus. Quando haviam já retirado seu corpo, mandou-me o padre prior examinar, sem os tocar, os quatro capitéis ali existentes e afirmei, como ora afirmo, que eram mesmo, inteiramente, obras de minha lavra. Sei disso, senhor Padre, porque costumo apor certas marcas aos meus trabalhos. Nos capitéis, as gravei no fundo do furo quadrado que serve para o encaixe da viga mestra. Perguntais-me sobre o que de mais, vi, e vos respondo que em dois deles vi, senhor Padre, aquelas pequenas roseiras muito vivas, com flores abertas, e botões ainda por se abrirem.

Interrogado: Tais roseiras eram plantas fortes arraigadas no mármore ou eram apenas enfiadas no furo do capitel ou em alguma rachadura dele, como artifício de fingir que ali eram nascidas?

Responde: Por tudo o que pude ver, senhor Padre, eram de fato nascidas ali e tal me parece mais verdadeiro ainda, pois as rosas ainda lá estão em pleno viço. E nem viço, nem vida teriam, se ali não houvessem posto raízes.

Interrogado: Do caderno de receitas de comidas ou do caderno de remédios e poções, fez mais de uma cópia?

Responde: Duas cópias de cada um, sendo uma para a Casa e outra para a sede da Província, mandada ao reverendo padre Provincial, que a dê, em o querendo, às diversas Casas da Ordem.

Ordenou o padre Visitador que não se dê notícias a ninguém do que se tratou.

E frei Eusébio retoma a função de notário desta visitação.

Foi chamado, e jurou, frei Anselmo, esmoler e dispenseiro do convento. Disse estar na Ordem há dezenove anos, ordenado sacerdote há cinco anos e meio.

Foi-lhe dito: Diga-me o que fez na noite em que morreu o padre inquisidor.

Responde: Estava a recitar matinas no coro, pouco antes do último Salmo, quando veio frei Rufino a chamar a mim e a frei Basílio. Ficou frei Basílio a cuidar do Venerável, enquanto o padre prior foi à igreja a rezar. Estava em grande pena, desde que chegaram, com a carroça, frei Eustáquio e frei Eusébio, trazendo o hábito de frei Fernando, achado nos arre-

dores da Casa. Mandado, fui então, com frei Rufino a vistoriar a cela do boticário. Ali achamos finas vestes femininas e de varão. Foram todas entregues ao padre prior.

Interrogado: Como responsável pelo dispensário, notou alguma vez que cousas dadas para se distribuírem aos pobres houvessem dali desaparecido?

Responde: Não, senhor padre.

Interrogado: Quem mais dentre os frades tem acesso ao dispensário?

Responde: Frei Rufino, por vezes me ajuda quando é muita a gente que vem por agasalhos. Para a distribuição da comida vem também frei Fernando com a sopa nos meses frios e com os cozidos, depois do inverno. Pois é ele que determina as porções segundo o número de pobres que acorrem.

Interrogado: Ficam eles no dispensário sem que o responsável esteja lá?

Responde: Devo responder que sim, senhor padre.

Interrogado: Que viu na cela da herege, quando lá passou com o lume?

Responde: Tremo ainda, senhor padre, de só lembrar o que senti. Um grande frio, quando alçando o lume nada vi da herege em toda a prisão. E vos digo que nem era mister portar o lume, que já ia alta a manhã, quando ali estive.

Interrogado: Que diz das rosas?

Responde: Eu as vi e eram belas, não muito grandes, mas com viço. E ainda lá estão, e mesmo depois de muito aspergidas e exorcizadas. E ainda ali se pode abrir mais de um botão, mesmo que não se lhe dê água.

Interrogado: Como o sabe?

Responde: Se não se esvaíram com os exorcismos do senhor padre Wiesenius, podem ser obra da rica natureza de Deus. Sem ser obra do demo, quero dizer.

Interrogado: Pode contar como morreu o padre inquisidor?

Responde: Saberia fazê-lo. Mas devo obediência ao padre prior que me ordenou de nada dizer. De todo modo, posso dizer-vos que foi a morte mais horrível que meus olhos viram e, acredito, jamais verão mais feia. Mas é infinita a misericórdia do Senhor.

Interrogado: Quem entrou na cela da herege?

Responde: Só o padre Wiesenius. Disse alguma coisa como: as bruxas sabem fazer-se invisíveis, para fugir da prisão. Mas seu corpo não perde densidade nem peso e assim não pode escapar através das grades. Então, antes de se abrir a porta para que entrasse, mandou que cercássemos toda a passagem que se abriria ali quando fosse destrancada. E o fizemos. E mandou a frei Rufino que trancasse a porta de grades. Posso também referir que se cortou a mão nos espinhos das roseiras ao querer arrancá-las. E sangrava muito a sua mão.

Interrogado: Acredita que alguém poderia ter causado a morte do padre inquisidor?

Responde: Queira o senhor Deus afastar de mim esta ideia, senhor padre. Não posso sequer pensar que algum irmão desta nossa comunidade o quisesse fazer.

Interrogado: Quem entrou na cozinha enquanto o herborista preparava o jantar do padre Wiesenius?

Responde: Não lho saberei dizer. Nas segundas feiras fico muito tempo a ordenar vestes e comidas que se dão aos pobres nas terças-feiras. E, pois, pouco ou nada vejo do que acontece na cozinha. Sei que, a mando do nosso prior, frei Eusébio, aqui presente, presencia a feitura de algum manjar ou doce, para escrever, depois, o modo de os preparar.

Interrogado: Como estava o corpo do Venerável? Quando o transportou.

Responde: É penoso recordar, senhor padre. Se pois devo dizer a verdade, fazia asco. Pelos cheiros que dele vinham, não só os do vômito. Estava ademais todo sujo de sangue que lhe escorrera abundante das mãos. Tinha os olhos muito abertos, metiam medo, como as gárgulas do pórtico. E pelo dever da obediência o lavamos, frei Basílio e eu. E o vestimos de seu hábito dominicano. E o compusemos bem, até com flores, para que não causasse más ideias ou temores.

Interrogado: Tinha o rosto congestionado, apoplético?

Responde: Não lho posso dizer. Que estava todo ensanguentado. Das mãos que sangravam e esfregara no rosto, como a untar-se com o sangue. Penso que pequei, senhor padre. Pois estou a dizer-vos o que me foi proibido contar.

Foi-lhe dito: Não, frei Anselmo. Pode aquietar-se. A proibição refere-

-se ao que disse e fez o padre antes de morrer. Não lhe veda de dizer como ficou seu corpo. Esteja em paz, portanto.

Interrogado: Como chegam ao dispensário os pobres que se juntam na igreja?

Responde: Existem duas portas no dispensário. Uma dá para a igreja e esta se abre para eles, nas terças-feiras. Outra dá para o corredor onde fica a antiga capela, agora prisão. E esta não se abre para eles. Estando no dispensário, os pobres podem chegar a ela, mas está trancada.

Interrogado: Alguém poderia abri-la, estando no dispensário?

Responde: Sim, se tivesse a chave. Mas deveria fazê-lo na presença dos demais pobres e seria visto.

Interrogado: Mas algum frade poderia fazê-lo?

Responde: Só eu e frei Rufino.

Foi-lhe dito: Explique isto.

Responde: Eu, porque cuido dos donativos, tenho a chave. Pois do dispensário à clausura o caminho mais curto é por aquela porta, através do corredor. É também o único, quando a igreja está de portas trancadas.

Interrogado: E frei Rufino?

Responde: Como porteiro ele fecha também a igreja. E tem dois caminhos para voltar ao interior da Casa: a sacristia e o dispensário. Para trancar tudo, tem, ele também, uma chave do dispensário pois às vezes alguns pobres se demoram lá e ele os faz saírem para a igreja e então tranca aquela porta. Depois os faz deixarem a igreja e também a fecha.

Foi-lhe dito: Então a chave que ele tem é da passagem do dispensário para a igreja. Não a da outra porta do dispensário. Não tem a que dá passagem ao corredor da prisão.

Responde: Assim penso. Nunca o vi abrindo aquela porta.

Interrogado: Frei Rufino, então, pode entrar no dispensário quando quiser?

Responde: Sim.

Interrogado: Quem entrega roupas e alimentos aos mendigos?

Responde: Quase sempre eu, auxiliado por frei Rufino. Algumas vezes, os irmãos que cuidam da horta também me ajudam. Nunca nas segundas-feiras, pois estão muito atarefados no preparo da carga que levam às clarissas.

Interrogado: Qual carga?

Responde: De verduras, ovos, galinhas, coelhos e o que mais se produz na horta e na granja. Que também as clarissas dão comida aos pobres, mas noutros dias.

Foi-lhe dito: As cousas aqui perguntadas e respondidas devem ser mantidas em sigilo. E, de ordem do senhor padre Visitador, mandou-se chamar frei Eustáquio.

Nas entrelinhas do texto, algumas coisas pareciam claras. O tema das perguntas variava muito e os motivos podiam ser dois. Um era claro: os interrogados estavam sempre desprevenidos a cada pergunta nova e, assim, poderiam cometer erros ou contradições. O outro era presumível: o Visitador não tinha qualquer palpite mais sólido. Tateava ainda no escuro. Ora se preocupava com referências bíblicas dadas à herege, ora com a possibilidade de algum frade ter a chave da prisão, ora com o risco de algum falso pobre ter entrado pelo corredor até a prisão.

Tentei reconstruir o raciocínio do Visitador, a partir dos temas mais explorados nos interrogatórios. Procurei me colocar no lugar dele.

Quanto à chave, já se sabia o suficiente. Poderia, em tese, ser fabricada por frei Basílio, ferreiro, ou frei Fernando, que derretia metais, como alquimista que era; ou, ainda, frei Eusébio, controlado de perto, antes por Wiesenius, agora por Diogo Fernão. Mais ainda, o antigo escultor não tinha meios de trabalhar com metais. Só tinha o mármore destinado ao novo frontão.

Mas, se o boticário conseguira uma chave falsa para pilhar o dispensário, podia ter feito outra para livrar a herege. Na situação em que estava, de grave risco, ele seria o último a pensar em libertar uma prisioneira do Santo Ofício. Afora a complicação de tirá-la do convento sem ser visto. Talvez a razão estivesse com o velho Victoire: algum grupo de fora da Casa tinha levado a herege.

Mas eles não tinham acesso ao corredor da prisão. Nem passariam despercebidos ao tentar sair com a prisioneira pelo portão externo. Mesmo que o tivessem arrombado antes.

Havia uma chance de Victoire estar certo! Ela teria fugido com um ou mais cúmplices, infiltrada entre os pobres. Bastava que alguém a fizesse chegar à igreja e misturar-se com eles. Fazia muito frio: os muitos agasalhos e gorros que o prior tinha registrado facilitariam o disfarce da prisioneira. Só que, para isso, Anna precisaria: 1) sair da prisão, graças a uma chave falsa; 2) vestir roupas e algum gorro ou touca que a disfarçassem; 3) chegar à igreja. Para tanto, segundo o último depoimento, havia dois caminhos: passar pelo dispensário ou pela sacristia.

A segunda passagem era impossível. A sacristia dava para o interior da Casa: para o recinto de clausura. Onde nenhuma mulher punha o pé. Nunca! Ademais, no interior do convento ela fatalmente seria vista. Restava o outro caminho. Pelo dispensário. Chegar a ele era fácil com a chave do herborista. Entrar na igreja implicava passar pela outra porta. A mesma por onde frei Rufino fazia saírem os mendigos retardatários.

Anna teria fugido pelo dispensário. Era uma boa hipótese, por vários indícios. Procurei ordená-los: 1) O boticário fugido (ou sequestrado) tinha a chave que levava ao dispensário. 2) Ele tinha também roupas de mulher em sua cela. 3) Então, graças ao herborista, Anna podia chegar ao dispensário e esconder-se ali, disfarçada. Não seria difícil esconder-se, num lugar em que se amontoavam roupas e alimentos. 4) Naquela manhã, a missa e a distribuição de roupas e alimentos foram atrasadas, por causa dos vários rebuliços criados no interior do convento: dores de Wiesenius, sumiço do herborista, encontro da chave falsa, o milagre das rosas, a falta da herege e a morte do Inquisidor. Por isso os pobres tumultuaram a distribuição dos donativos. Isso estava na *Notícia* do prior.

Conclusão: Anna esperou escondida no dispensário, aproveitou o tumulto da entrada dos pobres, foi para a igreja no meio deles e, dali, partiu para longe.

Gostei da minha dedução. Mas havia algumas coisas pouco claras no texto da *Memória*. Seria preciso admitir que o herborista, um ladrãozinho de donativos, tivesse corrido um risco supremo: já estava sob suspeita do Inquisidor. Se este morresse, seria caçado por terras e mares pelo Santo Ofício. Mesmo assim, meio heroicamente, teria arquitetado e executado um verdadeiro sequestro da herege. Se pelo menos ela fosse judia, seria razoável supor uma solidariedade entre crentes da mesma fé. Mas ela era cristã e o havia mostrado de vários modos.

As questões que restavam eram três. A primeira era: se ele tinha meios para libertar Anna, através da igreja, por que não fugiu do mesmo modo? A segunda: como abriu a porta da prisão? A terceira questão referia-se à parte inicial da *Memória*: se o portão foi arrombado por dentro;

se o boticário era o único interessado em sair às pressas do convento, sem ser visto, tudo indicava que ele tinha fugido por ali. Ficava o absurdo: libertar Anna através da igreja e não aproveitar o mesmo caminho para pôr-se ao largo.

Voltei ao texto. Podia ser que o próximo interrogatório clareasse o mistério. Frei Eustáquio, entre tosses e febres, poderia trazer novidades.

Frei Eustáquio de São Firmino das Conchas, irmão professo, na Ordem há trinta e nove anos, vindo de Comba, com ofício de hortelão. No século foi marinheiro e pescador.

Interrogado: Onde estava e o que fazia, na noite em que fugiu a herege e morreu o Venerável Padre Wiesenius?

Responde: Senhor padre, não sei quando ocorreram exatamente esses fatos, por isso não posso dizer, com precisão, onde estava. Certamente, durante as matinas, frei Eusébio e eu, dispensados de ir ao coro, devemos carregar com cuidado as verduras para nossas irmãs clarissas e seus pobres. E só nos disseram desses fatos ao voltarmos com a carroça. E na volta achamos o hábito de frei Fernando, nuns arbustos à beira da estrada. Estando isso a indicar que ali o despiu. Chegando, senti grande fraqueza. A tosse não me dera paz no dia anterior e vendo-me tão fraco disse-me frei Eusébio que dormisse até a hora de partirmos com a carroça. O que fiz, que tenho a poção do irmão herborista. E teve que cuidar só ele de arreiar os mulos e das verduras.

Foi-lhe dito: Se estava tão fraco, não poderia ser muito útil para os serviços da verdura. Podia igualmente permanecer dormindo até se refazer de vigor.

Responde: Tem razão, senhor padre. Nem devia ter ido. É que nunca sai algum de nós para o mundo sem a companhia de um irmão. A menos que o prior o mande só. Sobre não ajudar na descarga ainda causei enfados às nossas irmãs. Deram-me chá e muito leite quente e me fizeram compressas no peito, eis que ali cheguei quase desfalecido, senhor padre. E segundo uma das irmãs cheguei caído sobre o ombro de frei Eusébio, que me amparava com o braço. Deram-me lá, ao partir de volta, algum elixir bem forte que me deu mais calor e pude então estar na boleia sem cair. E já quando a Casa se avizinhava me senti melhor. Mas ainda fraco. A tosse porém era pouca.

Interrogado: Pode alguém sair do recinto do convento pelo muro da horta?

Responde: Seria louco quem o tentasse, senhor Padre. Só se portasse armadura de ferro, tanto há de urzes e espinhos em toda a volta. Só ratos e serpentes andam por lá. Nem os cavalos se aproximam daqueles muros. Quem por ali andasse não iria longe. Não só, senhor Padre, teria que haver-se também com os cães famintos que para além da espinheira são muitos, e ferozes. Se alguém por lá passasse nós cá dentro saberíamos, que os cães se põem a ladrar com fúria, até para as corujas que adejam por ali.

O Visitador podia concluir que, naquela madrugada, frei Eustáquio estivera alheio a tudo, mergulhado no sono, embalado pela poção do herborista fujão. Mas alguma coisa no depoimento do hortelão eriçou o zelo do Visitador. Devia ser alguma dúvida relacionada à poção. Mandou chamar frei Rufino.

A última pergunta era pura armadilha. Totalmente inesperada. Mas frei Eustáquio, que nada tinha a esconder, respondeu imperturbado, até candidamente, o que sabia sobre o "além-muros".

Mandou-se chamar, de novo, à presença do Santo Ofício, frei Rufino, porteiro. Tendo jurado, como devido,

Interrogado: Tem em sua cela a poção de dormir?

Responde: Não, senhor Padre. Tomei dela há dois meses e depois não mais, porque se esgotou e nada resta senão gotas dela, desde então. E me preocupa isto, senhor Padre, pois não sabemos os irmãos da Casa preparar dito remédio, que o irmão boticário a ninguém passou a sua arte. Que eu saiba, mesmo, a ninguém.

Interrogado: Acompanhou alguém à saída do convento na noite dos factos?

Responde: Não, senhor Padre. Desde as Completas só fui ao portão de manhã, chamado por frei Eusébio que me pediu de abri-lo para sair com frei Eustáquio e as verduras. E então vimos arrombado o ferrolho interno e disse frei Eusébio que nem me houvera chamado se o soubesse aberto. Mas se corrigiu ele mesmo: que o portão lhe daria passagem mas ficaria desprotegida a Casa e então, em qualquer caso me haveria chama-

do. E andou certo o irmão, pois logo liguei fortemente o portão, com cordas grossas. E sei que não foram desfeitos os nós que lhes dei.

Interrogado: Como sabe disso?

Responde: Dei-lhes nós de amarrar rezes, mais de um.

Interrogado: Tem certeza de que a chave da prisão, que portava no cordão da cintura, jamais saiu de sua posse?

Responde: Tenho certeza de não a haver dado ou emprestado a ninguém. Mas, senhor Padre, não a tenho junto ao corpo quando durmo, sem o cordão.

Interrogado: Costuma trancar sua cela quando dorme?

Responde: Sim, senhor Padre.

E foi dispensado frei Rufino

O raciocínio do Visitador, estava à mostra: se frei Eustáquio, depois da poção, dormiu tão pesadamente que mal lembrava o que ocorreu, também o porteiro poderia ficar insensível ou inconsciente, sob efeito do remédio. E nesse estado não daria pelo sumiço da chave se alguém quisesse furtá-la. Mas como dormia de porta trancada, o temor do Visitador parecia infundado.

Era capciosa a pergunta sobre o portão. Formulada abruptamente, de surpresa, poderia complicar a vida do porteiro. Ele já havia falado sobre o assunto. E não se contradisse. De novidade, o depoimento trouxe duas. Uma: a poção de frei Rufino se acabara bem antes dos *factos*. Outra: o carroceiro poderia ter saído sem ser visto, pois o portão estava arrombado. Mas chamou o porteiro para abri-lo. Com isto ficava claro que o carroceiro não sabia do arrombamento e, mais, saiu sob os olhos do porteiro. O prior já havia deposto sobre isso, dizendo que ele mesmo viu saírem frei Eusébio e frei Eustáquio, na boleia da carroça.

Era praticamente certo: o herborista, assustado, tinha arrombado o ferrolho, durante o tumulto criado pelos achaques e gemidos do Inquisidor.

Pelas cinco e meia da tarde tomei um banho e fui procurar Eva pelos salões. Ir até à cabine dela me pareceu pouco elegante. Mas era quase hora de acompanhá-la até à enfermaria, para tratar o ombro. Meu pretexto para mais alguns minutos com ela.

Gisèle passou por mim, com um binóculo robusto, do tipo militar. Destoava. Para ela, devia ser leve, de prata trabalhada, bem feminino. Não combinava com a delicadeza dela. Mas devia ser muito potente. Adivinhou minha pergunta: "Deixei Eva no canto do bar, escrevendo. Adivinhe o que há no cálice dela".

"*Noilly Prat.*"

"Como você sabe? E parece que você adivinhou mais que isso", apontou o binóculo: "Seria mesmo um charme eu aparecer na *première* do *L'Opéra*, com um vestido longo preto, pérolas, e um trambolho destes pendurado no pescoço".

Eva estava redigindo alguma coisa. Fechou o caderno, encabulada, quando cheguei.

"Sonetos apaixonados?", perguntei.

"Já passei do tempo. Mas ainda tenho um certo receio de mostrar o que estou escrevendo..."

"É mais um caderno, não? O outro era verde, este é vermelho."

"Segundo ou terceiro. Escrevo bastante na cabine, também. A vida no navio é muito mais rica do que eu pensava."

"Preciso tomar cuidado, então."

"Não tema. Você desembarca amanhã. Estava escrevendo justamente sobre a sensação de perda quando um grupo se desfaz. Mas não saiu um texto que prestasse."

"Vamos à enfermaria, acertar esse seu ombro. Depois, *coronemus nos rosis...*"

"Antes que elas murchem. Vou sentir sua falta, Eugênio."

"Eu também. Mas logo nos veremos em Roma."

O doutor Guelfi nos recebeu com o sorriso oleográfico de todas as tardes. Parecia constrangido ao pedir-me que saísse, antes de fechar a porta do consultório. Devia estar pensando, como bom italiano, que eu fosse um marido enciumado. Sei lá! Eu não gostava do sorriso dele.

Acompanhei Eva de volta à ponte B. Como sempre, eu ficava à esquerda dela, principalmente nas escadas, para evitar que alguém, atabalhoado, se chocasse contra o ombro ferido. Ela já me tinha batizado como "guarda-ombro".

O jantar foi o mais festivo da travessia, trajes de rigor, champanhe e lagostas para todo mundo. Parecia que a tripulação havia decidido abrir os cofres. O velho *Provence* se despedia dos mares com toda pompa. Os melhores vinhos da Europa estavam lá, ao lado dos arranjos com frutos do mar, lagostas enormes e os inevitáveis abacaxis. As bandejas dos salmões, arranjadas com extremo bom gosto, mereciam entrar para a história do *Provence*.

As mulheres, de vestidos longos e joias, davam a tudo um ar de elegância, de refinamento, de nobreza. O velho barco merecia. No baile, até eu dancei. Mais com Eva, Denise, Gisèle. Saulo não parou de dançar. Até o padre Flores, depois de algumas doses, ensaiou uns passos com Eva.

Numa das pausas da orquestra, Saulo, devidamente inspirado, propôs: "Já que amanhã começamos a dispersar-nos, podemos, como bons colegiais na formatura, trocar nossos endereços. Assim começaremos nossas coleções de cartões postais...".

"E selos estrangeiros", emendou o jesuíta.

Declarei, a quem quisesse, meu endereço no Brasil, e avisei: "Na Europa, será fácil achar-me, estarei na segunda classe de algum trem".

"Em Lisboa, você pode usar o meu", ofereceu Gisèle. Voltou-se para o grupo: "Rua Colombo, catorze, apartamento noventa e dois".

Saulo sorriu, satisfeito: "Vou lhe mandar três postais por dia, Eugênio. Todos iguais".

Capítulo 6

O frontão

Chovia muito, um dilúvio, quando o *Provence* apontou a proa para a foz do Tejo, lá pelas onze horas da manhã. Era um dia cinzento. Combinava prosaicamente com a tristeza que eu sentia. Por deixar Eva: ela tinha ocupado toda a minha mente e minha alma, desde o embarque em Santos. Eu ficaria pensando nela até o dia de revê-la; em Roma, se desse. Senão, só no Brasil. Mas ela também iria lembrar de mim, desejei, pelo menos quando achasse a bailarina de Degas. Céus! Eu tinha esquecido de esconder o desenho na bagagem dela! Na maleta azul. Tinha que ser naquela manhã e eu ardia de vontade de estar com ela. Enfiei na manga da jaqueta o estojo vermelho de Saulo e, contra toda a prudência deste mundo, fui bater à porta da cabine B-17. Ela abriu, tímida, cabelos nos olhos. Puxou-me para dentro e trancou a porta. “Você está louco?”

Tomei fôlego e respondi: “Dá para ver? Quer saber o porquê? É que está chovendo muito e não tenho guarda-chuva. É um dilúvio. Preciso de abrigo”.

A surpresa de minha entrada a tinha desorientado. Levou as mãos à cabeça. Fingiu refletir e me sorriu: “Então... seja bem-vindo à arca da salvação”. E riu, pendurada na minha nuca. “Só temos um problema. Na arca da Bíblia não entravam animais avulsos, desacompanhados. Só casais.”

“Bem, como você está avulsa, a minha chegada resolve também o seu caso.”

“É mesmo! Não tinha pensado nisso. Me pergunto o que faziam aqueles casais todos dentro da arca, durante quarenta dias e quarenta noites?” O balanço do barco, na barra do Tejo, parecia encomendado por alguma Afrodite marítima, para embalar aquele nosso encontro. Intenso. Desesperado.

"Já sinto saudade de você", falei.

"Prometa que vai me ver em Roma. E não esqueça a minha garrafinha de *Noilly Prat*. Ela é a nossa senha. Sem ela você dará com o nariz na porta. E não vale comprar outra igual. Essas de metal você acha facilmente, na Europa. Mas a minha eu conheço. Só a minha guarda o néctar dos deuses". Prometi que correria atrás dela pela Europa toda. Chegaria com um tonel inteiro do vermute, se ela quisesse: "Basta que você me chame. Ah! Trouxe um presente, lembrança desta manhã nossa. É para ficar na maleta azul. Prometa que só abrirá quando voltar para casa".

"Juro!", apontou a maleta, "você mesmo pode colocá-lo ali dentro. Estou curiosa, mas vou me conter. A espera do prazer me excita. Ficarei imaginando o que poderia ser".

"Estou ansioso para ir a Évora, mas voltarei a Lisboa, logo que puder. Por favor me escreva. O endereço, em Portugal, será o de Gisèle, como combinamos. Vou deixar a bagagem na casa dela."

"Mandarei para lá algum endereço meu, mais estável. E algum número de telefone. Ainda não sei onde vou parar." Debruçada sobre mim, com os braços cruzados sobre meu peito, ela me fitou longamente. "Vou sentir falta de você." Tentou sorrir, fingir que estava bem. Mas se formaram duas lágrimas naqueles lindos olhos.

Ela espiou pelo oblô: "Céus! É mesmo o dilúvio. Nem dá vontade de descer à terra".

"Também acho. Pelo que ouvi nos alto-falantes, o navio vai partir para Barcelona logo mais, às três da tarde. Se o tempo estivesse bom, a correria até poderia valer a pena. Mas, assim não." Eu não queria que ela descesse. Seria o fim do encanto.

Ela parecia pensar o mesmo: "Agora vá. Vejo você no vestíbulo. Preciso me arrumar. Coragem, logo nos encontraremos em Roma. Fique aqui". Vestiu o roupão de banho, saiu, e me fechou dentro. Ouvi que batia à porta da cabine da frente. Não houve resposta. Ela voltou: "O vizinho não está. Pode ir, agora".

Estranhei o gesto dela: "E se alguém te atendesse?". A resposta veio pronta: "Meu chuveiro não esquenta. Vocês também estão sem energia elétrica?". Tirou o roupão e me abraçou de novo: "Agora vá. Te vejo no vestíbulo".

Antes de sair, enfiei, bem no fundo da maleta azul, o estojo com o desenho poético de Degas. Pensei na alegria dela quando achasse a bailarina e, mesmo com um certo peso no peito, me senti feliz. Antes de vestir-se ela anotou mais algumas linhas no seu caderno.

No vestíbulo, ela chegou com o padre Flores. Ele vinha sorridente, de terno azul-marinho, impecável. Pela cara deles, tinham conversado sobre alguma coisa alegre. O jesuíta trazia sua maleta de mão e uma capa de chuva: "Você sabe nadar, Eugênio? Vai precisar. Viu que chuva?".

"É o dilúvio, Norberto! Melhor ficarmos no navio."

"Por quê?"

"Mesmo que haja uma arca da salvação, nós dois vamos sobrar. Noé só aceita casais." Não sei por que, ele olhou para Eva. E eu também. Os olhos dela brilharam. Um brilho estranho. Mais de alarme que de entusiasmo. Sorriu, tipo mulher fatal, e disparou: "Sinto muito por deixá-los perecer afogados. Noé não aceita também triângulos amorosos".

O padre corou, visivelmente, mas retomou o controle da conversa. "Ainda bem que nós dois ficaremos em Lisboa. Livres dessas tentações", sorriu para Eva.

"Livres, só porque eu vou ter de ficar no barco. Culpa dessa chuvarada fora de hora. Justo em Lisboa."

Saulo chegou, não se sabe de onde, muito risonho: "Então, os senhores vão me abandonar em alto-mar? Justamente agora, Norberto? Agora que eu estava começando a me converter? *Tu quoque*, Eugênio? Não faz mal. Vocês vão ficar babando de inveja quando virem os postais que vou mandar para a casa de Gisèle...".

O padre cortou a frase dele: "Para mim o endereço pode ser o do meu Colégio. Você reparou como é histórico o endereço dela?".

"Não."

"Ora, é Rua Cristóvão Colombo, número catorze, apartamento noventa e dois." Eva fez uma cara de surpresa. Eu também. O jesuíta explicou: "Dá mil quatrocentos e noventa e dois. A data da descoberta da América".

Aproveitei a deixa: "Eva, não esqueça: o descobridor e a data".

"Ah, então é fácil: Cabral, mil e quinhentos!" Ela puxou da bolsa o caderno e escreveu alguma coisa.

O alto-falante anunciou: "Os passageiros que desembarcam em Lisboa dirijam-se, por favor, ao vestíbulo da ponte B".

"Não gosto destas despedidas. Vou para o convés, fazer tchauzinho. Se a chuva deixar", falou Eva. Deu-me um abraço muito intenso e um beijo na face. Também ao padre Flores. Saulo nos abraçou também. Ele estava comovido. "Vou subir com Eva."

"Boa viagem para vocês!", disse o padre. Na fila dos passaportes encontramos Gisèle, carregada de sacolas e maletas. Uma delas era azul, parecia a de Eva. Norberto encarregou-se de duas sacolas, e eu peguei a maleta.

Patrízia, a astrônoma, me alcançou, ofegante: "Vou lhe mandar uma cópia de meu trabalho sobre Copérnico. Espero que você goste. Agora preciso correr para a fila dos que desembarcam em trânsito". Deu-me um beijo e se foi. O afeto dela me enterneceu.

No cais, a chuva era tanta que precisamos correr até o saguão do porto. O tchauzinho de Eva, se existiu, perdeu-se no ar.

Estávamos em terra. Entregues, de novo, à pressa, aos controles sociais convencionais: horários mais rígidos, compromissos de trabalho, imagens pessoais a defender, ameaças que temer. É por isso que muitos homens do mar, mesmo na velhice, recusam-se a deixar a vida marítima. Eu, se pudesse, voltaria a bordo, subiria correndo aquela rampa à procura de Eva. E até podia fazê-lo. Mas era um sonho. A vida real era esta mesmo: a da terra.

A agitação da alfândega me prendeu à realidade. Estávamos juntos, o padre Flores, Gisèle e eu. Não houve transtornos com nossas malas e saímos para a rua. Norberto despediu-se de Gisèle e me abraçou. "Não se esqueça de me contar o que você descobrir em Évora. Moro no Colégio Santa Maria. Rua Macieira, um. O telefone está na lista."

"Tenho uma proposta", disse Gisèle, enquanto esperávamos um táxi. Mesmo no porto, em dia de chuva, a espera era mais longa. "Eu também estou curiosa para ver o que sobrou da tal herege, em Évora. Tenho férias por mais uma semana. Se você não se importa, amanhã ou depois, poderíamos ir com o meu carro até lá."

A proposta era uma tentação. Irrecusável. "Eu nem sei chegar lá. Se você realmente quer ir... será ótimo. Porém, não quero incomodá-la. Poderíamos ir amanhã, talvez. Por ora gostaria que me indicasse algum hotel, não muito caro..."

"Depois de amanhã é melhor. Preciso ainda dar um jeito na minha casa. É o único hotel grátis de Lisboa. Se quiser ficar lá, tenho um quarto de hóspedes. Basta que me ajude a arrumá-lo."

Era muita sorte. Alguma coisa não era verdade, achei. Ela me oferecia o quarto, a carona até Évora e toda uma acolhida que me pareceu gentil demais. Talvez estivesse muito só. Talvez quisesse alguém para companhia na última semana de férias. A visita a Évora, comigo, seria mais um programa turístico, antes de retomar o trabalho. Por um momento, confesso, me achei seduzido, desejado. Depois, me conformei com a condição de amigo... de viagem. Lembrei, não pude evitar, as linhas esplêndidas do corpo dela, quando ia para a piscina do *Provence*. Mas era preciso não confundir as coisas. Fiquei meio inseguro: "Não sei se...".

"Para mim será ótimo ter alguém na casa, por uns dias, até que me acostume, de novo, à vidinha solitária de sempre. Pode ser que você tenha de dormir na sala, se minha amiga Laura chegar da Espanha. Mas acho que ela só chegará na próxima semana. E então? Me ajuda na faxina?"

"Com prazer. Não sei como agradecer... Acho muita generosidade..."

"Não é bem assim. Tenho dois interesses: um é aproveitar seu conhecimento para entender o caso da herege de Évora. O outro é ter companhia para sair à noite, nesses últimos dias de férias. Explico: o pessoal da embaixada não gosta que suas funcionárias circulem à noite, sem companhia. Questão de reputação."

Eu estava para dizer que uma mulher como ela teria quantos acompanhantes quisesse, mas o táxi chegou e embarcamos. Assumi a nova função de acompanhante: "Por favor, rua Colombo, número catorze", determinei (!) ao motorista.

Ela fingiu espantar-se: "Pelos deuses! Que memória!".

"É simples, juntei o nome do primeiro papa e o número dos apóstolos."

"É muita erudição. Parabéns!"

"Sei também os nomes dos reis magos..."

"Não precisa dizê-los. Já estou deslumbrada. Vejo que posso aprender muito com você."

Dois dias depois, partimos no *Renault* dela, para Évora, levando algumas hipóteses, um guia Michelin e a cópia da *Notícia*. Gisèle dirigiu o carro na primeira metade do caminho. Na segunda, enquanto eu dirigia, ela consultava, muito séria, as folhas da *Notícia*. Chegamos cedo, pelas dez da manhã. O guia mostrava, com vários mapas, as alterações da cidade ao longo dos séculos. Uma delas nos interessava mais que tudo: o convento dos franciscanos, no século XVII, ficava muito longe do núcleo urbano. Uns oito quilômetros. (Era o percurso da carroça das verduras, lembrei.) Dois séculos depois, fazia parte da periferia da cidade. Obviamente, a granja do herborista e a horta de frei Eustáquio haviam sumido. Boa parte do convento, pela informação do guia Michelin, fora destruída ou transformada. Do que ficou, uma parte virou convento das carmelitas.

O que sobrou da Casa do *prior* frei Martinho chamava-se agora, impropriamente, Ermida de São Francisco e compreendia a igreja, bastante conservada, o antigo dispensário, a antiga capela, com o nome, mais "comercial", de Museu da Capela, e um pavilhão de dois andares, anexo a um claustro de estilo manuelino bastante despojado.

Tocamos a campainha. O frade porteiro demorou muito a atender. Chamava-se frei Caetano: "Desculpem a demora. Posso ajudá-los?". Gisèle falou do nosso interesse pela história da herege e das rosas, explicou que eu era um escritor brasileiro. O frade mostrou certa surpresa: "O nosso museu cada ano recebe menos visitas. Nos últimos quinze dias ninguém se interessou por ele. O senhor vem do Brasil para vê-lo? É surpreendente. Nos anos quarenta e cinquenta os visitantes chegavam a fazer filas para entrar na capela. Tudo por causa da história do milagre das rosas. O museu inclui mais duas salas além da que serviu de prisão da herege. Guardam objetos e vestes dos últimos séculos. Para os senhores, creio que têm pouco interesse".

Concordamos. Frei Caetano prosseguiu: "O mais interessante é a igreja, principalmente por seu enorme frontão de mármore, e a antiga capela, que foi o cárcere da herege. Nós tínhamos um zelador para o museu mas, ultimamente, ele quase não tinha o que fazer, e o dispensamos. Por isso, agora acumulo as funções de porteiro e zelador. Não é um grande trabalho, nos últimos anos. Se me esperam uns minutos posso explicar-lhes a história da capela. Agora devo expedir a correspondência de hoje".

"Nós não temos pressa", disse Gisèle, num tom manso, contido, quase de freira. Ela tinha entrado no "clima" conventual, achei.

"Queiram acomodar-se. Volto logo", respondeu frei Caetano, muito amável. Indicou-nos umas cadeiras na portaria. Gisèle tirou da sacola uma folha de caderno com uma lista de perguntas. Viu minha cara de surpresa e explicou: "Denise quer informações sobre o frontão da igreja. Diz que é a última obra do tal Lorenzo Comense, em Portugal".

"Por quê? Ele saiu de Portugal?"

"Sei lá, Eugênio. Ela quer vir até Évora para estudar esse frontão."

"Tem importância artística, sem dúvida. Para mim é mais, uma curiosidade. Na *Notícia* do padre Flores, consta que foi esculpido durante o cativeiro de Anna de Praga, quando Lorenzo Comense era notário do processo."

Frei Caetano voltou, esfregando as mãos, pronto a mostrar-nos a velha capela, transformada em museu "e o que mais quiserem ver, da nossa Casa". Ele não sabia que havíamos consultado os documentos da época. Mas a história que contou, em seguida, era substancialmente correta.

"Podemos começar por esse claustro de 1610. Era área de clausura. Agora está aberto aos fiéis e aos visitantes." Enquanto caminhávamos pelo claustro, ele contou o que conhecia.

"Os senhores talvez não saibam que a nossa Ordem nada teve com o processo da jovem. O convento apenas custodiou uma prisioneira acusada de heresia. A mando do Santo Ofício de então. Não se sabe bem o que é lenda e o que pode ser verdade na história dela. Apesar de acusada de heresia e de blasfêmia, o povo passou a venerá-la como santa, ainda no século XVII. Por ter operado dois possíveis milagres: desaparecer da prisão sem destrancá-la, e fazer nascerem rosas, do mármore. De dois capitéis. Eram peças de um altar, depositadas numa antiga capela, desconsagrada, que os senhores vão visitar. Ali foi aprisionada a jovem, chamada Anna..."

"A igreja não impediu que a cultuassem? Então reconheceu os milagres?", quis saber Gisèle.

"Tentou impedir, mas desistiu. Naquele tempo a crença em milagres era uma garantia da... docilidade intelectual das pessoas. Talvez hoje também. Um povo crédulo não devia ser contrariado. Afinal, a fé cristã não ficava abalada. Era até desejável que se acreditasse na bondade de Deus, que socorrera uma pobre jovem torturada, mostrando todo o seu poder. Mas havia dois outros motivos para tolerar a veneração dos fiéis à 'capela das rosas', como se chamou depois. Um era a aversão do povo à prepotência e crueldade da Inquisição, que, em Portugal estava a serviço do rei. E, na época, o país estava sob domínio espanhol..."

Gisèle emendou: "Então, além de servir à monarquia, mais que à Igreja, o inquisidor servia também ao país inimigo, opressor. É isso?".

"Exatamente", disse frei Caetano. "O outro motivo foi a morte do Inquisidor, no mesmo dia em que a herege sumiu da prisão. Para o povo mais simples, Deus a tinha protegido, punindo a crueldade do opressor. Essa Anna seria, então, uma eleita de Deus. Parece que até os judeus incentivaram a veneração popular à nova 'santa'. Ela se tornou uma espécie de heroína dos dissidentes."

"Até hoje?", perguntei.

"Não. Hoje, poucas pessoas se lembram dela e deste lugar. No início deste século, havia até romarias, para visitar a capela. Nessa época, os capitéis de mármore e até as paredes foram examinados por vários pesquisadores, e fotografados de todos os ângulos. Não sei o que resultou de tanta pesquisa."

Gisèle enrugou a testa: "E a capela de hoje é aquela mesma que serviu de prisão?".

"Sobre isso posso falar com segurança: é a mesma. Estudei o assunto, e tenho boa documentação sobre isso. Só mudou a entrada. Foi posta uma porta de madeira, além da antiga, de barras de ferro, que ainda está lá. Até com a velha fechadura."

Franzi a testa, cético. O frade viu minha cara de dúvida e prosseguiu calmamente, olhando para mim. "Sim, documentação! É simples: no mundo todo, em cada convento franciscano, o senhor encontra pelo menos dois livros. O do Ecônomo, que registra gastos e entradas de bens ou dinheiro, e o Livro de Tombo, onde o superior anota os acontecimentos mais importantes da sua Casa..."

"E então?", quis saber Gisèle, impaciente. Os tais livros seriam uma mina de história. Podia até haver novos dados sobre a história de Anna.

O frade resumiu suas leituras: "Por esses Livros de Tombo pude saber que", ele começou a contar nos dedos, "um: por ordem do Santo Ofício, a capela ficou trancada por quase três anos, para 'investigações', logo após o chamado milagre das rosas. Depois, continuou trancada por mais de dez anos. O bispo de Évora, temendo exageros ou embustes, ameaçou de excomunhão quem entrasse na capela sem sua permissão escrita...".

"Por que tudo isso?"

"Estudei isso também", respondeu o frade. "Com a fuga da herege, cessou a autoridade do Santo Ofício sobre o caso. Então o bispo impôs o seu poder canônico. Mantendo intacta e trancada a capela, os inimigos da nova 'santa', leia-se, os dominicanos, não poderiam destruir ou adulterar as evidências do milagre, que os desmoralizava. Por outro lado, os crentes que chegassem à capela não a destruiriam, na fúria para obter relíquias."

Ele continuou, contando nos dedos: "Dois: uns cinquenta anos depois, o prior de 1680 refere que mandou reformar a capela, apenas na parte externa, e diz textualmente: 'para manter intocada a capela onde Deus operou o possível milagre'. Três: em 1762, a prefeitura de Évora construiu um novo acesso à capela, sem abrir suas portas. Já em 1802, ninguém pensava propriamente na 'santa'. Não havia mais um culto a ela. Passou-se a visitar um lugar antigo, marcado por uma lenda poética: a lenda das rosas nascidas da pedra. Desde então, sintomaticamente, a capela passou a chamar-se *museu*. Não mais um lugar de culto. Agora, um lugar de curiosidade. Faz parte de roteiros turísticos desde 1932".

Gisèle tinha alguma dúvida: "O senhor tem certeza de tudo isso?".

"Está tudo nos Livros de Tombo. Tudo escrito pelos diversos priores que dirigiram esta Casa."

Mostrei que estava informado: "O primeiro, depois dos fatos, foi frei Martinho, não?".

O frade espantou-se, segurou o queixo com as mãos: "Como sabe disso?".

"Li papéis de um jesuíta durante a viagem para a Europa."

"Jesuíta? Eles nunca se deram bem com os dominicanos. Com os franciscanos têm sido neutros. Esse prior, frei Martinho, morreu 'santamente', segundo o Livro de Tombo, apenas dois meses após o episódio do milagre. No registro da morte, o redator enumera seus méritos e junta um comentário curioso: o prior ficou doente por causa da amargura que lhe causaram dois fatos. Ambos envolviam frades que muito amava. Primeiro, foi a morte do hortelão frei Eustáquio, morto de 'mal nos pulmões' e muitas febres. Tuberculose, pelo que parece. O segundo foi uma decisão do ex-notário do Santo Ofício, chamado frei Eusébio. Ele resolveu deixar a Ordem, convencido de que Deus não o chamara para a vida conventual."

"Por favor, repita isso, frei Caetano", eu não podia acreditar: o notário tinha tudo para fazer carreira brilhante no clero. Além de me parecer muito virtuoso, pelo que dissera ao Visitador. Mas, lembrando bem, ele já havia mencionado alguma insegurança quanto à própria vocação religiosa.

Frei Caetano repetiu e completou a informação: "É a última notícia sobre esse frei Eusébio: saiu do convento, da Ordem e, talvez, do país. Não se sabe mais nada dele. Era um brilhante escultor".

Alguma coisa começou a trabalhar na minha mente. Eu senti que essa informação era importante. Por quê? Eu não sabia. Era apenas uma sensação, irracional. Uma espécie de imposição, de alguma lógica obscura.

Chegamos à fachada da igreja. Era imponente. Frei Caetano apontou o esplêndido frontão, sobre o portal: "Esta é, talvez, a última obra de frei Eusébio, ou Lorenzo Comense".

Gisèle contemplava a peça, de boca entreaberta. Imóvel, extasiada. Pouco depois tirou da sacola a lista de perguntas de Denise. "Desculpe, frei Caetano. Minha amiga, escultora, deu-me algumas perguntas sobre esse frontão."

"Desde que eu saiba responder... Mas não entendo de escultura."

"Sabe quanto tempo bastou para esculpir a peça?"

"Isto eu sei: dois anos e meio. Mas, quando foi designado como notário da Inquisição, o escultor gastava pouco tempo neste trabalho."

"O tema é o mesmo do frontão anterior?"

"Não. O anterior representava a Anunciação. Este é um tetrafório."

"Céus!", Gisèle esqueceu a lista. E a compostura. "Que palavra mais maluca! O que é isto, frei...?"

O frade riu. "É o conjunto das quatro figuras mais notórias do *Apocalipse*. Depois viraram símbolos dos quatro evangelistas: o touro, o leão, a águia e o anjo." Ele apontou o frontão. "Notem como é genial essa disposição das figuras, em pleno século XVII. O touro e o leão estão agachados, um de frente para o outro. No meio deles ergue-se o anjo, hierático, de asas fechadas e braços abertos em cruz. Atrás do anjo, essa águia, enorme, cujas asas acompanham os braços do anjo, como se ele estivesse crucificado nas asas dela. É uma peça famosa na história da escultura portuguesa..."

"Estou impressionado também com o tamanho e o peso dessas estátuas, frei Caetano."

"Ali há um truque do escultor. O tamanho é realmente grande. O touro e o leão medem uns três metros de comprimento. O anjo tem dois metros e meio de altura. E são figuras robustas, como se vê. Mas o peso não é tanto: as figuras são ocas. E recheadas de surpresas. No início do século houve um incêndio na igreja, perto da entrada. O fogo destruiu um coro, suspenso. Uma pena: era todo de madeira entalhada. Parte da fachada desmoronou. O tetrafório se encostava nela. Mas ele resistiu, por estar apoiado sobre colunas de pedra..."

"E então?", Gisèle, sem perceber, amarrotou a sua lista de perguntas.

"Então, a argamassa que recheava as figuras se esfarelou. E se viu que as estátuas eram ocas. Não só isso. O mármore retirado do interior delas fora bem aproveitado..."

"Como assim?", eu fiquei curioso.

"No mármore que seria retirado, o artista esculpiu outras peças, menores. Na face anterior esculpia o corpo do leão ou do touro. Na parte de trás fazia outras esculturas. Algumas foram terminadas e extraídas, ficou o vazio delas. Outras estão inacabadas ou apenas iniciadas. No leão há um belíssimo rosto de mulher... deitada."

"Há fotografias de tudo isso?", perguntei.

"Não. Está tudo à mostra, através de um vidro de proteção. Basta subir até o coro. Ele fica bem atrás do frontão".

Subi os dois lances de escada, ofegante. Não de fadiga, de ansiedade: frei Eusébio esculpira peças às escondidas, dentro do frontão! Eu queria ver essas obras. Pelo menos as inacabadas, as que ficaram no interior das figuras.

Frei Caetano, que subira na frente, esperou junto às figuras. Quando nos achegamos, acendeu as luzes, dentro do touro e do leão. Lá estavam, em toda a sua leveza e força, aquelas sofridas esculturas clandestinas. Confesso, me emocionei. Gisèle nada dizia. Olhava as peças, fascinada, balançando a cabeça. Como a negar que tudo aquilo fosse real. Como se fossem aparências, apenas.

No depoimento ao Visitador, lembrei, o escultor dissera não ter outro mármore senão os blocos destinados ao frontão. Não tinha mentido. Apenas, em vez de retirar o mármore excedente, em lascas amorfas, retirou-o em peças esculpidas. Era comovente o esforço de produzir arte naquela penúria de recursos.

Frei Caetano apontou para dentro da figura do leão: "Notem estes dois vazios. Podem dizer como eram as peças saídas dali?".

Gisèle não esperou: "Duas pirâmides de quatro lados, pelo jeito. E sem as pontas, os vértices. Ah! espere: também ali no touro há um buraco parecido... seriam, portanto, três pirâmides sem ponta. Acertei?".

"Sim e não. Pense nessas quatro pirâmides truncadas, reviradas, com a base no alto..."

Ela arriscou: "Como forma básica, cada pirâmide poderia ser um capitel, sem os ornamentos...".

"Para que esses três capitéis?", pensei. Segundo os papéis do padre Flores, os quatro do antigo retábulo de Sant'Anna estavam guardados na capela, bem antes da execução do novo frontão. E, logicamente, antes das peças feitas dentro dele. Talvez não fossem capitéis. Para que serviriam?

Contei meu pensamento ao frade. Ele foi reticente. "Pode até ser, senhor. É evidente que os quatro capitéis são anteriores ao frontão. Mas nada impedia que o escultor fizesse outros, não?" Tive que concordar. E me achei um idiota.

"Observem este baixo-relevo, aqui no meio."

"São três grupos de lírios, com três flores cada um, e a flor do meio é sempre mais alta. Não é isto?", perguntou Gisèle.

"Muito bem. São lírios. Repare que eles sobem paralelos, no primeiro grupo. O efeito é puramente ornamental. No segundo, há muito mais vida, parece que as flores se retorceram. No terceiro, o lírio da direita se afasta abruptamente dos outros dois."

"Parece uma brincadeira. Como se alguém, durante uma reunião, rabiscasse algum desenho", disse o frade.

Gisèle estava enfeitiçada, contemplando, no interior do leão, o rosto feminino. Fui ver mais de perto. Era de uma delicadeza extrema. Um esboço de sorriso, a placidez do olhar, a tensão nos lábios entreabertos, tudo obrigava a lembrar a lânguida *Psiche* de Antonio Canova. Era quase idêntica.

Gisèle confirmou a minha impressão. "É mesmo, Eugênio. Pura coincidência, claro. O *Eros e Psiche* é muito posterior. E Canova nem soube dela: essa deusa, ninfa, musa, sei lá o que, estava coberta de argamassa até o início deste século! Até o tal incêndio. Não é isso?", ela virou-se para o frade.

"Precisamente, senhora. Agora, se quiserem, podemos ir até a 'capela das rosas', como a chama o povo."

Senti, literalmente, um frio na barriga. Era um momento grave. De encontro com o passado, com Anna e seu sofrimento. Na minha mente se atropelaram pensamentos, frases dos interrogatórios, da singela *Notícia* do prior... E imagens, rostos. De Anna, de Wiesenius e dos frades, Martinho, Rufino, Eusébio, Eustáquio e os outros. Agora eu ia entrar na casa deles. Ia entrar no cárcere da meiga Anna de Praga. Onde sofreu dores, a solidão e o desamparo. Pelo crime de ter ousado pensar, usar a razão que o próprio Deus dos inquisidores lhe havia dado. Por ter sido fiel a si mesma.

Procurei recapitular, enquanto atravessávamos de novo, o claustro, o que diziam a *Notícia* e a *Memória* sobre a prisão de Anna. Sobre a fuga dela e a morte do Inquisidor... Depois mudei de ideia: queria chegar à capela, sem qualquer roteiro. Sem buscar nexos ou pistas. Eu queria *sentir* o local. Nada mais que isso. Depois, eventualmente, eu faria uma observação mais objetiva, mais... jornalística. Jornalística! Eva, a jornalista de amarelo, a minha Eva invadiu-me a mente. Senti saudade. E uma ternura estranha, vaga. Pela mulher ausente. Que tanto era Eva como era Anna, a pobre prisioneira da capela. Uma sensação penosa, de estar fora de tempo e de lugar. Eu jamais tinha sentido algo semelhante. Eu sentia uma saudade imensa, apaixonada... de Anna.

A porta de ferro batido, muito robusta, não era destes tempos. Frei Caetano confirmou: era a mesma, desde o século XVII. "Também esta fechadura é a da época. Ficou aqui, sem a chave, que nunca mais se achou. Usamos esta outra, mais moderna. É a prova de hereges", completou, rindo.

"Estou emocionada", confessou Gisèle.

O frade comentou em tom solene: "Esta é a porta que, segundo a lenda popular, abriu-se por milagre, para libertar a prisioneira e, imediatamente depois, trancou-se por si mesma. Sem chave". Ele coçou a barba, hesitante. "É muito milagre, para um episódio só: sair da prisão sem ter a chave, sair do convento sem ser vista, fazer nascer rosas no mármore dos capitéis... A imaginação do povo não tem limites."

Gisèle contestou: "Mas é um fato, documentado, que ela saiu da prisão e do convento. É claro que alguém a ajudou, alguém abriu esta porta".

"Sim", disse o frade. "Alguém abriu. E não foi o porteiro encarregado de guardá-la: isso podia condená-lo à morte. Faz um ano, mais ou menos, tentei resolver esse enigma. É claro que foi usada uma chave falsa. Eu mesmo provei isto. Não foi difícil fazer uma. Basta ter uma haste de metal e fazer as reentrâncias." Ele traçou, no ar, os contornos do que seria a chave.

Gisèle tirou da bolsa um papel e uma caneta: "O senhor quer desenhar? Isso nos interessa muito".

Frei Caetano começou a desenhar, enquanto explicava. "Era uma chave bem grande, como se usava então. Sem detalhes minúsculos como as de hoje. Vejam ali na fechadura, a fenda onde ela passava..."

"... O contorno da fenda é reto à esquerda, mas tem duas saliências, à direita. Uma é bem no alto, a outra fica quase embaixo. Basta ter uma haste metálica, de uns doze ou quinze centímetros, pouco mais grossa do que um lápis. Martela-se um certo ponto da haste, depois de aquecida, até formar uma aba lateral. Com a espessura igual à das duas saliências da fenda. Depois, com uma serra e muita paciência, recortam-se as margens da aba, para que fique quadrada. A seguir, com uma lima, afina-se a aba, entre uma saliência e outra. Feito isso, falta só recortar os dentes na aba, com lima e serra. Notei que nas chaves mais antigas do convento, hoje relíquias, o denteado tem sempre a forma de cruz recortada. Mas, verifiquei, esse recorte é supérfluo, mero ornamento. Sem função."

"Fazer uma chave dessas, com martelo e lima, convenhamos, requer paciência. Muita paciência", comentei.

"Sim, mas não seria demais, para quem pretendesse libertar um prisioneiro...", disse frei Caetano. Levou a mão à testa. Tinha lembrado alguma coisa: "Os senhores sabem que ainda temos a chave do antigo dispensário?". Foi até um armário, no fundo do corredor, e trouxe dois objetos: uma enorme fechadura e uma chave grande, robusta. "Vejam o tal denteado em forma de cruz. Eu tentei abrir, com ela, esta porta, da capela-prisão, mas não consegui."

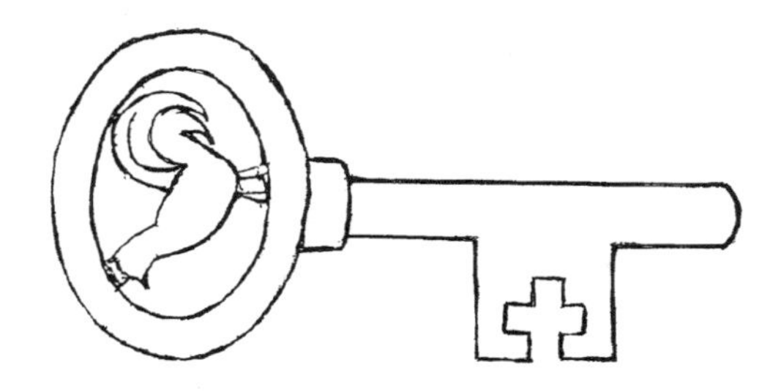

Três séculos antes, um obscuro frei Anselmo tivera a mesma ideia, recordei.

Na chave estava amarrado um cartão: *Chave do dispensário. Recolhida em 1632.* Também a fechadura tinha um cartão: *Retirada do antigo portão da granja do convento. Demolido em 1799.*

Fiquei olhando a fechadura. Quase toda de bronze, muito polido. Esplêndida. A fenda chamou-me a atenção. Era muito parecida com a da porta da prisão. Ambas tinham as duas saliências, mas na fechadura da granja ficavam à esquerda.

Várias ideias se amontoaram na minha mente. Só uma era clara: eu precisava estudar aquela chave. Desenhei o melhor que pude, num papel que Gisèle me deu. Era uma bela forma, sem dúvida. Pena que o meu desenho não realçasse os detalhes do galo.

Frei Caetano guardou suas relíquias e voltou até nós. "Vamos entrar?"

Além da porta gradeada, fechada com cadeado, havia outra, de madeira, que impedia qualquer visão do interior. O porteiro abriu-a, acendeu as luzes e, com um gesto solene, indicou os capitéis. Dois estavam sobre uma laje que poderia servir de mesa ou de altar, bem juntos, numa ponta dela. Um deles estava revirado, com a face maior para baixo, como uma pirâmide. A face superior, circular, tinha o costumeiro furo redondo bem no meio. O outro estava na posição normal, face quadrada em cima, face circular em baixo. Mais dois capitéis estavam no chão, num canto do aposento. Eram belas peças, de mármore claro, cor de marfim, com baixo relevo de motivos florais. Faziam um contraste sóbrio com o granito cinzento das paredes. O teto era abobadado, também de pedra.

Senti frio, quando entramos. Gisèle agarrou-se ao meu braço. A mão dela tremia. Estava muito tensa. Ali, por dois anos, uma mulher jovem e brilhante havia sofrido dores, torturas, humilhações e solidão. Por um único motivo: ousara pensar segundo sua razão, conforme a sua experiência. Nosso guia, frei Caetano, respeitou nossa emoção: esperou calado, franciscanamente, alguma pergunta nossa.

Olhei cada pedra das paredes. E as do pavimento, onde caíra o sangue das mãos dilaceradas de Wiesenius. Onde morrera renegando a mesma fé pela qual tinha torturado e queimado tantos inocentes. Imaginei que o leito de Anna de Praga fosse próximo à parede dos fundos. De acordo com a *Notícia dos Factos*, o leito ficava diante da porta gradeada para facilitar a vigilância sobre a acusada. Pura crueldade! O que se queria era humilhá-la. Pensei nas noites angustiadas de Anna. Naquela espera triste de alguma compaixão. De que alguém lhe reconhecesse a boa-fé, a nobreza de sua fidelidade à razão.

Gisèle observava cada milímetro dos capitéis. O frade se aproximou, pronto a atendê-la.

"Frei Caetano, em quais capitéis brotaram as roseiras?", perguntou ela.

"Os dois foram marcados pelo Visitador do Santo Ofício, logo depois que a herege sumiu. São estes dois", apontou os que estavam sobre a laje, à esquerda. "Veja a marca: é SRIV-DF-OP. Segundo o nosso frade mais velho, quer dizer: *Sanctae Romanae Inquisitionis Visitator, Didacus Ferdinandus, Ordinis Praedicatorum.*"

"E em português?"

"Na ordem literal, seria: Da Santa Romana Inquisição Visitador, Diogo Fernando, ou Fernão, da Ordem dos Pregadores". Era um dominicano, obviamente.

Gisèle concentrou-se nos dois capitéis marcados. Humilde, frei Caetano esperou ser chamado. Não demorou.

"O senhor sabe onde nasceram as roseiras?"

"Sei onde supostamente nasceram. De acordo com a tradição", mostrou o capitel revirado, "uma nasceu neste furo redondo, que servia para fixar velas. Pode enfiar o dedo se quiser".

"E a outra?", perguntei eu.

"É um caso mais intrigante. Ela nasceu numa face lateral da peça. Veja, há uma rachadura separando estas duas folhas esculpidas. Parece que a roseira cresceu dentro do capitel e seu caule estourou o mármore, para sair até a luz. Como certas raízes estouram as calçadas."

"É espantoso", comentei.

"Sim, senhor. Há alguns anos, aventou-se a hipótese de alguém ter plantado as roseiras nos capitéis, como se eles fossem apenas vasos de mármore. Isso implicaria que fossem vazios, eventualmente com uma tampa de mármore, depois colada à peça. Mas ninguém até hoje achou qualquer emenda nessas peças. Mais ainda: pelo que se sabe, elas já existiam, prontas, antes que a herege fosse aprisionada. Eram restos de um altar de Sant'Anna. Cada capitel, como podem ver, tem, na face quadrada, um furo retangular onde caberia um maço de cigarros, deitado. Nesse furo se encaixava alguma saliência quadrada da trave. Há ainda vestígios do cimento neles, mais nas beiradas. E pode-se ver que o fundo deles é do mesmo mármore."

Lembrei que o notário, frei Eusébio, chamado pelo *prior*, tinha reconhecido os capitéis como obras suas, para o altar de Sant'Anna.

Soou uma campainha, dessas de martelinho batendo no metal. Frei Caetano pediu licença: "Desculpem, há alguém na portaria. Volto logo".

Mal ele saiu, Gisèle largou a bolsa na laje e tentou levantar um dos capitéis do chão. "Não consigo, Eugênio. Vou ficar na porta. Quando o frade estiver chegando eu vou tossir. Procure comparar o peso dos capitéis 'milagrosos' com o dos outros."

Nem tive tempo de me recuperar da surpresa. A ideia dela era esquisita. Levantei um dos milagrosos, depois um dos normais. O primeiro pesava menos. Repeti a comparação com os outros capitéis: de novo, o milagroso era bem mais leve. Gisèle voltou antes do porteiro. "E então?"

"Os milagrosos são mais leves..."

Ela não se alegrou como eu esperava. "Pobre homem", falou, balançando a cabeça num gesto de tristeza. Os olhos dela se umedeceram. Não entendi nada. Como de costume. Era mais uma surpresa de Gisèle. No navio estivera sempre quieta, quase apagada. Mas, desde o desembarque, tinha mostrado toda uma argúcia e determinação insuspeitadas. Respeitei a emoção dela. Mais tarde lhe perguntaria a relação entre o choro e o peso dos capitéis. A primeira coisa que ela disse foi: "Você tem certeza?".

"Sim."

"A diferença de peso é grande?"

"Não sei quanto. Sei que não dá para confundir os dois pesos. Mesmo de olhos fechados, acho."

"Isso vale para os dois milagrosos?"

"Não tenho dúvidas."

"Então ele estava mesmo apaixonado."

"Quem?"

O porteiro voltou, solícito. "Bem, acho que, deste aposento, afora os capitéis, a coisa mais interessante são estes desenhos ali abaixo do parapeito", apontou para a enorme janela, com barras de ferro entrelaçadas. Não era bela. Austera demais, e colocada numa altura que impedia qualquer visão para o exterior.

Eu estava ansioso para entender a descoberta de Gisèle, mas os desenhos também me interessavam. Havia aquela cruz ornamentada, e um esboço dela, mais acima. Eram os mesmos que o Visitador fizera reproduzir na *Memória da Visitação*. No esforço para comprometer a herege, ele tinha, de algum modo, perpetuado a cruz de Anna. Pensei que *A cruz de Anna* seria um belo título de romance.

Gisèle, em mais uma surpresa, pôs-se a medir com a mão os traços da cruz e reproduziu o desenho num papel. Ela estava mesmo decidida a descobrir os mistérios de Anna. "A cruz é meio torta, assimétrica", resmungou.

Percorremos com frei Caetano os espaços onde antes fora a horta de frei Eustáquio, o que restara do refeitório e o lugar, presumível, onde se havia alojado o arrogante Benedictus Von Wiese. Estranhamente, não senti emoção alguma nesses lugares. Era como se eu já conhecesse tudo aquilo, como se já houvesse conversado com frei Eustáquio, junto aos seus canteiros. Uma sensação muito desagradável. De novo, me senti fora de tempo e de lugar.

Frei Caetano apontou para uma área grande, coberta de ciprestes: "Ali foi a granja do convento, na época do tal milagre. Era toda murada, com apenas um portão de ferro. A fechadura é aquela que os senhores viram".

Frei Caetano, apesar de muito informado, não havia lido a *Notícia dos Factos*. Se houvesse lido, saberia que aquela chave podia, sim, abrir o dispensário mas era falsa. O que eu tinha desenhado era a chave falsa do herborista! Alquimista, perito em metais, ele tinha soldado à haste da sua chave uma argola postiça. Tirada da chave da granja, com a marca do galo. Mais ainda: se o nosso guia houvesse lido a *Memória da Visitação*, saberia que a chave verdadeira da granja tinha ficado sem cabo, sem a argola.

Sem a argola! Sem a argola! Começou um redemoinho na minha mente. Por uns segundos me senti fora do mundo. Depois tudo se ordenou. Era isso que me intrigava no desenho da chave: sem a argola, ela ficaria com duas pontas, muito semelhantes. Com algum esforço, ou com um alicate, podia-se usar qualquer ponta como se fosse o cabo da chave, a argola dela. Uma conclusão pouco brilhante, reconheço. Lembrei a fechadura da granja: pelo contorno da fenda, as saliências na aba tinham que ficar à esquerda. Isso era fácil, bastava escolher a ponta certa a ser usada como cabo da chave. Tomando-se a outra ponta, as saliências ficariam à direita, e a chave não entraria na fechadura da granja. Mas podia servir para alguma outra. Que exigisse as saliências à direita da aba. A da ex-capela! A da prisão de Anna!

"Achei, Gisèle!", gritei. E me arrependi no meio do grito. Ficou ridículo.

"O quê?", perguntou o frade, meio assustado.

"Desculpe, frei Caetano. Nada de importante. É que Gisèle e eu gostamos de decifrar enigmas..." Eu estava feliz. Enquanto Gisèle e o frade conversavam, caminhando lentamente entre os ciprestes, eu fechei meu raciocínio. Havia ainda muito a explicar na história de Anna. Mas eu já tinha uma certeza: aquela chave sem cabo podia abrir a porta da prisão. E quem estivesse à procura de um modo para abri-la, certamente compararia fendas e fechaduras em todo o convento, em busca de uma chave com duas saliências à direita. A única que servia estava em poder do porteiro frei Rufino. Faltava perceber que a da granja podia ser invertida. Quando o boticário serrou a argola dela, tudo ficou mais fácil. Com uma vantagem: sem argola ela podia ser escondida facilmente.

Eu queria ainda olhar muita coisa no convento. Mas queria também que a visita terminasse logo. Gisèle havia entrevisto alguma coisa importante. Eu queria saber o que era, estava ansioso para ouvi-la e para discutir meu achado. Frei Caetano pareceu ler meu pensamento. Com mil desculpas, explicou que deveríamos encerrar a visita. Precisava atender compromissos da Casa. "Se quiserem dar-nos o prazer de outra visita serão muito bem-vindos."

Agradecemos toda a acolhida. Gisèle, sem perguntar nada, estendeu-lhe umas notas de dinheiro, com um gesto de quem não admite contestação. O frade aceitou, quase envergonhado. "Deus lhe pague. Servirá para a conservação da igreja."

Na rua, ela não esperou: "Foi ele, Eugênio!".

"Dá para explicar?"

"Há um banco na sombra ali adiante. Vamos até lá. Nunca vi tanta paixão! É uma história sublime!"

"Dá para explicar?"

"O escultor, frei Eusébio. Era, sem dúvida, a melhor inteligência do convento. Mas, como grande artista, era também uma pessoa sensível, emotiva..."

"Dá para explicar?"

"Estou explicando. Preste atenção e veja se estou certa. Primeiro ponto: ele era o notário. Isso lhe permitiu um contato frequente com as ideias e com a angústia de Anna. Ele era a pessoa capaz de ajudá-la. Como notário sabia bem de uma coisa: uma fuga valia como confissão de heresia. Pena de morte, na certa. Anna não poderia fugir! Mesmo que ele a ajudasse a sair da cela e do convento. Ele também arriscaria a vida, ajudando uma fuga. Era preciso que ela evaporasse, sumisse. Para criar a dúvida! Para impedir a acusação de fuga. A porta da prisão deveria parecer inviolada, quando dessem pela ausência dela. Não sei como conseguiu abrir aquela porta..."

"Isso eu sei! Acho que sei."

"Depois você me conta. Deixe continuar meu raciocínio. Ainda por ser o notário, presenciou o desafio de Wiesenius, para que fizesse brotar rosas no mármore. Para a mente lúcida de Eusébio ficou claro que a realização do milagre desarmaria, ao menos por algum tempo, os homens do Santo Ofício em Évora. O milagre tinha que ser perfeito: tinha que convencer o inquisidor Wiesenius. Como fazer brotar rosas em um capitel?"

"Plantando uma roseira nele!"

"Exato. Mas como plantar essa roseira na pedra?"

"Tirando uma tampa dele e transformando-o num vaso, cheio de terra e adubo. Depois, para enganar, recoloca-se a tampa, bem cimentada, e com algum furo para a roseira passar. Só que não há vestígios de emendas nos capitéis milagrosos. Foi o que concluiu frei Caetano. Tenho dito."

"Errado. Estive pensando nisso desde a escala do navio em Vigo. Por isso eu queria saber o peso dos capitéis milagrosos. Dentro, eles estão ocos, ou quase isso. A terra secou..."

"Como a terra foi parar lá dentro? Como ele abriu espaço, dentro da pedra, para encher de terra?", perguntei.

"Este é o ponto mais fraco da minha tese. Temos que admitir uma fé enorme na própria competência. E uma dedicação heroica ao projeto de salvar a herege, através de um milagre que convencesse até o Inquisidor. Não havia outro caminho para escapar da acusação fatal de fuga. De um jeito ou de outro, era preciso que as rosas brotassem do capitel... Que a própria fuga fosse inexplicável, um milagre. Um sinal de predileção divina. Só isto salvaria Anna. Já disse, configurada uma fuga, ela estaria condenada."

"Tudo indica que eles conseguiram. O próprio Wiesenius atribuiu tudo às artes de Satanás. Mas depois, aturdido, reconheceu que seu Deus tinha preferido a herege. Mas qualquer erro, na execução do plano de fuga, seria fatal. Foi necessária muita cautela e uma boa dose de loucura..."

"Não, Eugênio. Algo mais forte do que isso. E aqui entra o meu segundo ponto: paixão! O notário apaixonou-se por Anna. Desde o princípio do processo. Ele sabia quanto era hipócrita a ortodoxia do Santo Ofício. Via a cada interrogatório o brilho e a honestidade de Anna. Ninguém mais do que ele, alma de artista, podia enternecer-se diante do sofrimento injusto da herege. Ele se apaixonou por ela..."

"Faz sentido. Mas e a terra dos capitéis? Como entrou lá? É evidente que ele não podia entrar na prisão, esvaziar os capitéis, plantar roseiras neles e regá-las duas vezes por semana! É uma hipótese meio maluca, não?"

"Claro, isso seria impossível. Quando frei Eusébio foi chamado a verificar se os capitéis milagrosos eram obras suas, ele confirmou. E não mentiu: mas eram *outras* obras suas. Outros capitéis..."

"Esculpidos às escondidas, dentro das figuras do frontão! Eram as tais pirâmides?", completei.

"Isto mesmo. Eram idênticos aos do velho altar de Sant'Anna."

"Insisto: como a terra foi parar dentro dos capitéis, Gisèle? Com roseira e tudo."

"É aqui que entra a paixão. Em qualquer dos tais furos quadrados, como mostrou frei Caetano, cabe um maço de cigarros, deitado. O fundo deles é de mármore, como se o buraco fosse apenas um baixo-relevo, com restos do cimento que o ligava à trave. Pois bem, o nosso enamorado frei Eusébio, habilíssimo escultor, aprofundou os furos até onde pode. Depois, através deles, pacientemente, abriu um grande espaço dentro de cada peça e ali colocou terra e adubo..."

"Depois fez um fundo novo para cada furo quadrado, encaixado com extrema precisão..."

"É isso, Eugênio. Para completar o disfarce, um pouco de cimento nas bordas dos furos, encobrindo as beiradas do fundo novo. Pode ir lá verificar! Eu não tenho dúvidas." Admirei a segurança dela. A explicação era plausível. E eu mesmo havia sentido que o peso das peças milagrosas era menor. Mas havia algumas dúvidas.

"E as roseiras?"

"Já estudei isso. Uma foi plantada através do furo redondo. O que servia para enfiar velas. A outra foi plantada numa fenda lateral. Uma obra prima de escultura, simulando uma rachadura, provocada de dentro para fora. Como se a força da roseira, ao crescer, houvesse estourado o mármore."

Lembrei aquele baixo-relevo com lírios retorcidos que frei Caetano nos tinha mostrado. A tese de Gisèle tinha base lógica. O escultor devia estar obcecado pela ideia de realizar o milagre, a qualquer custo. Eu, que já me apaixonei tantas vezes, a fundo perdido, sabia muito bem de quanta obstinação, ou loucura, é capaz um homem enamorado. Mas era muita sorte plantar duas roseiras em condições tão desfavoráveis e conseguir que ambas dessem flores. Uma dificuldade era a de escoar a água usada para regar as plantas. Gisèle foi categórica na resposta: "Eu cultivo roseiras há mais de dez anos. A terra não precisa ser encharcada de água. Basta mantê-la úmida. Além disso, o clima quente e seco de Évora é ideal para produzir rosas...".

"E o tempo necessário até brotar alguma flor?"

Ela não hesitou: "Com uma muda vigorosa, muito bem cuidada, o mínimo é uns oito meses. Talvez, no clima de Évora, uns sete meses. Como mínimo!".

"Então ele teve muito tempo..."

"Por quê?"

"Porque o desafio do Inquisidor foi feito mais de um ano antes do milagre. Agora, me deixe ordenar as coisas, senão fico maluco: Eusébio se apaixona, sabe que uma fuga seria fatal, resolve transformar a fuga num sinal de eleição divina. Deus interviria, para salvar Anna. E mostraria seu poder, fazendo nascerem rosas da pedra. Fez dois capitéis, ou mais de dois, e plantou roseiras neles. Esperou que pelo menos um florisse. A seu tempo, dois deles tinham rosas. Decidiu que era chegada a hora da fuga: antes que as flores murchassem. As cólicas do Inquisidor e o alvoroço que ele provocou facilitaram as coisas..."

"Lá no claustro, você disse que descobriu como foi aberta a prisão..."

"Pois é." Expliquei-lhe minhas deduções sobre a chave sem argola da granja. Ela achou aceitável a minha hipótese. Para mim, era irrecusável: a chave justa estava com o porteiro. A porta da prisão precisava parecer inviolada. Logo, ter outra chave era indispensável. A única disponível era a da granja, quando invertida.

Gisèle queria certezas: "Como ele fez para abrir a prisão sem ser visto?".

"Simples. Não esqueça: o frade escultor era o mais inteligente em toda a Casa. Era brilhante. A chave foi entregue a Anna, quando a presença dele junto à porta era perfeitamente aceitável. Antes da hora da fuga. Mas, depois da última saída do porteiro, com o prato da ceia ou jantar da prisioneira..."

"Quando então, Eugênio?"

"O depoimento dele ao Visitador foi muito cauteloso, agora me lembro. Recordo que foi recolher a última folha de referências bíblicas quando o porteiro já vinha da prisão com os pratos da ceia. Ficara à vista do porteiro. Mas ao pegar a lista poderia facilmente ter passado, a Anna, a chave, sem argola, da granja. Depois, ele voltaria à prisão apenas para trocar os capitéis, esconder Anna em algum canto e levar a chave ao seu lugar devido: o portão da granja..."

"Onde foi encontrada por frei... Anselmo, conforme diz a *Notícia dos Factos*. Mas eu tenho duas perguntas, Eugênio", ela cruzou os braços: "Eles deviam estar com muita pressa. Por que gastar tempo levando a chave, de volta, até lá? Outra pergunta: que negócio é esse de listas de referências? Parece coisa de trabalho escolar...".

"Tenho duas respostas: se a chave não voltasse ao seu lugar, alguém poderia suspeitar que servira para a fuga de Anna. Isso devia ser evitado a todo custo. E, como você não leu a *Memória da Visitação*, não poderia saber que passavam a Anna listas com as referências de trechos bíblicos. Que ela deveria achar, num livro que lhe deram. Um *liber usualis*. Era uma armadilha, para testar sua ortodoxia religiosa. Quem lhe dava a lista e depois a recolhia era o notário."

"Isso eu não sabia, mesmo. Então eles podiam trocar bilhetinhos?"

"Não é isso, Gisèle: as listas de citações eram vistoriadas por Wiesenius e, depois de consultadas pela herege, voltavam às mãos dele. Era um modo de humilhar ainda mais a prisioneira, com essa espécie de lição de casa. Mais que tudo, era um modo de surpreendê-la em alguma afirmação herética, quando o Inquisidor a arguisse, sobre os trechos sacros. Mais ainda, a entrega da lista era sempre feita na presença de frei Rufino, o carcereiro."

"Admitindo que tudo tenha ocorrido como você supõe, o escultor deu mostras de muito sangue-frio, muito autocontrole. Eu gostaria de ver uma dessas listas."

"Hoje toda a papelada está com os jesuítas. Talvez, por muita sorte, alguma lista possa estar em mãos do nosso caríssimo padre Flores. Ah! Uma delas, muito abreviada, está na minha mala. Em Lisboa. Copiei, durante a leitura da *Memória*. Fazia parte do depoimento de frei Eusébio ao Visitador..."

"Estou com fome."

"Lanche ou almoço de verdade?"

"Almoço."

"Veja. Ali na esquina há um restaurante. Parece bem cuidado. Vamos tentar?"

Fomos até lá. O nome era espirituoso: *Taverna da Beata*. Uma alusão à escandalosa comédia da *Beata de Évora*, de 1792, envolvendo relíquias falsas, e que provocara a mordacidade de Bocage.

Capítulo 7

Gaivotas

Enquanto o garçom trazia aqueles patês duvidosos, chamados *couvert*, Gisèle fez a pergunta que eu receava. Pois eu não tinha uma resposta segura: "E como ele conseguiu entrar na prisão e substituir dois capitéis antigos pelos dois floridos, sem dar na vista?".

"Tenho uma resposta mais retórica, e outra mais objetiva. Qual você quer?"

"As duas. Talvez a retórica seja melhor, nunca se sabe."

"A retórica, primeiro. A ousadia de um homem apaixonado, somada ao desespero, levou-o a arriscar tudo. E teve sorte: transitou com os capitéis, de cá pra lá, sem ser notado. A outra resposta é: avisada de algum modo, Anna ajudou a substituir as peças. Colocou os capitéis... descartáveis perto da porta. Eusébio trouxe os dois floridos e os trocou pelos outros, deixando os milagrosos ao alcance de Anna. Ela mesma os colocou no lugar dos outros. Assim, toda a troca foi feita por ela. Ele apenas transportou as peças. Ficou exposto por pouquíssimo tempo. Com a confusão criada pelo berreiro de Wiesenius, ninguém ia reparar na presença do notário aqui ou ali. Afinal, ninguém desconfiava de ninguém, e todos os frades estavam no coro a entoar salmos. Menos ele e frei Eustáquio, a preparar a carga de verduras. E quem estava a cuidar do Inquisidor. Se não me engano, era frei Basílio."

"Então, Eugênio, na verdade, só havia um frade em condições de presenciar toda a operação: o que estava ocupado em cuidar de Wiesenius..."

"E frei Eustáquio, que estaria na horta..."

"Então, foi fácil. Nem a troca, nem a saída de Anna foram vistas..."

"Certamente, a saída dela, não. Do contrário, teria havido um rebuliço geral no convento. Mas o vai e vem de frei Eusébio foi notado. Está no depoimento de frei Basílio ao Visitador. Não lembro a declaração textual. Era algo como: 'Vi frei Eusébio descer duas vezes ao porão, e subir com o cesto de cebolas, como costuma fazer às terças-feiras... que as cebolas são postas a secar, junto aos mármores onde trabalha', algo assim."

"Ora, então foram duas viagens. Dois capitéis desceram, cobertos de cebolas, dois capitéis, floridos, subiram. Cobertos de cebolas. Você pode estar certo, meu caro Watson."

"Estou! Aliás, é preciso não esquecer uma coisa: nas madrugadas de terças-feiras era normal que frei Eusébio estivesse transitando por vários pontos da casa. Ele escolheu o dia e a hora mais adequados. Para a fuga e para o milagre."

"Que sensação estranha, Eugênio. Estou tremendo. Não sei... é como se eu estivesse ajudando a fuga, tentando encobrir os movimentos deles. Como se eu estivesse lá, com toda aquela angústia.

"Desespero, Gisèle! Eles não tinham outro caminho senão transformar a fuga em milagre. Pense nos meses e meses passados a esperar que as roseiras florissem. E antes disso, todos os meses dedicados a esculpir secretamente os novos capitéis. É muita paixão!"

"Concordo. Espero que tenham tido sorte depois de tanta luta. Agora me veio uma dúvida: ele precisava dar um sumiço nos capitéis tirados da prisão. O que fez? Jogou no meio da horta?"

"Provavelmente, não. Teve meses de tempo para preparar uma boa cova, na horta, com um pretexto qualquer. Como era dia de carregar as verduras, os cestos iam e vinham, em meio à penumbra, ou escuridão da madrugada..."

"Mesmo sendo um escritor de ficção, você daria um bom detetive, Eugênio. Suas hipóteses são sólidas."

"Pensando bem, toda hipótese é uma ficção". Gostei dessa ideia.

Gisèle perguntou como eram as *lulas cheias de monchique*. O garçom foi pouco didático: "Uma vez limpas as lulas como é correto e cortados seus tentáculos, são estes juntados à cebola picada, um tomate também picado, sem pele e sem grainhas, presunto em cubinhos, quanto dele baste, e mais salsa e uma chávena almoçadeira de arroz lavado e escorrido.

Condimenta-se com sal e pimenta e, com o todo, recheiam-se as lulas. São depois aloirados em azeite: cebola, pouquíssimo alho e louro, com cubinhos de tomate. Sobre tal refogado deitam-se as lulas a cozer, a apurar tapadas em lume brando".

Havia também, no cardápio do dia, *galinha cerejada*, que levava toucinho, linguiça, azeite, manteiga, alho, cebola e vinho branco. Nem sombra de cerejas.

Preferimos as lulas, com um Alandra. O vinho que Norberto Flores me recomendara. Um almoço memorável. Guardei a rolha do Alandra. Aquela manhã merecia ser lembrada. E o almoço também. O garçom, afora a didática, sabia bem o seu ofício.

Na viagem de volta eu dirigi até Lisboa. Gisèle gastou boa parte da viagem a comentar meu livro, que tinha lido no Brasil. Gostava da ficção literária desde que não fosse desvairada. Devia ser verossímil. Plausível. E arrematou: "Agora, no caso de Anna, não dá para fingir nada: os documentos são claros, os objetos de Évora são concretos e palpáveis...".

"Até pesáveis", interrompi.

"... e os tais Livros de Tombo garantem que a capela e suas peças são autênticas. As nossas inferências sobre a chave e a troca dos capitéis são perfeitamente prováveis... Ficam até sem graça."

"E então?"

"Então, você tem tudo para escrever um excelente livro de suspense histórico, curiosíssimo. Uma investigação real de fatos ocorridos há trezentos anos... Vou querer um exemplar."

"Você merece uma coautoria. Foi você que decifrou o *modus faciendi* do milagre das rosas. Mas não temos tudo: há muita coisa a explicar, Gisèle."

"Eu sei: como Anna saiu da cela e do convento? Onde ela foi parar?... E, depois do que disse frei Caetano, onde foi parar o escultor frei Eusébio após deixar a Ordem franciscana?"

"Não só, minha cara. Falta explicar a morte de Wiesenius. Pode ter sido natural. Era um comilão, ansioso, provavelmente hipertenso. Estava muito agitado na ocasião. Pelas dores, pela fúria contra o herborista e, depois, pela traição de seu Deus, que preferira ajudar a herege..."

"Veneno no jantar, não foi. O prior comeu a mesma comida e nada sofreu."

"Comecemos pela saída de Anna. Que tal?"

Ela balançou a cabeça rejeitando o que pensava: "A única explicação que achei é casuística, prosaica: ela arriscou, e saiu correndo na semiescuridão. Como sabemos, quase todos os frades estavam na igreja a recitar salmos e responsórios das matinas. Ela teve sorte, ninguém a viu. Só isso".

"É uma boa hipótese: simples, possível, até demonstrável..."

"Só que você não gostou. Seu rosto não mente. Qual é a sua explicação?"

"Você não leu os depoimentos dados ao Visitador. O de frei Basílio, como eu disse, menciona a passagem de frei Eusébio com cestos de cebolas. Pressionado pelo Visitador, ele afirmou mais: viu frei Eustáquio com um cesto de verduras no ombro, passando pela portaria, rumo à horta."

"E daí?"

"Não esqueça: frei Eusébio e Anna estavam arriscando tudo, desesperados. Na *Notícia* consta que frei Eustáquio esteve mal na véspera, dormiu até mais tarde, a conselho de frei Eusébio. Foi visto na boleia, pelo porteiro e pelo prior. Mas ainda não raiara o dia. Ao voltar das clarissas, frei Eustáquio se disse cansado e sonolento. Queixou-se de náusea pelo forte odor de pepinos que lhe ficara no corpo ou na roupa..."

"Isso tudo está lá, escrito pelo prior. Eu lembro. E daí?"

"Então deve lembrar também que as clarissas cuidaram dele quando chegou lá, pois estava meio desfalecido. Na volta melhorou. Lembra disso?"

"Claro. Deixe-me ver...", folheou o texto da *Notícia*. "Aqui está: página nove."

"Então, minha cara, segure-se bem: quem saiu do convento, na boleia, ao lado de frei Eusébio, não era frei Eustáquio. A pessoa que eles viram era Anna! Vestida de frei Eustáquio, com gorro e com manta no pescoço. Bem encoberta..."

"E o verdadeiro frei Eustáquio?"

"Precisava ficar fora de combate. Mas tinha que chegar às clarissas e voltar de lá, na boleia. Mais ainda: não podia perceber coisa alguma da fuga de Anna.

"E então?"

"Só havia um meio. Torná-lo incapaz de perceber o que acontecia: fazê-lo dormir. Muito profundamente. Dar-lhe uma dose cavalar da 'poção de dormir'. O escultor sabia prepará-la. Mas nem precisava. Frei Eustáquio tinha o seu próprio frasco. Cuidou de dormir até tarde, por conselho do escultor, como narrou o prior. Possivelmente, frei Eusébio lhe enfiou, goela abaixo, mais alguma colherada, quando já dormia..."

"Pode ser, faz sentido. Continue!"

"Não quero especular: se frei Eustáquio voltou das clarissas, é porque foi até lá..."

"Genial!"

"... e, se chegou às clarissas meio desacordado, ao voltar nada sabia da fuga de Anna, não ligava coisa com coisa, queixava-se de sonolência, é muito provável que o embutiram de algum narcótico cavalar. Como se fez isso? Use a famosa intuição das mulheres."

"Vou tentar. Uma vez bem adormecido, o escultor tirou-lhe o hábito e os agasalhos, que foram passados a Anna, num dos cestos com os capitéis floridos. Entre parênteses: o hábito de frei Eustáquio, então, cheirava a cebola. Pobre Anna! Voltando aos fatos: ela vestiu as roupas dele sobre as próprias vestes. O hábito servia bem, pois o hortelão era magro. Ela levou o cesto ao ombro, cobrindo o rosto com ele, pelas dúvidas, e se encaminhou para a horta, vista por frei Basílio..."

"Estou gostando. Continue, Gisèle."

Ela começou a rir. "É claro que frei Eustáquio, depois, ficou cheirando a pepinos. Ele fez a viagem dormindo embaixo das verduras, e dos pepinos. No meio do caminho, desacordado, foi de novo vestido com seu hábito e posto na boleia. Compreende-se por que chegou às clarissas reclinado no ombro do escultor e meio desmaiado."

"Muita fantasia, não?", provoquei.

"Há outra explicação, plausível, que dê conta de todos os fatos, como esta?"

Concordei: "Dos fatos que temos, só se pode deduzir isto. Ou alguma explicação muito parecida. Os dados não permitem outra conclusão".

Gisèle assentiu com a cabeça. "Foi um plano complicado. Esse frei Eusébio estava realmente disposto a tudo. E devia ter sangue gelado nas veias. Vocês homens são maravilhosos quando apaixonados. Fazem até milagres! Só quando apaixonados, porém." Ela calou-se. Estava refletindo sobre algum dado. Consultou uma folha da *Notícia* e concluiu: "Na penumbra da madrugada, com gorro, *écharpe* em volta do pescoço, alta até o nariz, pois fazia frio, ela podia muito bem ser confundida com o franzino frei Eustáquio. Tanto pelo prior, como pelo porteiro, frei Rufino. Um belo golpe, convenhamos".

"No desespero, insisto, eles arriscaram. Você falou em sangue frio do escultor, e tem razão. Mas, para mim, a maior prova disto foi enfrentar a volta ao convento e à vida normal da Casa, até que 'a poeira baixasse'..."

"Ele devia ter sumido com a sua adorada Anna."

"Não, Gisèle. Se ele não voltasse, a suspeita de fuga, com Anna, seria inevitável. Mais ainda: ele precisava voltar, para assegurar que tal suspeita não se sustentasse. Agora me lembro: no depoimento ao Visitador, todas as falas dele mostram a preocupação de autenticar o milagre e de mostrar-se alheio à situação da herege. Só quando a versão de fuga lhe pareceu descartada, quando até um culto à figura de Anna já começara, ele saiu da Ordem..."

"Para os braços de Anna! Final feliz. Muito fácil, não?"

"Fácil demais! Isto não é novela, minha cara. O Santo Ofício não dava paz a quem estivesse sob suspeita. Demorou algumas semanas para que nossos heróis soubessem que a versão de milagre não fora descartada pelo Visitador. As perguntas do Visitador mostravam isso. Frei Diogo Fernão tentou, por vários modos, achar uma explicação natural para o caso das rosas. E mais: o próprio Wiesenius tinha confirmado o milagre ao fracassar com seus exorcismos..."

"E quando suas mãos sangraram, mostrando que os espinhos, como as rosas, eram reais. Mas o Santo Ofício, podia, a qualquer momento, mandar alguém atrás deles. Bastava reabrir uma investigação rigorosa sobre os capitéis floridos e descobrir todos os lances do plano de fuga. Como fizemos nós dois, hoje."

"Sim, em tese, Gisèle. Não na realidade: reabrir o caso implicava rediscutir a escandalosa morte de Benedictus Von Wiese. Coisa muito desagradável para qualquer Inquisidor. Era mais cômodo esquecer os *factos* daquela manhã."

Gisèle emendou: "E tirar algum proveito da crendice popular no milagre das rosas. Dali, tolerarem as romarias de que nos falou frei Caetano. Elas serviram para alguma coisa útil, afinal: garantiram a conservação da capela e daqueles mármores milagrosos".

Em Lisboa, meu ímpeto era ligar para o padre Flores e contar nossos achados. Mas eu tinha medo. Não sei por quê. Antes de telefonar ao jesuíta, conferi, com Gisèle, as nossas conclusões, enquanto ela preparava o café. Pouco atenta, me pareceu. Ela estava mais preocupada com o ebulidor, que funcionava mal. Eu sabia, da minha formação científica, que eram três os principais tipos de erro numa afirmação sobre fatos: erros de observação, erros de interpretação do observado e erros de generalização da interpretação. Com os dados e fatos que tínhamos, concluímos, nossa interpretação estava correta. De generalização, havia apenas a presunção nossa de que as informações da *Notícia*, como as da *Memória*, descreviam fielmente os eventos e os usos da Casa. E, dado que, seus autores, frei Martinho e frei Diogo Fernão, estavam empenhados em descrever objetivamente o que ocorrera, nossas inferências eram sólidas, confiáveis. Decidi que ligaria para Norberto Flores depois do café.

Mas não telefonei. Gisèle levantou uma dúvida, intrigante. "Não entendo por que o padre Flores lhe facilitou tanto as coisas, nessa sua investigação. Puro interesse cultural?" Contei-lhe sobre o compromisso de contar ao jesuíta tudo o que fosse descoberto em Évora. "Então, espere. Espere o máximo que puder", disse ela. "Há alguma coisa no ar, Eugênio. Ele não nos confiaria o texto da *Notícia* só para saber um pouco mais de história. Sexto sentido, meu caro."

Ela exagerava na cautela, achei: "Por que não? Ele está curioso, como nós, para saber o destino da herege, mas não quer ou não pode investigar o caso. Por isso, nos deu as pistas que tinha: a *Notícia* e a *Memória*. Qual outro proveito ele tiraria? Havia um, talvez: o prestígio como canonista. Seria ainda maior, quando apresentasse as provas da fuga. Elas confirmariam a culpa da herege, pois fuga equivalia a confissão, pelos códigos então vigentes. O padre Flores, assim, poderia brilhantemente *fechar* o caso e acertar-lhe a sentença. A três séculos de distância, Anna seria condenada. A jurisprudência seria cristalina. Uma glória a mais para o nosso amigo jesuíta".

"Por que suspeitar de Norberto, Gisèle?"

"Já disse: sexto sentido. Ele nunca lhe falou da ARCANON?"

"Não."

"Durante a travessia, ele, Denise e Eva ficaram muito amigos. Foi Denise que me contou sobre a ARCANON. Não tem nada de arcanos e outras baboseiras esotéricas: é a Academia Romana de Canonistas. O padre Flores é o presidente dela. Tem um grande prestígio a defender. Mas não é só isso. Cada ano a academia dá um prêmio a quem decifra um processo controverso ou incompleto do passado. Escolhem casos polêmicos quanto ao direito canônico. Seja na instrução do processo, seja nos autos, seja no rito judicial. Norberto explicou a Denise que esse caso de Évora é um desafio para qualquer canonista..."

"Não entendo uma coisa, Gisèle. Se a academia escolhe o caso a ser resolvido e se Norberto é o presidente dela..."

"Espere. Mais precisamente, quem escolhe o caso é sempre o vencedor do prêmio no ano anterior. E todos os outros membros da ARCANON concorrem. Norberto está meio perdido, pois sem saber o que aconteceu com a ré, é impossível decidir sobre o caso."

"Acho meio infantil esse negócio de dar prêmio a quem brilha mais que o outro. Parece gincana de colégio."

"Eu também achava, Eugênio. Até saber qual é o prêmio: setenta mil dólares!"

"Nossa! Entendo. Por que ele não me disse nada disso?"

"Não o julgue mal. Aliás, não foi propriamente ele que contou. Foi Eva, numa conversa com Denise."

"Ah, ainda bem". Senti um calor subindo do peito para as orelhas. "Desculpe, Gisèle, vou até o quarto molhar um pouco o rosto. Não sabia que Lisboa podia ser tão quente. Volto já." Meu rosto estava realmente em brasa. Mas eu queria era ficar só. Havia uma tempestade dentro de mim. Então, Eva, que encorajava minha pesquisa sobre o caso, sabia do prêmio da ARCANON e não me contara nada! "Distração", pensei. Ou achou que eu já sabia do prêmio? A dúvida, a maldita dúvida começou a escurecer a imagem luminosa dela. Não, ela apenas esqueceu de me contar. Então, por que contou a Denise? Havia acontecido alguma coisa irreparável dentro de mim. Sem remendo possível. Como uma taça de cristal trincada. Lembrei a garrafinha de vermute, minha senha para chegar aos braços dela, e relaxei um pouco. Mas nasceu outra nuvem dentro de mim: como Eva soube do prêmio? Foi Norberto que lhe contou, óbvio. Por que, então, nenhum dos dois me falou nada? Acharam que não era importante, só isso? Ou cada um achou que o outro me diria. Pensei no rosto divino de Eva. Os olhos dela. Nas lágrimas da despedida. E me acalmei. Era tudo ciúme, por um fato que podia até ser banal: Norberto esquecera de me contar sobre o prêmio. Nada mais. Talvez pensasse que, para um pesquisador meio fanático, seria uma informação irrelevante. Preferi aceitar essa versão. Na cozinha de Gisèle o aroma do café apenas coado era um convite a sorrir para as belezas da vida.

Ela voltou ao assunto: "Para o nosso amigo jesuíta a solução do caso será um presente dos deuses: fama e fortuna. Para nós, o prazer da descoberta. Prêmio de consolação. Enquanto coava o café, pensei uma coisa: até agora não sabemos onde Anna foi parar. Suponha que, ajudada a fugir, tenha sido, depois, sequestrada, ou presa de novo, ou assassinada. Se foi vítima do Santo Ofício e seus caçadores de hereges, ou se 'casou e foi feliz para sempre', o caso toma feições muito diversas, do ponto de vista jurídico, não é?".

"E então?"

"Resulta que não temos o que dizer ao padre Flores por enquanto. O que sabemos não permite 'fechar' o processo. Relaxe." Ela tomou meu rosto entre as mãos, olhou-me ternamente: "Não esqueça você!".

Ela tinha razão. Eu estava vivendo em função do padre Flores, de Eva, do caso de Évora e nem aproveitei toda a beleza de Lisboa, toda a felicidade de estar em férias, com a companhia instigante de Gisèle. Estava todo preso a outros, distantes, talvez já alheios a mim. Ela estava ali solícita, amável.

"Estou precisando disso. Gostei do conselho." Dei-lhe um abraço amigável. Ela me apertou contra o peito, muito carinhosa. "Passou o ciúme?" Não esperou a resposta. Achegou à minha boca os lábios entreabertos. Cheia de afeto. Percebi que ela me entendera. Mais do que eu mesmo. Era já noite quando se enrolou no lençol. Parecia uma vestal: "Agora quero um banho de espuma e me embonecar. Depois, vou desfilar com você por Lisboa. O *Provence* já se foi, meu caro".

Não sei o que acharam do nosso desfile pelas ruas e praças de Lisboa. Sei que o branco de algumas praças, banhado de luar, parecia prateado em algumas fachadas. Cor de lua, como disse Gisèle. Um jantar excelente, ao som de um piano bem tocado, com repertório de bom gosto. Passei a amar Lisboa naquela noite. Gisèle quis dançar e lá fomos nós. Ela dançava leve como uma pluma. Eu servi de contrapeso para que não flutuasse. Devo ter sido ridículo. Mas eu estava tão bem com ela... Feliz. Quase: faltava alguma coisa. Alguma certeza a respeito de Eva. Se me amava ou não. Se os nossos apaixonados encontros tinham sido apenas "amores de alto-mar". Gisèle me atraía, irresistível. Mas aquelas lágrimas da despedida me amarravam a Eva.

Chegamos à rua Cristóvão Colombo guiados por algum anjo boêmio. Talvez bêbado também. Sei que trancamos a porta da rua, e mais nada.

Pelas dez acordei, com Gisèle ao meu lado, já penteada e perfumada. Estava alegre, cheia de vida. E de ideias: "Enquanto você se entregava à preguiça, estive trabalhando no nosso caso".

"Ah sim, dormi bem, obrigado. E você? Sonhou com os anjos? É assim que se diz, pela manhã. Nosso caso?"

"Desculpe. Você dormiu bem? Sonhou com as anjas? É que esse mistério de Anna me enredou. Quero descobrir o destino dela. Onde foi parar?"

"Não será fácil. Até agora tínhamos dados, Gisèle. Daqui por diante, vale o faro, a intuição. Vamos caminhar no escuro."

"Estive pensando umas coisas. Uma herege, da noite para o dia, escapa da Inquisição e se acha em plena manhã fria, vestida pobremente, numa cidade patrulhada implacavelmente pelos homens do Santo Ofício e seus delatores remunerados. Onde ela vai parar? O frade que a libertou precisa deixá-la, afastar-se dela. Até para salvá-la. Ou ela tem amigos ou se enfia em algum grupo marginal, onde não chame a atenção... Se perambular sozinha, será notada, eventualmente tida como bruxa. Era o costume."

"Ela precisava sumir, estar entre desconhecidos, que nada soubessem dela. Ou enfiar-se num grupo de cúmplices. É isso?"

"Mais, Eugênio. Ela precisava de uma nova identidade."

"Solene esta frase, não? Mas, pensando bem, você tem razão. Se continuasse como Anna, proveniente de Praga e astrônoma, a fazer poemas sobre a Mãe dos Amores, ela não iria longe. Tinha que apagar qualquer traço do passado. Mas fica de pé a pergunta: onde ela se enfiou? É evidente que saiu de Évora, logo que pôde. Ela sabia dos riscos que corria..."

Lembrei uma informação do padre Flores, ao resumir o caso de Anna. Ela chegara a Évora, para morar com um parente viúvo, talvez um tio, abastado e sem filhos. Que morreu cerca de um ano depois da chegada dela. Então, Anna teria herdado alguma coisa. Não estaria tão desprotegida da sorte ao sair da prisão. Errado: os dois anos de cárcere eram suficientes para que tudo fosse pilhado. Mais: os bens dos acusados pelo Santo Ofício ficavam sempre indisponíveis até que se concluísse o processo. Se houvesse condenação, tudo ia para o Santo Ofício. O inquisidor podia ficar, em alguns casos, com trinta por cento do que confiscasse. Mas, ainda que lhe sobrasse alguma coisa a trocar por dinheiro, a pobre Anna não podia aparecer! Pelo menos em Évora. Só havia uma saída: algum simpatizante ou amigo a escondeu e ajudou depois da fuga.

Gisèle folheou a *Notícia* e balançou a cabeça, desanimada: "Aqui não temos coisa alguma. Mas é claro que ela abandonou Évora a toda pressa". Depois, concordou com o meu raciocínio. "Alguém, de fora, ajudou-a a sumir do mapa. E minha intuição me diz que o bravo frei Eusébio, depois da fuga audaciosa, depois de correr tanto risco, não ia deixar a sua Anna desamparada. A recaptura significava fogueira, na certa. Ele a enfiou em algum grupo dissidente. Havia os protestantes, os judeus, quem sabe algum astrônomo..."

"Rosales, o astrônomo! Rosales era judeu, abastado, respeitado e um líder na comunidade judaica... de Lisboa. Mas devia ter adeptos e admiradores também em Évora. Com eles, uma discípula de Kepler, amiga de Galileu, com o sobrenome de Brahe não só estaria segura mas teria uma acolhida carinhosa."

Gisèle franziu a testa: "Lindo, tudo isso. Só que Rosales, em pessoa, a essa altura já tinha emigrado. Como muitos de seus amigos. Quem pudesse, emigrava. Judeus e protestantes saíam às pencas de Portugal. Para a Holanda, principalmente. Basta ler o Kayserling ou a Anita Novinsky. Ufa, cansei meus miolos. Vamos tomar um café na praça?".

"Boa ideia."

A praça, pequena, estava cheia de pombos e crianças que lhes atiravam migalhas de pão. Um sol amarelo atravessava os enormes carvalhos, no quadrado central. Escolhemos um bar pequeno, com mesinhas na calçada, perto da banca de jornais. Gisèle explicou: "É a melhor banca de Lisboa. Tem jornais de toda a Europa e muitas revistas. Até do Brasil".

Fui até a banca. Havia, de fato, algumas revistas do Brasil. Senti um calorzinho diferente no peito, ao ver um número da *Saber*, a revista de Eva. Foi impossível não lembrar a luta dela para destacar-se na profissão de jornalista. Uma noite, no convés, me havia confessado seu projeto de, algum dia, assumir a seção *Intimidade*. Era uma posição de alto prestígio: o assunto era confidências amorosas de mulheres destacadas. Mas era preciso muito talento para que a matéria não resvalasse para o escabroso, nem para o erótico, puro e simples. O charme estava justamente em apontar, por trás dos depoimentos, as surpresas da alma feminina. A linguagem, e o teor das perguntas, explicou-me, eram decisivos para manter o bom gosto da seção. Disse que precisava, antes, um pouco de notoriedade como mulher moderna, liberal. Seria o primeiro passo para significar mais tiragem da revista: trampolim para assumir a seção mais prestigiosa. Deixei-me levar pela imagem de Eva, até que Gisèle me sacudiu a manga da jaqueta: "Viu só que fartura de revistas?".

O rosto dela me interrogava com um esboço de sorriso. Pura graça. Como se fosse Eva. Dei-lhe um beijo intenso, esquecido do jornaleiro. Gisèle realmente me atraía. Mas Eva não me saía da mente. Tinha escravizado meu pensamento. Gisèle, a cada hora, me parecia mais adorável. Era também talentosa, muito bela. E mais *companheira* do que Eva. Talvez, no navio, Eva não estivesse à vontade, pensei.

"Vamos, Eugênio. O Teodoro já aprontou a mesinha."

Teodoro era o garçom. Um senhor de uns cinquenta anos, gordo, bem barbeado e muito bem-humorado. Gisèle me avisou que, por estar sempre sorrindo, de bem com a vida, era chamado *Sorte Grande*. Ele gostava do apelido e de conversar.

"Senhora, que bom vê-la de novo por estas plagas! Já estávamos com saudade!", começou ele.

"Férias. Estive viajando, Teodoro."

"Sejam bem-vindos." Passou-nos a lista de chás, cafés e tortas e se pôs a caminhar calmamente entre as mesas. Parou, com as mãos na cintura, olhando o outro lado da praça: "Ora pois, teremos mariscos frescos para o jantar do *Mouraria*! Veja lá senhora. Lá está dona Mercês de cesta em punho a esperar na peixaria".

"Vejo dona Mercês com a cesta. Nada mais. Dos mariscos e dos planos dela para o jantar, não vejo coisa alguma, Teodoro. Como é que você adivinha?"

"Não adivinho. Eu deduzo, senhora. Chama-se inferência. Aprendi que, seguindo o beija-flor, chega-se às flores. Para achar o cardume de sardinhas, o melhor método é seguir as gaivotas. Para saber onde estão os bons mariscos, basta seguir dona Mercês. Ela faz os melhores pratos com frutos do mar. O *Mouraria* ganhou fama por causa dela."

Era uma "filosofia" sábia. Dava até um provérbio, disse Gisèle: "Se queres sardinhas, segue as gaivotas". Teodoro riu: "Mas não convém difundir a ideia. Se não, estará toda uma horda de glutões a seguir dona Mercês onde quer que vá".

Saímos, de mãos dadas, como velhos amigos, ou namorados, atravessando a praça. Perto da peixaria, Gisèle olhou o relógio: "São quase onze horas, dona Mercês já se foi, de cesta cheia, mas sobraram lindos mariscos para nós. Que tal fazermos um *risotto ai frutti di mare*?".

O plural era apenas retórico. Fui eu quem preparou o *risotto*. Dessa vez acertei a mão nos temperos. Ficou um prato muito bonito. Gisèle se encarregou do outro prato: um *bacalhau à lagareiro* como o fazem perto do Minho. Uma delícia que, com as desculpas de dona Mercês, nenhum *Mouraria* deste mundo poderia oferecer.

Para acompanhar o almoço, vinho branco e comentários deliciosos da minha amiga sobre o jeito de viver dos lisboetas, a dificuldade que teve para ajustar-se à cidade, vinda de Paris. Após dois anos de trabalho na embaixada francesa, e de cafés no bar de Teodoro, já se sentia em casa. No começo anotava algumas tiradas do garçom, e as escrevia aos amigos de Paris, principalmente Denise. Tinham morado juntas no tempo de universidade. Mencionou alguns outros *aforismas* de Teodoro.

"A ideia das gaivotas e sardinhas é curiosa. E até meio poética", comentei.

"Eu também gostei dela... Espere um pouco." Ela parou de comer, com o garfo no ar, um olhar de pai de santo iluminado: "Se você procura sardinhas, siga quem não pode passar sem elas, as gaivotas, entende? Se quer achar flores siga o beija-flor, que vive delas".

"E daí?"

"É inútil procurarmos alguma pista de Anna. Ela tinha todo interesse em não deixar rastros. Sigamos quem não podia ficar sem ela..."

"O escultor? É isso, Gisèle!" Meu entusiasmo murchou logo. Também de Lorenzo Comense não tínhamos qualquer pista. Ele também teria apagado suas pegadas. Procurar o destino de uma fugitiva do Santo Ofício, três séculos depois da fuga, era uma pretensão meio maluca, convenhamos. Mas a emoção de chegar até Anna, o que restasse dela, de comprovar sua vitória sobre a opressão brutal do dogma compensaria todo o esforço. Havia também a vaidade, claro: descobrir toda uma trama que ninguém jamais sonhou. Além disso, a história de Anna, até seu fim, daria um excelente livro. O palpite de Gisèle era um começo, embora pouco risonho: como tinha ficha limpa no Santo Ofício, o escultor, talvez pudesse sair à luz, mais do que Anna. Foi o que eu respondi.

"Ouça, Eugênio. É mais do que razoável supor que eles trocaram de país. Logo, nossa procura deve excluir Portugal e a trajetória de Anna. Provavelmente se escondeu, o quanto pôde, enfiada em algum grupo que partilhasse suas ideias ou sua sorte de perseguida."

"Oh! Viu como ficou fácil? Agora basta percorrer meia Europa, pelo menos, atrás de heliocentristas, judeus e dissidentes de várias cores."

"Você tem alguma ideia melhor?"

"Não sei. Talvez, uma: o escultor, isento de qualquer acusação, podia circular livremente, sem o patrulhamento do Santo Ofício. Mas seria fatalmente condenado se alguém provasse que vivia com Anna. Portanto, evitaria ser visto com ela. Ele mostrou, de sobra, que era prudente. Mas, de algum modo, precisavam ganhar a vida..."

"Certamente, o saber astronômico de Anna de nada servia, então. Dependeriam do trabalho dele. Fazendo o que sabia: estátuas. Faz sentido, Eugênio. Afinal é a pista que temos."

"É."

"Oh! Agora sim, ficou fácil. Basta localizar todas as estátuas da Europa, esculpidas fora de Portugal, desde 1626 até a morte de Lorenzo Comense."

"Um programão para quem gosta de enigmas, e está em férias pela Europa. Longe da ditadura brasileira. Pena que você volta ao trabalho na próxima semana. É um senhor desafio, concordo. Mas não é uma busca tão indefinida. Ele viveu num certo período, provavelmente em certos países, não em outros, era escultor de peças sacras, tinha um estilo próprio."

"Melhorou: basta examinar metade das estátuas da Europa, em meio século. É muito gosto por enigmas. Ah! Já que você gosta tanto desses desafios não esqueça o outro. Falta, ainda, explicar a morte de Wiesenius."

"Acho que isso não nos interessa. Natural ou provocada, ela facilitou, quem sabe, a fuga de Anna. Nada mais que isso."

“Pelo contrário, Eugênio: podia até ter dificultado a fuga.”

“Como?”

“Está na *Notícia*. Na hora da fuga, afora o escultor e o hortelão, encarregados da verdura, todos os frades deviam estar no coro, a recitar as matinas. Naquela madrugada um deles não estava lá: o que ficou cuidando do Inquisidor doente. Isso podia até complicar a fuga”

“Mas mostra que as dores e a morte do dominicano não faziam parte do plano de fuga. Podiam até atrapalhar. Gostou? Por sorte, esse tal frade acabou testemunhando a favor: nada viu, além do vaivém dos cestos de cebolas ou verduras.”

“Se você estiver certo, será um mistério a menos para decifrar. Mas as tais cólicas e chiliques do Inquisidor não eram, certamente, produtos do simples guisado da ceia.”

“E daí? Ainda que fossem provocados por alguém, para nós seria apenas mais um expediente para facilitar a fuga de Anna. O que interessa, antes de tudo, é achar o destino dela.”

“Então, siga a gaivota.”

Capítulo 8

Philotheus

Nos três dias seguintes fizemos limpeza e arrumação geral na casa de Gisèle e passeamos por Lisboa. Mostrou-me seu local de trabalho na embaixada, setor de comunicação. Foram dias esplêndidos e noites de muito afeto. Era uma mulher diferente: decidida e frágil ao mesmo tempo. Doce, mas firme. Extremamente arguta, mas discreta. Eu estava começando a me enredar nas malhas dela. Para o fim de semana, último das suas férias, planejamos uma visita a Coimbra ou Tomar, em busca de história. Da Idade Média e da Inquisição, que, lá, foi extremamente dura. Até Benedictus Von Wiese, de execrável memória, estivera por lá, dedicado, em igual medida, aos seus vícios e à defesa da moral. E da fé, por dever de ofício.

No sábado, ela achou melhor passarmos o fim de semana entre comidas e amores na casa dela. Coimbra e Tomar podiam esperar. Na segunda-feira ela retomaria o trabalho, a amiga Laura chegaria da Espanha e eu tinha que partir, atrás de uma... gaivota, chamada Lorenzo Comense.

Na tarde do sábado Gisèle resolveu ir ao cabeleireiro. Fiquei a esperá-la num banco da avenida. Eu estava triste por separar-me dela. Quase como ao deixar Eva. Onde estaria a minha Eva agora? Pensaria ainda em mim? A nossa senha estava comigo: a garrafinha metálica do vermute preferido. Se me quisesse, me chamaria. Era o que tínhamos combinado na despedida. Lembrei o nosso encontro, total, desesperado, na cabine dela. Teria sido, tudo aquilo, apenas mais um dos tantos "amores de alto-mar"?

Pensei no futuro imediato; eu tinha que seguir a minha... gaivota. Fiz um balanço das pistas possíveis: 1) Registros civis de algum tipo. Praticamente não havia, na época dos fatos, a não ser sobre transações comerciais, coisa estranha a pobres escultores. 2) Menção do nome dele em algum texto sobre escultura. Só se fosse em obras mais recentes: em vida, ele era apenas um escultor de peças sacras, mais conhecido nos meios da Igreja. E depois da fuga, teria sido ignorado, até que surgisse algum livro de história da escultura, já no século passado. 3) Já que ele tinha "muito boa escritura", poderia ganhar a vida como calígrafo, ou desenhista. Não teria muitas encomendas. Antes da fotografia, havia desenhistas às pencas. Poderia pintar retratos de gente importante, nobres, bispos; mas, nobres, bispos, gente importante, era exatamente o que ele precisava evitar: não podia ser reconhecido ou mencionado entre as pessoas importantes.

Em resumo, eu não tinha qualquer pista promissora. Mas sabia de uma coisa: como escultor ele teria sucesso. Mesmo longe de padres e igrejas. As peças esculpidas dentro do frontão de Évora mostravam um escultor versátil. Havia o rosto de mulher, tipo *Psiche* de Canova, os baixos-relevos com motivos florais. E os capitéis, que não eram, necessariamente, peças de igreja. Quem encomendaria meia dúzia de capitéis? Gente importante, claro. Então, nosso Lorenzo passaria longe da encomenda.

Por sorte, Gisèle ia demorar no cabeleireiro. Eu queria continuar só, a refletir. O que faz um especialista em esculturas sacras, que precisa ganhar a vida como escultor e não pode aparecer com seu nome, ou com sua fama anterior? Este era o meu problema. Havia um complicador: era preciso que os trabalhos que ele fizesse para ganhar a vida pudessem ser encontrados em pleno 1966. Esboços, estátuas... nada mais.

Era uma pista pouco confiável: os esboços só serviriam antes de esculpir alguma coisa. Depois, seriam jogados fora. E pior: mesmo que eu achasse algum, certamente não teria assinatura de um Lorenzo Comense.

Restava um caminho: procurar estátuas, em meia Europa. Quais estátuas? Em qual país? Fora de Portugal. Eu não tinha um rumo. Mas tinha um ponto de partida, pelo menos. Foi então que senti, literalmente, um frio na barriga: todo o meu plano partia de um raciocínio que podia ser falso. Uma premissa era: frei Eusébio apaixonou-se por Anna. Outra premissa: estando apaixonado a libertou, arriscando a vida. Conclusão: foi viver com ela e tratou de sustentá-la. Fazendo estátuas, era um corolário.

O frio da barriga passou para as costas: ele podia tê-la libertado por simples amor à justiça, confiou-a a algum dissidente que a tirasse do país e voltou à vida conventual, até que achou melhor deixar a Ordem. É sabido que também outros notários se rebelaram contra os abusos do Santo Ofício.

Então, eu nunca acharia a minha... gaivota, nem o destino de Anna. Minha busca terminava ali. O frio da barriga, aos poucos, sumiu. Saí andando de cá para lá, na avenida, a olhar as caras e vitrines do século XX. Fiquei nas vizinhanças do cabeleireiro, para Gisèle me ver, quando saísse.

Ela chegou feliz, contente com seu novo penteado, puxado para cima. Também gostei, ficava mais jovial. Nem esperou meu elogio. "Telefonei a Denise em Paris. Chegou lá há vários dias."

Fiz a devida cara de espanto e ela continuou: "Lembra o entusiasmo dela, lendo a *Memória*, quando descobriu que Lorenzo Comense, um ídolo seu, tinha virado franciscano? Pois é: ela tem catálogos de todos os escultores deste mundo e do outro. Sabe tudo o que cada um fez".

"E, com isso?"

"Com isso, contei-lhe que, para mim, o escultor notário fugiu com Anna. Ela achou linda a hipótese. Vai remexer seus livros e nos mandará a lista do que esse italiano apaixonado andou esculpindo pela Europa afora desde que entrou para o convento franciscano. Saberemos assim o percurso dele. Onde ele ficou mais tempo, você procurará saber o que houve com a mulher dele, astrônoma, amiga de judeus, etc."

"É linear demais. A vida não é linear. Que frase besta, meu Deus. E seria bem tortuosa para um escultor fugitivo ou quase isso. Essa pista só teria sentido se ele fosse tão importante para os historiadores da escultura a ponto de irem atrás de cada pedra que trabalhou, de cada bronze que fundiu. Afinal, não era Michelangelo, nem Donatello, nem Canova, Cellini..."

"Não senhor. Lembro muito o que disse Denise naquela manhã de pileques no convés..."

"Longe das lépidas gazelas..."

"Pois é: disse que o Comense era genial, discutido entre os especialistas, comparado a Michelangelo, por causa da evolução que deu ao *non finito* ou *quasi finito*, sei lá."

"É mesmo." Minha lembrança era meio vaga. Na ocasião eu estava mais preocupado com Eva, que mostrava estar com dores no ombro.

"Pois então, ouça o que diz minha sublime intuição: deve existir algum tratado sobre o *quasi finito* e o *non finito*. Nele estariam mencionadas todas as obras de Lorenzo Comense e seus rivais. As datas, e os locais em que estão as obras marcarão a trajetória dele. Simples. O que é? Você não concorda? Por que esta cara de pierrô?"

Contei-lhe do meu frio na barriga, momentos antes: não tínhamos qualquer prova positiva, factual, de que o notário libertara Anna; nem de que se havia juntado a ela depois, como companheiro ou seu amante. Falei, com medo de magoar Gisèle; ela estava tão entusiasmada com sua estratégia de busca. Surpresa: ela sorriu, como quem tem um ás na manga.

"Ouça, senhor racionalista. Um: ninguém, senão frei Eusébio, podia tirar Anna do convento às escondidas, na carroça e depois de dopar frei Eustáquio, para que nada visse e ficasse quieto sob as verduras." Apontou-me o dedo como uma lança: "E ouça bem, ninguém podia fazer o milagre das rosas senão o escultor, o nosso Comense, então frei Eusébio. Dois: ninguém arriscaria a vida daquele jeito, só por amor à justiça. Havia paixão, muito amor, naquele plano quase suicida. Três: um homem tão apaixonado, capaz de tanta devoção à sua amada, jamais se afastaria dela. E sou mulher, Eugênio, sei o que falo. Esse homem acompanharia Anna pelos quatro cantos do mundo. Não tenho dúvidas. A sua... *gaivota* é ele: Lorenzo Comense".

"Céus, que veemência! Você ganhou. Já tentou dobrar algum júri?"

"Bobo! Gostou do meu penteado?"

"Linda! Adorei."

"Mudei de ideia sobre o plano de ficar em casa hoje à noite. Podemos jantar por aí e depois voltar para o ninho, já devidamente inspirados."

"E sem louça para lavar. Eu gostaria de conhecer a arte de dona Mercês."

"Bela ideia, Eugênio. Vamos ao *Mouraria*."

Era a terceira mudança de planos, em um dia, todas sem a menor consideração pelas decisões precedentes. Como se cada uma fosse a confirmação do pacto anterior. No conceito feminino de coerência, percebi, nada implica nada. Segue uma lógica especial, muito fluida, talvez gasosa.

O *Mouraria* merecia a sua fama. Sabor e leveza, em tudo: das inefáveis *cavalas ao forno* às farofas, aos pimentões grelhados e às quase três garrafas do notável vinho verde da casa. Mais, uma bagaceira para mim e

Cointreau para Gisèle. Já em plena órbita, declarei, ainda sem soluços, meu veredicto: "Dona Mercês é um gênio. E o garçom Teodoro é um filósofo sutil. Um mestre da inferência. Devia ser Teofrasto, ficaria mais aristotélico". Ninguém discordou de mim. Gisèle, já reclinada em meu ombro, bocejou um "muito bem".

Chegamos ao ninho, pendurados um no outro, porém inspirados, como ela havia previsto. Era bem mais de meia-noite, mas Gisèle decidiu telefonar a Denise. "Ela nunca dorme antes da madrugada. É uma obsessiva, capaz de varar a noite no ateliê, perseguindo alguma forma, alguma linha. Como nós, a perseguir um fantasma chamado Anna..."

"Não, Gisèle!", falei com aquela segurança etílica, que não admite divergências. "Lembre-se da gaivota: estamos perseguindo o fantasma de uma gaivota-escultor, que nos deve levar a uma fantasma herética".

Denise atendeu, Gisèle contou mil coisas, nada sobre a colheita fecunda em Évora, nada a meu respeito, nada sobre nossos dias felizes em Lisboa. Chegou ao nó: "Você achou as obras de Lorenzo Comense?". Após uns dez minutos começaram a despedida, que durou mais uns cinco.

Desligou: "Pronto, meu caro. Ela mandou a lista, pelo correio, já deve estar na caixa, lá em baixo. Amanhã vamos saber o que ela nos mandou".

"*Nos* mandou?"

"Tem razão. Você não está aqui. Se ela soubesse morreria de ciúme."

"Como lhe veio a ideia de consultar Denise?"

"Simples. Apliquei radicalmente a filosofia de Teodoro. Também para chegar às gaivotas, procure quem vive delas. Denise vive de história da escultura. Sabe onde existem as estátuas, as pegadas de Lorenzo Comense."

Ela tinha razão: Não era eu que devia procurar as sardinhas, as gaivotas já sabiam, antes de mim. Os historiadores da escultura, ou curadores de museu, já tinham a lista das estátuas. Minhas pálpebras pesavam, as ideias eram pastosas, não dava para filosofar. Mas vislumbrei que a história da ciência ou do conhecimento, em geral, é produto de uma hierarquia de gaivotas. Imaginei um poleiro, com muitos degraus, povoado de gaivotas.

Gisèle apareceu e perturbou minha concentração: eu estava formulando, entre um bocejo e outro, o novo provérbio: *A gavia ad gaviam deinde ad sardas*. Gostei. Era meio longo mas dava a ideia: Denise me guiava a Lorenzo Comense. Ele me conduziria a Anna. Então eu podia *fechar* o caso: saber o destino final de Anna de Praga. Então, era só devolver a *Notícia* ao padre Flores, ficar com Gisèle, até que Eva me chamasse. Eu já tinha menos certeza. Denise ligou, de volta, não acompanhei mais nada do que falaram. Só pesquei duas palavras: Gouda e Alkmaar. Era fácil lembrar: o nome do queijo e a cidade que tem o mais valioso dos órgãos de tubos. Onde Walcha gravava suas execuções de Bach. Gisèle debruçou-se sobre mim, colou os lábios nos meus e não sei quem dormiu primeiro.

De manhã, a lista de Denise havia chegado. A linda Denise, de olhos de mar, sabia seu ofício de gaivota. Eram 12 obras, sendo duas de autoria atribuída a Lorenzo e dez autênticas. Oito delas tinham datas certas. Para duas outras as datas eram presumidas.

A lista seguia a cronologia.

Oi, Gisèle, eis a lista:

Obras de Comense, depois de 1626, segundo a revista Formae, *de 1940, setembro. É possível que alguma peça tenha mudado de lugar. Não sei.*

1 — *Faunos* — fachada de palácio em Leiden, 1629.

2 — *Cantoria e músicos* — teatro de Gouda, 1630.

3 — *Estátua tumular de ancião* — átrio, matriz de Delft, 1630.

4 — *Ninfa com parreira* — Gouda (atribuída), 1631.

5 — *Portal* — hospital de Delft (atribuída), 1632.

6 — *Diana alegoria da lua* — praça de Delft. Agora, em Rotterdam, 1633.

7 — *Alegoria dos livros* — biblioteca velha de Leiden, 1635.

8 — *Vênus dançante em torno ao Sol* — museu de Alkmaar (com esquemas herméticos em baixo-relevo, na coluna da direita), 1638?

9 — *Anjo plangente* — cemitério de Leiden, 1640.

10 — *Mulher com livro e astros* — Museu de Delft, 1642? Antes estava em Leiden.

11 — *Estátua tumular de mulher, "Passione"* — cemitério de Leiden, 1644.

12 — *Santa Clara* — pórtico do convento das clarissas, Évora, última obra que se conhece, 1648.

Achei estranho que a última obra estivesse em Évora, justamente onde menos se poderia esperar. Ora, ora! Ele voltou a Évora, ao convento onde entregava verduras. Deveria estar seguro de sua imunidade, mesmo depois de deixar a Ordem franciscana. Após mais de vinte anos. As outras peças, em cemitérios e prédios laicos, mostravam que Lorenzo andara longe de padres e igrejas, até sua volta a Évora. Ao pé da lista havia uns comentários preciosos de Denise.

Segundo os críticos da revista, o estilo dessas obras varia, mas de um modo geral é sempre delicado, sem ornamentos rebuscados. Apenas depois do Anjo plangente, *de 1640, retorna o estilo* quasi finito, *mas a cada peça a camada de matéria que parece envolver a forma vai se tornando cada vez mais leve, mais diáfana, até parecer um véu tênue. A estátua tumular de mulher, a* Passione, *desapareceu do cemitério de Leiden, com muitas outras esculturas, durante a guerra. Um B-29 americano, atingido pela artilharia antiaérea nazista, para não perder altura, despejara toda sua carga mortífera sobre o cemitério e arredores. Muitas estátuas foram parar, depois da guerra, na Academia de Belas Artes da cidade. Há uma descrição da* Passione *feita por René J. Rivière, que a viu ainda no cemitério. Diz que jamais viu tamanha vontade de voltar à vida numa estátua mortuária. Deve ser esplêndida, se ainda existe.*

A ninfa é o único nu feminino de autoria de Comense. Rivière salienta o corpo esguio da figura que, segundo ele, poderia ter sido, no projeto original, uma Leda. Acha meio inovador esse corpo de mulher sem a exuberância quase obesa, típica das obras do período. A Vênus dançante *de Alkmaar, tudo indica, não foi esculpida lá. Consta que esteve antes em Rotterdam. Por causa dos esquemas herméticos de tipo astronômico, foi muito comentada no século passado. Sabe-se, hoje, que ela celebrava a descoberta da gravitação de Vênus, por Galileu.*

Alguma coisa me diz que a Mulher com livro e astros *de Delft é uma homenagem à própria Anna. Poderia até ser um retrato dela. Longe de*

Portugal, a mais de vinte anos da fuga e no ambiente tolerante da Holanda, já era possível retratar a sua amada astrônoma. Grazia Rave, no catálogo do museu de Delft, salienta o porte nobre, vitorioso, da mulher, a contrastar com o sorriso tímido. ("Caseiro", no texto do catálogo.)

Como você vai arranjar tempo para correr atrás das obras todas? Estou estranhando essa sua paixão pela escultura, mas acho que conheço você: apaixonou-se pelo mistério de Anna?

Ainda estou ajeitando a casa, mas já voltei a trabalhar. Escreva e telefone. Um beijo. Denise.

A lista traçava o meu roteiro. Eu teria que farejar o que pudesse, em Leiden, Delft e em Gouda. Em Leiden havia mais obras que nas outras. Decidi começar por lá. E foi lá que desembarquei, turista-pesquisador em férias-trabalho, ávido de estátuas. Achei um hotelzinho simpático à margem do Canal, com o nome solene de Rembrandt. Quarto confortável, porque a tarefa seria longa. Um modo meio louco de passar minhas férias.

Podia seguir a cronologia: *Faunos*, *Alegoria dos livros*, *Anjo plangente* e *Passione*. Mas cada estátua era apenas o começo de uma investigação: onde a esculpiu? Onde morava? Tinha uma esposa ou companheira ou falsa irmã ou prima? O tema escolhido podia ligar-se a Anna? Haveria numa ou noutra peça alguma alusão à presença de Anna, à libertação dela? Ou à fuga para a Holanda? Onde achar respostas para tudo isso?

Um item da lista me fascinava: a *Mulher com livro e astros*, que passara de Leiden a Delft. Nenhum tema seria mais ajustado para lembrar Anna e sua fé heliocentrista, do que uma mulher com livro e astros. O comentário de Rave e o de Denise insinuavam que seria um retrato de Anna. Se fosse, minha busca se encerraria ali. Seria a prova, concreta e cabal, de que Anna de Praga fugira com o escultor para Leiden. O padre Flores poderia ofuscar seus colegas da ARCANON, e eu teria feito a descoberta da minha vida: paixão, fuga e glória de Anna de Praga.

Antes de Delft, porém, passei duas semanas andando sem rumo, de uma peça a outra, mais de uma vez. Em cada visita eu notava algum detalhe diferente, algum gesto que não tinha percebido antes. Por exemplo, os faunos eram dois, grotescos e sorridentes com cara de boa-vida, como costumam ser os faunos. Mas um deles tinha uma máscara na mão. Era um rosto mais diabólico que humano. Aterrador e, ao mesmo tempo, asqueroso, nauseante. Lorenzo usara toda a sua competência para fazer aquele rosto execrável. No meio dos olhos, na parte mais alta do nariz, as rugas mudavam de rumo, forçadamente, para traçar, no mais perfeito estilo gótico, um claríssimo W. Seria a inicial de Wiesenius? Voltei aos *Faunos* várias vezes e em cada uma aumentava minha certeza: ele se vingara do cruel Benedictus. Na última visita achei um detalhe expressivo. O outro fauno levantava, na direção da máscara, um dos pés, envolto em algum ramo do solo que se prendera a ele. Observei atentamente o ramo. Era de roseira e tinha três botões de rosa.

A *Alegoria dos livros* era bem mais repousante. Um hino ao saber. Figuras femininas sorridentes, esguias, também estas: era parte do estilo de Comense. Isso eu tinha aprendido. Eram três pares de mulheres, jovens. Cada par sustentava um grande livro aberto, para que outro par o lesse, formando uma ciranda. Em outras visitas percebi que os livros eram de Astronomia, Matemática e Filosofia: traziam desenhos de órbitas e estrelas, números e figuras geométricas, e os esquemas da silogística de Aristóteles. Mais tarde vi que os pares femininos traziam também, em seus diademas, alusões às três áreas do saber. Mas o Comense era mesmo competente: a Filosofia lia Astronomia, que lia Matemática, que lia Filosofia. A unidade do saber. E no meio delas um menino nu, nas pontas dos pés, procurava olhar dentro de um ninho. Era a pureza, despojada, do conhecimento ingênuo. Achei genial. Mas nada de Anna ou que aludisse a ela. Minha esperança era a *Mulher* de Delft. Tinha que ser um retrato de Anna. Não tinha sentido fazer uma estátua com aquele tema sem retratar a mulher que o personificava.

Também o *Anjo plangente*, como os *Faunos* e a *Alegoria*, estava em seu lugar, como dizia a lista de Denise. Quase a gritar que o escultor se instalara em Leiden. Que fugira para terras mais seguras, que ali podia criar suas obras em paz e que, provavelmente, podia viver de sua arte. Era uma das 26 estátuas que, segundo Vincent, velho curador do cemitério, haviam ficado intactas, após o desastre do B-29 americano. Nas várias vezes que voltei lá ele foi contando a história do local. Desde 1948, ali não se sepultava mais ninguém. O cemitério se tornara um museu. Mais de quatrocentas estátuas e lápides danificadas, algumas do século XIV, foram encaminhadas à Academia de Belas Artes e ao Instituto Politécnico, para restauração. Mas, por falta de dinheiro, só algumas tinham voltado ao cemitério. Eram as de bronze, menos atingidas, e restauradas no famoso Politécnico. As de mármore, como a famosa *Passione*, mais danificadas, foram recolhidas na Academia de Belas Artes, segundo Vincent.

O *Anjo* estava sentado sobre os calcanhares, mãos cruzadas, muito tensas, sobre os joelhos. Olhava para o céu, com lágrimas a escorrer pelo rosto. O olhar era ambíguo. Severo e firme, mas a fronte exprimia alguma dor. Vincent achava que era um olhar de "resignação revoltada". Notei uma coisa nova, que Denise gostaria de saber. Na hora, até pensei em visitá-la em Paris, quando tudo terminasse. Lembrei, com um calor diferente no peito, aqueles olhos fulgurantes, cor de mar. A partir do rosto do anjo, até os joelhos, a superfície do mármore ficava cada vez menos lisa, os traços cada vez mais encobertos, por um "véu" de matéria, a revestir as formas. Como se a forma, erguendo-se, fosse se desprendendo da matéria. O efeito era muito intenso. Era proibido fotografar as estátuas, mas na portaria havia postais com reproduções delas. Mas, do anjo, não havia. Denise iria adorar uma fotografia dele. Eu tinha que conseguir uma.

Procurei nas livrarias e nas bibliotecas da cidade alguma referência à vida do escultor, ou de sua companheira. Nada achei. Nem em livros de história da cidade ou de história da astronomia. Era intrigante. Se em Évora ela não se havia projetado como astrônoma, sob tanta coação, em plena Leiden poderia manifestar-se sem receios. Deveria ter deixado algum traço de sua vida ali. Mas Anna de Praga ou Anna Brahe havia sumido da face da terra. Achei duas Anna ligadas à astronomia, mas já no fim do século XVIII. Da herege de Évora, nada. Uma ideia gelada me veio à mente: ela podia ter ido para outras terras, sem o escultor. A intuição de Gisèle era precisa, porém: Lorenzo não largaria Anna por nada deste mundo. A respeito dele encontrei alguma coisa: um ensaio, *Escultura sacra em Portugal*, citava a *Santa Clara*, do pórtico das clarissas, o frontão da igreja franciscana em Évora e a *Cantoria*, em Gouda, como obras de um L. Comasino e não Comense. Em italiano, os nomes poderiam ser equivalentes, quase sinônimos. No Clube dos Artistas, na beira do canal, por sorte, alguns artistas falavam francês. Disseram-me que na Academia de Belas Artes havia lecionado um professor italiano de escultura, perseguidor obstinado do que houvesse de *non finito* ou *quasi finito* em meia Europa. Um tal Bruno Salvati, que vibrava ao falar do Comasino ou Comense. Tinha até feito, abusivamente, um molde de gesso da *Passione*, antes que o bombardeiro de Eisenhower triturasse o antigo cemitério. Também fiquei sabendo que Rembrandt andara por lá, gastando horas a olhar lápides e estátuas. Tudo isso, embora empolgante, de nada servia para a minha busca.

Era mesmo uma procura maluca. A presença de obras nos arredores de Rotterdam provava apenas que Lorenzo Comense se mudou para a Holanda, provavelmente com algum grupo de judeus, e andou morando em cidades pequenas, longe dos grandes centros. Eram muitos os judeus e protestantes que fugiam para a Holanda. Mas quem eu precisava encontrar era Anna. Só a intuição de Gisèle a ligava fatalmente ao apaixonado notário escultor.

E me perguntei por que, só então, depois de me instalar em Leiden, tudo isso aparecia tão óbvio? Afinal, ele podia ter migrado para a Holanda sem Anna! Alguma coisa estava errada: as estátuas não eram a pista de Anna; eram o rastro do escultor. Só dele. Pior, ainda: para um leigo, como eu, elas diriam bem pouco. Nenhuma ia ter uma faixa com nome e endereço da mulher do escultor, a apontar, finalmente, o destino de Anna.

Foi o que eu disse a Gisèle por telefone, depois de duas semanas. Ela estava com saudade, eu também, me esperava ansiosa em Lisboa. O padre Flores havia telefonado para saber como iam minhas buscas do paradeiro de Anna. Gisèle estranhava tanto interesse e tinha silenciado sobre nossos achados em Évora e sobre minha viagem à Holanda. No fim da conversa, surpreendente como sempre, ela me sugeriu: "Se o tal Bruno Salvati amava tanto o seu Comense, deve ter estudado a vida de seu ídolo. Pode até existir algum escrito dele sobre o velho Lorenzo".

Voltei várias noites ao Clube. Ninguém conhecia qualquer escrito de Salvati. Mas ele tivera um grande amigo e seguidor, também apaixonado pelo *quasi finito* de Comense. Era o atual curador do acervo da Academia de Belas Artes, professor Van Wagenem. Além da lista de esculturas eu devia ter pedido a Denise a dos historiadores que poderiam saber de Lorenzo Comense. Só então eu me dava conta: ao invés de procurar sardinhas, em mar desconhecido, eu devia ter seguido alguma *gaivota*! O novo palmípede tinha um nome complicado: Philotheus Van Wagenem.

Por três dias tentei chegar a ele. Só na minha quarta tentativa, numa terça-feira de dilúvio, ele resolveu que me atenderia... na tarde seguinte. Fui, mandaram-me esperar na sala dele. Devia ser algum bonitão, habituado a ser cortejado, como qualquer *vedette* de universidade. Chegou, feio como a peste, baixo, rosto duro, com um sorriso formal. Seco. "Desculpe-me por não o haver recebido antes. As chuvas dos últimos dias alagaram os porões e toda a equipe esteve lá salvando as obras. Agora a situação está controlada. A secretária disse que o senhor vem do... Brasil, se não me engano, e é um pesquisador em história da escultura. É isso?"

"Não, professor. Sou brasileiro, mas nada entendo de escultura ou história dela. Estou investigando a história de um escultor..." A cara dele era, ostensivamente, puro desagrado. E traía o pensamento: você vem de tão longe, para isso? Não tenho tempo a perder com bobagens. Suspirou, condescendente: "E quem seria esse escultor?".

"É do século XVII." A cara dele mudou. Era de atenção. "Fugiu da Inquisição Portuguesa", prossegui. Ele entreabriu os lábios, atentíssimo. "E andou por Leiden entre 1629 e 1644..."

"Espere!", ele apoiou as palmas das mãos sobre a mesa, concentrado. Quando abriu a boca, foi devastador: "Esses malditos agentes do dogma e do obscurantismo a queimar quem não engolisse a verdade de qualquer papa devasso! Primeiro foram eles. Depois a peste infernal do nazismo, a destruir tudo o que não servisse ao culto daquele maníaco sanguinário. Guerras, militares, nazistas, inquisidores! Ainda estão por toda parte. Quando o mundo se livrará dessas pragas? Esta nossa pobre Holanda, meu senhor, tem sido o refúgio de quantos precisaram escapar dessas forças diabólicas. No século XVII, como depois dele, judeus, protestantes e dissidentes de todos os tipos aqui encontraram dignidade e paz. Desculpe a minha veemência. Explico o meu ódio. Essas malditas forças fizeram ainda mais. Depois de sufocar e perseguir os homens de talento, vieram até aqui destruir a obra deles. Este país foi o que mais sofreu com a violência estúpida da guerra. Rotterdam, que era todo um tesouro de todas as artes e saberes, foi reduzida a pó, só porque tinha o maior porto da Europa. Era a maldita estratégia americana dos bombardeios 'a tapete'... Desculpe-me, mais uma vez. O senhor não veio aqui para ouvir meus desabafos. Em que posso ajudá-lo?".

Eu concordava com tudo o que ele dizia e até gostaria de ouvir mais. A veemência do discurso era de quem sofrera, na própria carne, a crueldade estúpida do nazismo e da guerra.

"Estou procurando obras de Lorenzo Comense."

Ele cobriu o rosto com as mãos, depois deixou caírem os braços sobre a mesa, com um suspiro profundo, muito triste. "Pois saiba, meu senhor, que eu fui amigo de Bruno Salvati. Foi ele que me ensinou a apreciar a escultura figurativa do século XVII. Um mestre, no sentido mais pleno da palavra. Foi dele que aprendi a apreciar todo o gênio do *non finito* de Michelangelo e, mais que tudo, a sublimidade do *quasi finito* do Comense jovem. Só no fim da vida ele voltou a esse estilo genial que reveste de matéria até as formas mais delicadas. Mas a arte está justamente na leveza desse véu de matéria".

"Eu visitei os *Faunos*, a *Alegoria dos livros* e o *Anjo plangente*..."

"Este anjo é uma das peças mais fortes do século XVII. Há dois ensaios inteiros sobre ele. Lorenzo Comense também foi vítima da estupidez da guerra. Várias estátuas dele, algumas não assinadas, estavam no cemitério antigo da cidade, e foram vítimas de um execrado avião americano. Se o senhor for até o nosso subsolo verá quanta tristeza se esconde lá. Depois da guerra os estudantes recolheram aos nossos porões qualquer caco de estátua ou lápide que encontrassem na cidade. Do cemitério chegaram, aos pedaços, mais de quatrocentas estátuas. Reconstruímos menos da metade, até hoje. O senhor, certamente, quer saber sobre a *Passione*. Acertei?"

Eu apenas sorri. Ele me entendera: "É uma adorável figura de mulher. Se o senhor está pesquisando sobre a vida dele, deverá chegar às pessoas que estiveram à sua volta. Já me perguntei se as figuras femininas dele representam alguma mulher de sua vida. Quem pode saber?". Philotheus Van Wagenem mostrava ser tudo o que eu não acreditava que fosse. Um homem sensível. Apaixonado pela beleza, pelos seus porões, pela liberdade. "Pois bem", disse com um sorriso de quem propõe uma barganha, "o senhor poderá ver o que resta dela. Graças a todos os deuses do Olimpo, ela ficava atrás de uma capela mortuária de granito e não foi muito mutilada. Ainda não está completa. Mas quero um favor seu, em troca. Deve-me contar por que veio até aqui, seguindo a trilha de Lorenzo Comense, e o que sabe da vida dele. É uma velha curiosidade minha: sei que foi frade, depois deixou o convento, em Portugal, e veio para cá. Nada mais."

"Com prazer. Há quase dois meses a história dele me caiu nas mãos, no meio do Atlântico..."

"Caiu do céu?"

"Não, professor." Contei-lhe, por alto, os *factos* de Évora e seus desdobramentos. Também nossas deduções sobre a cumplicidade de um Lorenzo Comense apaixonado. Philotheus arregalou os olhos: "Os seus dados são confiáveis? O senhor vai escrever tudo isso, não vai? Por favor, me mande uma cópia. É uma história belíssima. Também outros notários se rebelaram". Só no final da narrativa contei que as obras do Comense, para mim, serviam, mais, como pistas para chegar a Anna de Praga. E que, nas bibliotecas, a colheita fora nula.

Philotheus balançou a cabeça, com um sorriso de desencanto: "O senhor está na pista errada. Se essa Anna veio para cá fugindo da Inquisição, certamente mudou de nome. Mesmo antes de chegar aqui. Ninguém podia fugir do Santo Ofício sem mudar de vida, de grupos e de nome. Principalmente os judeus que vinham de Portugal. Alguns, os mais visados, trocavam de nome mais de uma vez. Até o nosso Comense trocou o seu. No porão temos várias estátuas do cemitério que são certamente dele, mas não têm o nome dele. São umas quinze, das quais só algumas aparecem nos catálogos. Salvati e eu não temos dúvida da autoria delas. Em três achamos a assinatura *L. Comasinus*. Outras trazem uma marca típica de obras dele, e que chamamos a 'cruz de luas'. Nem sempre é muito explícita. Ela aparece também em obras que ele assinou como *L. Comensis*. Na *Passione* o senhor verá bem nítida a cruz de luas...".

"Como é essa cruz, professor?"

"O senhor vai ver. É uma cruz simples, com raios partindo do centro, de braços iguais. Cada um aponta para um semicírculo, parecido a uma lua crescente." Percebi que a descrição se ajustava aos desenhos de Anna na prisão de Évora. O professor Van Wagenem prosseguiu: "Salvati andou pesquisando a cruz de luas e concluiu que era uma espécie de senha anticlerical, antidogma".

"Não percebo..."

"É simples. O dogma imutável e fixo, única luz, única verdade a iluminar o mundo, corresponde ao Sol. Para os dissidentes, a verdade não é imutável, tem faces, tem fases transitórias e nunca é vista por inteiro. Exatamente como a Lua. Na tal cruz a Lua aparece em diferentes momentos ou fases... como se gravitasse."

"Vejo também uma alusão ao heliocentrismo..."

"Sem dúvida. Mas o significado primário é o outro: a verdade não é um sol, eterno e fixo, como o dogma. Não há um sol da verdade. Temos apenas a lua da verdade. Salvati gostava muito dessa ideia. O senhor pode ter razão: para os heliocentristas, avessos ao dogma, a figura de um sol central, com um planeta orbitante, como uma lua, vinha a calhar."

"A lua da verdade! É uma bela ideia", falei.

"Eu gosto muito dela. Agora podemos dar uma olhada no porão", tirou da gaveta um caderno grosso, e achou uma certa página. "A *Passione* é o número cento e quarenta e nove, está na sala dois." Num átimo juntei os números 149 e 2, dava 1492, data da descoberta da América. Como o endereço de Gisèle.

O que o professor Philotheus chamava porão era um conjunto de salões muito amplos, povoados de esculturas mutiladas. Sacras, eróticas, ornamentais, mortuárias, etc. Havia, aqui e ali, mesas rústicas repletas de pedaços de estátuas, cada um com uma etiqueta de cartão, cheia de números e letras. Na enorme sala 2, o professor acendeu as luzes. "Aí está ela!", disse num tom de profundo respeito. "Quando o senhor quiser, poderá encontrar-me em minha sala", e retirou-se. Como artista, apaixonado, ele havia sentido que eu preferia ficar só.

Confesso agora, depois de tantos anos, que senti as pálpebras queimando, um frio nos braços, uma tristeza enorme. Chorei. Não era só uma estátua genial: era Anna! Era a última prova de amor à mulher adorada que se fora para sempre. O rosto, sublime, era exatamente o mesmo que ele esculpira às escondidas, dentro do frontão de Évora. Eram os mesmos lábios entreabertos, palpitantes, sensuais. Ela estava reclinada numa almofada muito alta e um véu lhe cobria o ventre e as pernas, colando-se castamente às formas do corpo. Havia um tênue sorriso na boca, como se ela estivesse tentando acordar, voltando da morte. O gesto dos braços, porém, era comovente, demais: abraçavam docemente o vazio, como se ela tentasse aprisionar a vida, enlaçar-se a ela. Tentei imaginar a dor do seu amante, ao gravar na pedra aquela vontade de viver. Ao lado do corpo, um livro, aberto. Como se houvesse escorregado, naquele momento, das mãos de Anna. Nele, o apaixonado Lorenzo Comense gravara o epitáfio, tristíssimo, da amada. A cruz de luas estava lá, no canto direito superior da página. Era a mesma que Anna desenhara na parede da prisão. Quase uma afirmação de vitória, diante da maldita opressão que sofrera.

Daria mil vidas se as tivesse, minha amada, para que estas mãos que, por teu amor, fizeram nascer rosas do mármore, pudessem, por um dia que fosse, fazer brotar a vida nos teus lábios. Descansa, enfim, minha adorada Veridiana. E espera por mim.

Copiei, com mão trêmula, o epitáfio e a cruz de luas e subi. O professor Van Wagenem, polidamente, não me perguntou sobre o que eu senti diante da *Passione*. Ele podia avaliar. Só fez um comentário: "Eu não entendo aquele epitáfio em português, mas sempre tive uma certeza: aquela mulher era o grande amor do escultor. Reconheci o nome dela, porém: Veridiana. Não só; também decifrei esse nome...".

"O senhor poderia explicar?"

"É simples: Diana, desde a velha Roma, não é apenas a deusa da caça. Ela é, na poesia latina, a Lua. A tradução usual de 'Verdade' é *Verum*. No genitivo, *Veri*, significando 'da Verdade'. Veri-Diana é a Lua da Verdade, meu amigo. Um nome lindo, poético, uma sublime revanche da sua querida Anna de Praga. O senhor encontrou o que buscava, suponho."

"Mas é muito triste, professor. Talvez eu preferisse não achá-la."

"Só há um caminho, agora. Trate de glorificá-la. Era assim que os trágicos sublimavam a morte dos heróis. Vejo que a *Passione* é muito importante para o senhor. Temos fotografias dela." Deu-me um envelope: "Para quem escreve história esta é melhor: mostra bem o epitáfio, com a cruz de luas".

Eu tinha, enfim, achado o paradeiro da herege. Não! Não era mais isso o que eu estava procurando. Era Anna. O desafio do padre Flores perdera qualquer sentido. Era Anna, a mulher brilhante e sofrida, que me atraía. O professor enxergara isso. Ele também, me pareceu, queria encontrar-se com Lorenzo Comense, algum dia. Talvez eu o conduzisse até o escultor. Cujo destino, eu presumia, esperou por ele em Évora, de volta à Ordem franciscana, depois que Anna se foi. Era uma boa hipótese para explicar a *Santa Clara*, sua obra final, em pleno convento das clarissas. Mais ainda, eu tinha quase a certeza: o rosto da *Santa Clara* era o mesmo que ele escondera dentro do leão do frontão, o mesmo da *Passione*. O rosto de Anna.

Naquela noite dormi pessimamente, sonhando com estátuas quebradas, bombardeios, Anna agonizante e um escultor atormentado, com o rosto de Philotheus Van Wagenem a circular entre túmulos e mulheres de mármore.

Só embarquei, de volta a Lisboa, dois dias depois. Quis ficar só, a meditar e passear sem rumo pelas ruas e bares de Leiden. As peças de Delft e de Gouda ficariam para outra visita, quem sabe, com Gisèle. Ou... Eva. Ela iria vibrar com o meu achado. Por onde andaria? Lembraria ainda de mim? De nossos encontros, celestiais, no *Provence*?

Numa pracinha sem placa, à beira do canal, comprei um caderno e anotei os passos do raciocínio que me levara até Anna, partindo do texto da *Notícia* do prior franciscano. Serviria para analisar o processo de descoberta, um assunto que me divertia.

No trem, de volta a Portugal, eu tive horas e horas para esboçar todo um roteiro para um livro sobre o caso de Évora. Revisei os passos todos, mais de uma vez, para me convencer: eu, com Gisèle, tinha, de fato, decifrado o mistério da fuga de Anna e encontrado o destino dela. Três séculos depois. Daria um bom livro. E, pensei com desagrado, daria ao padre Flores o prêmio da ARCANON. Não era justo! Teria sido mais leal se ele me informasse sobre o prêmio antes que eu me pusesse em campo, à procura da herege. E Eva, que sabia do prêmio, e que me amava, teria todos os motivos para me contar o que sabia. Tinha calado? Esquecido? Era difícil aceitar um fato: ela defendera, querendo ou não, o interesse do jesuíta. E não o meu. Gisèle, pelo menos, fora leal: contou-me tudo o que sabia. E se engajara, ela também, na investigação do caso.

A promessa de comunicar ao padre tudo o que eu achasse sobre Anna agora me parecia ingenuidade minha. Outra. Havia uma saída: a promessa era a de contar o que eu descobrisse, não a de dar-lhe as pistas seguidas e as provas. Ele nunca teria a fotografia da *Passione*. Sosseguei: Gisèle me diria o que fazer. Nela eu podia confiar.

Esperou-me na estação, com um abraço generoso, cheio de afeto. "A tarde está deliciosa. Vamos deixar sua bagagem em casa e conversar na praça. Que tal?"

"Rua Cristóvão Colombo, número catorze", falei ao taxista. Ela se agarrou no meu braço: "Que memória espantosa!".

Fomos ao bar de Teodoro. Ele merecia. Sua "teoria da gaivota" tinha sido decisiva para as nossas descobertas.

"Conte-me tudo!", disse Gisèle. Decidi encurtar a história: passei-lhe a fotografia da *Passione*.

"Meu Deus! É ela. O rosto dentro do frontão em Évora! É o mesmo rosto! Pobrezinha..."

"É mesmo ela, é Anna. Veja o epitáfio: só ele poderia escrever sobre as rosas brotadas da pedra..."

"Mais ainda, Eugênio! O desenho desta cruz é igual ao da prisão dela em Évora... Céus! Ela trocou de nome?" Expliquei-lhe tudo o que Philotheus me ensinara sobre a cruz de luas e a Lua da Verdade. Ou *Veri-Diana*, em bom latim, poético. "Que lindo! É sublime!", Gisèle começou a chorar. Chamou Teodoro e, com as lágrimas a escorrer pelo rosto, pediu: "O melhor *champagne* da casa. Precisamos celebrar!". O garçom me olhou, perplexo. "É de alegria", expliquei. Ele fingiu acreditar.

Já pela metade do *champagne*, Gisèle tirou da bolsa uma folha de papel. "Eu também andei investigando. Resolvi farejar a pista do notário. Achei que aquela lista dele, na *Notícia*, referindo a salmos e epístolas poderia não ser uma simples fileira de citações... Sou amiga do padre Cosme, vigário da Anunciação..."

"Parabéns."

"... Como ele vive citando trechos bíblicos, pedi que procurasse, para mim, os textos indicados na lista. Disse que alguns não são bíblicos, pertencem à liturgia. São antífonas, parece. Achou salmos, trechos de epístolas e até do *Cântico dos cânticos*. Pelo que sei de latim, não há nada de útil para nós. Umas coisas beatas, como convém ditar a uma herege. Começa com o salmo fúnebre do *De profundis*, fala da vinda do Senhor. Também mistura as costumeiras advertências alarmantes: como 'Vigiai', 'É chegada a hora', com promessas como 'Teu lugar está preparado', 'a salvação virá amanhã' e 'o povo hebreu vem ao encontro'. No conjunto, a surrada mistura de conselho, ameaça e promessa. Tudo com um leve toque poético, para dar charme à doutrina. Como gosta o clero. Dê uma olhada."

Passou-me o papel. A lista era realmente uma salada: *De profundis, Veniam ad vos, Et valde mane, Ecce venit hora, Vigilate et state in fide, Tolle quod est tuum, Parata sedes tua, Plebs hebraea obvia venit, Crastina erit salus, Flores apparuerunt.* O conjunto era vago. Gisèle estava certa: uma mistura de carolices, alarmes e promessas de salvação eterna.

Li, traduzindo, meio a olho: "Das profundezas, Virei até vós, E muito cedo, Eis que chega a hora, Vigiai e ficai firmes na fé, Toma o que é teu, Tua sede está preparada, O povo hebreu vem ao encontro, Amanhã será a salvação, Surgiram flores".

"Viu?", disse Gisèle. "Infelizmente, não há qualquer recadinho amoroso do notário para Anna. Nada do tipo 'tenho uma chave falsa, você vai se vestir de frei Eustáquio e sair do convento na boleia da carroça'. É apenas um punhado de citações, postas aí, ao acaso."

"Assim, qualquer citação poderia estar no fim ou no começo da lista, sem mudar nada. Correto?"

"Sem dúvida. Daria sempre uma salada de frases piedosas. Esta, com o salmo fúnebre já de saída, é pura beatice."

"Espere. Este *De profundis*, que significa 'A partir das profundezas', pode ser traduzido como 'a partir de baixo'..."

"Vai devagar, Eugênio. Naquela situação de risco extremo, o notário ia mandar bilhetinhos cifrados para uma herege? É muita especulação."

"Foi você que concluiu: só estando apaixonado ele faria tanta loucura para salvar Anna. Há outra dedução sua: só o escultor-notário poderia ter sido o cúmplice da fuga. Foi mesmo uma loucura dele. Recordo que no interrogatório do notário, o Visitador farejou alguma coisa na tal lista".

"Bem, se entendi, a lista poderia ser lida *De profundis*, isto é, 'a partir de baixo'. Podemos tentar. Vou ler devagar, de baixo para cima e você vai traduzindo". Pediu a Teodoro papel e caneta. "Se o *De profundis* está aí apenas a indicar que a lista começa em baixo, ele não entra no texto. Então, teríamos: *Flores apparuerunt*, *Crastina erit salus*, *Plebs hebraea obvia venit*, *Parata sedes tua*, *Tolle quod est tuum*, *Vigilate et state in fide*, *Ecce venit hora*, *Et valde mane*, *Veniam ad vos*. Parece que tem alguma sequência, Eugênio!"

"Ouça: 'Surgiram as flores, Amanhã será a salvação, A gente hebreia vem ao encontro, Teu lugar já está preparado, Toma as tuas coisas, Vigiai e confiai, A hora está chegando, E muito cedo, Virei até vós'".

"São instruções para ela! Quanta paixão, Eugênio! Ponha isso em linguagem mais... direta."

"Vou tentar: 'Já se abriram as rosas, amanhã você será salva, o grupo de judeus virá encontrar-nos, o seu refúgio está preparado, junte as suas coisas, fique à espera e confie, logo chegará a hora, muito cedo eu virei buscá-la'. E temos uma novidade, nesse texto, que explica muita coisa: foram os judeus que esconderam Anna depois da fuga. E provavelmente foi no meio deles que ela saiu do país." Falei olhando para o papel. Voltei-me para ver a reação de Gisèle. Ela estava chorando. Esperei que retomasse a conversa.

"Sou uma molenga, desculpe."

"Uma mulher, apenas uma terna mulher. É comovente mesmo." Ela me agarrou a mão, de olhos fechados. "Dá vontade de conhecê-los, de abraçá-los..."

"Certamente, os judeus, a *plebs hebraea* da lista, companheiros de infortúnio, lhes deram, além de refúgio, algum carinho. Judeus e *cristãos-novos* bem sabiam o de que era capaz o Santo Ofício. E o risco extremo de quem fugisse das suas garras."

"Ora, ora! O tal historiador Victoire, que o padre Flores comentou no navio, farejou bem. Para ele, a herege poderia ter sido libertada por judeus, lembra?"

"Vagamente." Eu estava tão longe de pensar no padre Flores, no navio, em Eva. A frase de Gisèle me trouxe tudo à mente. Senti saudade de Eva. Agora, a ternura despertada por Anna se trasferia, toda, para Eva. O caso da herege, decididamente, já estava afetando meus miolos. Mas, no fundo da alma, ou coisa semelhante, eu estava feliz. A mensagem do notário confirmava a nossa teoria sobre a fuga.

Gisèle bebeu um gole abundante do *champagne*, olhou-me firme nos olhos. "Você não vai dizer ao padre Flores que Anna fugiu. Se quiser, diga que foi raptada. Pelos judeus, pelo notário, ou pelo Tarzã. Mas não diga que ela fugiu. A fuga valia como confissão de heresia, você sabe melhor do que eu. Ela será condenada."

"Será? Depois de três séculos?"

"Sim senhor. Os membros da ARCANON, com essa informação, podem chegar a uma sentença: culpada..."

"Sim. Mas será inócua..."

Ela tomou outro gole: "Andei me informando por aí, usei até canais da embaixada, em Roma. Temos amigos também no Vaticano. O nó do processo de Évora, que ainda está aberto, na Cúria Romana, e que interessa aos peritos da ARCANON, é o seguinte: na antevéspera da fuga da herege, o processo foi avocado pelo Tribunal Romano. Controlado pelos jesuítas, como se sabe. Com isso, a competência jurídica da Inquisição portuguesa cessou, dois dias antes de mandarem Anna para Roma. Se condenada antes, como ela era herdeira de um tio abastado, seus bens iriam para os homens do Santo Ofício de Portugal. Não é pouca coisa, Eugênio: uma área que hoje ocupa quase três quarteirões, no centro de Évora! Se condenada depois da avocação, os bens iriam para o Tribunal Romano, leia-se, para a Companhia de Jesus. Que, agora, teria de disputar judicialmente com a Prefeitura de Évora. Para isso, a Companhia tem um brilhante procurador, muito simpático, que bem conhecemos".

"Se Anna não for descoberta, não haverá condenação, o processo ficará aberto, sem sentença. É isto?"

"Precisamente."

Eu mal ouvi a resposta dela, meu coração galopava. Raiva, era raiva o que eu sentia. De mim mesmo e do jesuíta. Eu me deixara enganar, como uma criança, durante toda a travessia. Ele me tinha usado, para o seu proveito. Graças à minha investigação, ele ganharia o prêmio da ARCANON, a Companhia de Jesus embolsaria indenizações milionárias. E a doce Anna seria condenada, infamada e espoliada. Mesmo depois de séculos. Até o pobre notário, com as minhas provas, seria certamente infamado, perante os cânones da Igreja. A verdade, cruel, mais uma vez se escondera sob as aparências. Saulo tinha razão.

"Mas eu tenho que contar ao padre Flores o destino de Anna de Praga. Tenho que devolver o texto da *Notícia...*"

"Você dirá que não achou Anna de Praga. É verdade: a mulher que você encontrou é Veridiana. Foram eles, os homens do Santo Ofício, que a obrigaram a mudar de nome. Dirá que não sabe como ela sumiu de Portugal. E você não sabe mesmo. Pode até expor sua suspeita de que emigrou com os judeus. Será a pura verdade, pois você não tem prova disso. Pode até acrescentar que você suspeita do notário, que a teria raptado, servindo-se da carroça de verduras. É tudo plausível e não configura fuga da herege. Com isso, ela não pode ser condenada. Tenho dito."

"Valham-me os deuses! Gisèle, você é um perigo. Eu jamais acharia tantas saídas."

Na manhã seguinte fui ao Colégio Santa Maria. O padre Flores mandou ao porteiro que me conduzisse à biblioteca. Lá estava ele, sorridente e afável, como sempre. Um pouco cauteloso, diante da minha cara pouco amistosa, disfarçando o ódio. Mas ele era um diplomata, eu já sabia. Começou agradecendo a gentileza de ir procurá-lo pessoalmente. Perguntou se tinha aproveitado minhas férias e, como bom jogador de pôquer, arrematou: "Imagino que tenha algo a dizer-me. Se posso ser-lhe útil em alguma coisa, é só falar". Era um modo de ver as minhas cartas.

"Vim devolver-lhe os textos, conforme combinamos."

"Respeito muito as pessoas que honram seus compromissos. Certamente você cumpriu também o outro, o de não permitir qualquer reprodução deste texto..."

"Sim. E vim cumprir também o de lhe contar o que colhi sobre o caso de Évora..."

"Você não imagina quanto isso é importante para mim, Eugênio."

"Não consigo adivinhar." Era minha vez de ver as cartas dele.

"São dois interesses, ambos ligados à minha mania de canonista. O primeiro, não lhe contei antes porque tiraria a graça de sua pesquisa. Eu não quis privá-lo do prazer das descobertas gratuitas, pelo simples interesse de descobrir, de saber mais. Agora que sua busca terminou posso revelar. Mas antes me diga qual instituição beneficente séria, internacional, você ajudaria, se tivesse dinheiro?"

Pensei um pouco e achei uma: "A Cruz Vermelha Internacional".

"Muito bem. Saiba que pertenço à Academia Romana de Canonistas, a ARCANON. Cada ano, ela atribui um prêmio de setenta mil dólares a quem destrinche um processo canônico antigo, polêmico. Neste ano escolheram o processo de Évora, que lhe mostrei no *Provence*. O processo ficou aberto porque a ré desapareceu e porque foi avocado pelo Tribunal Romano, dias antes. Quando a ré sumiu, na verdade, o tribunal de Évora não tinha mais competência jurídica sobre o caso. Com isso, os autos também perderam validade e as acusações estariam suspensas até sentença do novo tribunal, em Roma. Essa sentença não houve. Juridicamente o caso continua aberto."

Senti que ele estava adivinhando as razões de meu ódio. Percebi o que sente a presa quando fareja o predador.

"Como fechar o caso? Eis a questão que a ARCANON propõe. Quem resolver, ganhará o prêmio. Não é bem isso: ganhará o direito de indicar a instituição que o receberá. Nada mais que isso. Na ARCANON, o que nos diverte é a competição para ver quem fecha o caso. Se eu ganhar, o deste ano irá, por escolha sua, para a Cruz Vermelha. Afinal, o que eu disser na Academia será baseado na sua investigação. Se eu perder, outra instituição será beneficiada. Preciso de torcida, meu caro."

O suor, frio, me escorria pelas costas. Ele estava demolindo minhas restrições.

Falei com voz insegura: "E uma sentença, agora, que valor teria? Mudaria alguma coisa?".

"Até há alguns anos atrás, tal sentença podia gerar direitos, indenizações e penas. Hoje, depois que o Concílio, em boa hora, sepultou o Santo Ofício, seus processos estão todos prescritos. Felizmente. Se não, alguém poderia pedir restituição dos bens de algum antepassado, espoliado e queimado por qualquer dominicano maluco do século dezessete. E aqui entra o segundo interesse meu, pelo destino de Anna de Praga. Ela possuía terras, herdadas do tio, mercador rico de Évora. Condenada, perderia os bens, que seriam sequestrados pela Inquisição de Portugal. Como o processo foi avocado para o Tribunal Romano, em caso de condenação, os bens iriam para o novo tribunal. O presidente do Tribunal Romano, um jesuíta, teria direito a uma bela fatia do bolo. Algo como alguns quarteirões centrais de Évora. Eu gostaria de demonstrar esse presumível direito, apenas como um exercício de jurisprudência. Só isso. Os bens são agora da cidade de Évora. Definitivamente. Como você sabe, todos os bens dos jesuítas ou da Companhia de Jesus, havidos e por haver em 1759, foram oficialmente expropriados pelo governo do marquês de Pombal. Uma sentença, agora, não mudaria coisa alguma."

"Então se trata de puro virtuosismo jurídico, não?"

"Exatamente isso. É quase um jogo... Mas uma sentença fecharia o caso e garantiria o nosso prêmio para a Cruz Vermelha. Pelas regras da época, a própria Anna poderia sentenciar-se: a fuga era prova de heresia. Se ocorresse durante o processo, era prova de contumácia. A condenação, nesse caso, seria automática."

"E o confisco também, não? A morte da acusada não arquiva o processo contra ela?"

"Hoje, sim. Naquele tempo, não. Os filhos herdavam as culpas."

"E se ela fosse raptada, tirada da prisão por outros, e depois morresse?"

"Nesse caso, o processo seria encerrado com uma sentença de 'suspeita grave de heresia', sem qualquer efeito jurídico."

"E nos daria o prêmio da ARCANON?"

"Acho que sim, Eugênio. Você me parece tenso. Precisamos de um traguinho. Tenho um conhaque, na sala de visitas." No caminho da sala, ele disparou: "Você está querendo salvar Anna. Não é isso?".

"Gostaria de tê-la salvado três séculos atrás."

Na sala ele serviu os dois copos, indicou-me uma poltrona de veludo verde e se encostou à mesa. "Você tem provas, ou algum indício forte, de que ela foi retirada da prisão? Ou foi induzida a fugir?"

Algum anjo dos desesperados me iluminou: a lista de citações do notário era já parte dos autos. Não havia como escondê-la. O Visitador a tinha estranhado. Os versículos e antífonas, lidos a partir de baixo, *de profundis*, eram indicações claras de um plano de fuga. Feito por outrem. Na mão de um bom advogado, podiam configurar uma indução a fugir. Era a minha tábua de salvação: fecharia o caso, nos daria o prêmio e garantiria a paz, eterna, de Anna.

"Tenho indícios, não sei se são fortes, Norberto." Declarei minha interpretação da lista e minha confiança na retórica dele.

"É pouco, mas pode servir. Eu vi a lista das referências, na *Memória da Visitação*, mas não procurei os textos referidos. O que você me conta é intrigante. Você tem alguma evidência ou indício de que ela foi levada por alguém para fora do convento?"

O anjo me ajudou, de novo: "Na *Notícia* está claro o arrombamento do portão, coisa que só um homem forte poderia conseguir. Pode-se pensar que esse homem a retirou do convento. É um indício, pelo menos".

"Juntando tudo, temos algum argumento. Seria ideal termos provas. Sua viagem a Évora não rendeu algo mais sólido?" Ele não sabia da ida à Holanda, graças a Deus!

Tomei um gole vagaroso do conhaque, para ganhar tempo, enquanto meu anjo pensava. Decidi dizer somente o que estivesse na *Notícia* ou na *Memória* do Visitador. "Bem, os capitéis estão lá, um deles com a fenda lateral, estourada pela pujança da roseira, segundo o povo do lugar. Examinei o desenho que Anna de Praga teria feito na parede da cela. É uma cruz, com quatro raios saindo do centro e com ornamentos nas pontas. São semicírculos, parecidos com luas crescentes. Consta que seria uma senha heliocentrista. Se for verdade, pode-se pensar num grupo de simpatizantes, dispostos a libertar a prisioneira. Eles podiam chegar muito perto da prisão dela, pelo dispensário."

"São hipóteses, porém. Sua viagem poderia ter revelado alguma prova, algum indício mais sólido." Ofereceu mais uma dose, mas recusei.

"Ouça, Norberto. Além de visitar cuidadosamente os locais de Évora, revirei bibliotecas, procurando Anna entre judeus, protestantes, astrônomos, emigrantes. Ela se escondeu. Não há menção alguma. Você sabe, muito bem, que, na situação dela, o melhor era sumir para bem longe, com outro nome."

"Tem razão. Isso pode servir. A ré não pode mais ser achada! Podemos dar-lhe uma sentença à revelia", ele falou sem muita convicção.

Agradeci e saí. Confuso e irritado. O padre Flores confirmara todas as informações de Gisèle mas, sendo um especialista, juntara dois detalhes importantes: a prescrição dos processos do Santo Ofício e a expropriação da Companhia pelo governo de Pombal. Eram pormenores que alteravam todo o quadro. O padre Flores nada teria do vilão astuto e falso que eu imaginava. Tinha confessado lealmente seus interesses no caso. Eram até nobres. Mas, não seria algum ardil de advogado, para induzir-me a contar nossos achados? Toda a fala dele parecia dirigida, ponto por ponto, a desfazer a imagem negativa que Gisèle me passara. Qual era o verdadeiro padre Flores? Era uma dúvida penosa: eu podia estar errado, sonegando informações que lhe devia. Era verdade que não achei Anna e sim Veridiana. Mas isso era um sofisma. Não era leal. Devia contar-lhe tudo? Caminhei sem rumo à espera de uma ideia. E ela veio: eu não tinha direito de revelar o paradeiro de pessoas perseguidas, sem consentimento delas. Veridiana e Lorenzo haviam sofrido muito pelo direito de ficarem ignorados, felizes em seu refúgio. Revelar seu destino seria traí-los. Uma delação. Decidi: eu só publicaria meus achados sobre os dois amantes quando servissem apenas para reparar o sofrimento deles. Para... glorificá-los. Tal como faziam os trágicos, para sublimar a morte dos seus heróis. Philotheus Van Wagenem tinha razão.

Capítulo 9

Eva

Cheguei à casa de Gisèle aliviado. Ela havia saído para a embaixada. Era o que dizia o bilhete sobre a mesa, junto a uma revista italiana, do tipo semanal. O bilhete explicava: "Saulo mandou, de Roma, este número da *Ninfa*. Saiu no último sábado, lá. Nossa amiga Eva sabe como se promover. Afinal, ela tem beleza, talento e graça: merece brilhar. Dê uma olhada".

Avancei na revista! Enfim, depois de quase dois meses sem sinal de vida, havia notícias dela.

Ainda bem que Gisèle não estava em casa: gritei todos os palavrões que sabia. Tive ganas de arrebentar o que estivesse em minha frente: a *Ninfa* era uma revista para executivos, do tipo picante-chic. Não trazia um artigo de Eva. A capa apenas anunciava a matéria mais sensacional do próximo número: *Na seção INTIMIDADE, a bela brasileira Eva Bernini, redatora da famosa revista SABER escreve: MEUS AMORES NO PROVENCE. Leia trechos ao lado.*

Meu rosto fervia. Os trechos me entravam pelos olhos como ferro em brasa: "... *O intelectual carinhoso, toda tarde me acompanhava, solícito, até a enfermaria, para o tratamento do ombro. Mal sabia que o belo médico colocava em estado de graça todo o meu corpo. Menos o ombro*". Tive vontade de me esbofetear, diante do segundo trecho: "*No dia do seu desembarque, veio à minha cabine. Estava desolado, por me deixar. Levei-o para a cama. Até chorei ao me despedir. Lágrimas de remorso ou, talvez, de compaixão dele*". Havia um último trecho. Doeu-me no peito, como uma punhalada: "*Na última noite antes de Gênova, resolvi ceder aos avanços do comandante. Depois do baile, na primeira classe, esperou-*

-me em sua cabine. Puro luxo. Uma noite inesquecível. De manhã, o navio apitou. 'Vamos atracar', disse ele, vestindo o uniforme. Meu plano estava realizado: o último orgasmo no Provence *tinha sido o meu".*

O mundo todo ruiu sobre mim naquela hora. Imbecil! Trouxa! Eis o que eu era. Um cretino, derretendo-se por uma oportunista. Cínica, falsa, quanto pode ser falsa uma mulher. Eu me senti humilhado, o ridículo "intelectual carinhoso". Um gosto muito amargo na boca e na alma. Maldita sedução das aparências, maldita paixão pela beleza, maldita ternura idiota. Eu sabia: não teria paz enquanto não lhe fizesse sentir minha vingança. Claro, ela tinha poupado meu nome e os dos outros machos que havia seduzido. Mas não me havia poupado a humilhação, a dor, a vergonha de mim mesmo.

Saí para a rua, andando sem direção. Teodoro, o garçom, me cumprimentou, todo sorrisos. Mal pude responder-lhe "boa-tarde". Segundo o jornaleiro, o próximo número da revista chegaria dentro de dois dias. Eu queria ler o texto inteiro. Tocar o fundo daquele poço de despudor. Tinha uma certeza: ela me pagaria. Andei alguns quilômetros, tentando achar o modo. De repente, diante de uma vitrine de gravuras, sorri. Antegozando a vingança. Eu sabia a data da partida dela em Roma. Estava na passagem aérea: "o dia do santo casamenteiro", comentara, no bar do *Provence*. O dia de Santo Antônio, 13 de junho. Em Fiumicino.

Dei meia-volta. Fui ao bar de Teodoro, agora com o coração mais leve. E a alma mais negra. Pedi uma *Carlsberg* grande, caneta e papel. Saboreei cada gole da cerveja e cada palavra do que escrevi: *Para a Sovrintendenza alle Belle Arti, de Roma. Informo que uma obra de arte, de Degas, será retirada da Itália, na bagagem de uma jornalista brasileira, no voo da Varig, no próximo dia 13 de junho*. Era só endereçar o texto à embaixada italiana em Lisboa. A Superintendência, como de costume, mostraria seu zelo e suas garras. Antes que me arrependesse, fui a uma papelaria, selei o envelope e o coloquei na caixa do correio.

Convidei Gisèle para jantar fora. Eu queria sentir o carinho dela e esquecer Eva e sua maldita revista. No jantar, comentei, até com certa naturalidade, o arrivismo de Eva, e minha amiga deixou claro que não entendia tanto cinismo. Jamais poderia imaginar que Eva, tão refinada, descesse a tal nível de desrespeito por si mesma. Generosamente, sentenciou que ela devia ser louca.

"Agora estou curiosa para ler o texto inteiro. Ver até que ponto ela desceu."

"Chega na banca depois de amanhã."

"Você parece muito interessado, não?". Ela segurou carinhosamente as minhas mãos: "Sou mulher, por isso percebi, já no *Provence*, que você caiu nas malhas dela. E, sendo mulher, sei quanto uma notícia destas pode ferir um homem. Não adiantam conselhos nessas horas. Mas a verdade tem seus caminhos e a justiça faz o seu curso. Logo você saberá. Não é palavra de consolo. Tenho minhas... razões para lhe dizer isso".

"Razões do coração?"

"Também. Por que não vamos para casa e continuamos esta conversa... na minha cama?"

"Outras malhas?"

"Leais, porém, meu caro."

Na manhã seguinte, mais tranquilo, tentei compreender como eu me deixara levar pelas aparências. Era fatal: Eva tinha tudo para atrair um homem. O meu erro tinha sido dar-lhe amor demais. A ambição de sucesso profissional ou de tornar-se um nome importante me parecera não só legítima: era enternecedor vê-la empolgada por seus projetos. Só que os meios que escolhera mostravam outra coisa: ela queria subir, pisando friamente em quem precisasse pisar, para chegar ao alto. Jamais pensei que ela pudesse ver toda a minha ternura como uma pura e monumental imbecilidade. Talvez, só eu percebesse que o "intelectual" idiota era eu. Mas, mesmo assim, usar a minha ingenuidade como assunto público era imperdoável. Desprezo e ódio. Era tudo o que eu sentia.

Graças às finezas de Gisèle, consegui, pouco a pouco, distanciar-me do fato. Ver mais objetivamente aquele gigantesco egoísmo.

No dia marcado pelo jornaleiro fui à banca e comprei a revista. Abri ali mesmo. Estava ansioso para ler, finalmente, o texto inteiro. Eram só duas páginas. Começava como se fosse resposta a alguma pergunta: "*Bem, eu estava cercada de homens que me admiravam. Três, principalmente. Eram meus companheiros de mesa. Charmosos, inteligentes e refinados. Um deles, típico intelectual paulista, não conseguia esconder que estava enfeitiçado pelas minhas formas...*".

Vinha, depois, uma série de situações mais ou menos verossímeis na vida a bordo de um grande transatlântico. Eram entremeadas de trechos picantes como os anunciados no número anterior. Consegui lê-los sem me chocar. Estranhei: eu estava impassível, já esperava tudo aquilo. Mas não esperava o fecho do artigo. Meu rosto gelou:

"Encerrei o meu relato. O doutor Leonardo, meu analista, sorriu, satisfeito: 'E o que mais a senhora sonhou ontem, Dona Eva?'"

"Só isso, doutor. Então, meu marido me beijou e eu acordei. Muito envergonhada, por sinal. Eu adoro meu marido."

Então, não era um depoimento à revista *Ninfa*! Era um conto! Uma ficção! A redação não deixava dúvidas, tudo era apenas a fantasia delirante, o devaneio erótico de uma paciente, narrado ao seu analista. Meros sonhos de uma mulher. Bem casada, até. Não havia o cinismo, ela não desprezara minha ternura. A leviandade erótica e promíscua não era de Eva Bernini, era delírio de uma paciente do doutor Leonardo. Consciente, ela também, de que fora tudo um sonho, fantasia pura. Achei até interessante a forma literária do desfecho. Eva apenas mostrara sua capacidade de imaginar e de escrever. Nada de traições e cinismo. Tudo fantasias. Agora, eu me sentia pequeno. Desorientado, pensei até em felicitá-la pelo conto, talvez dar-lhe um abraço. Era mesmo um belo artigo. Poderia mandar-lhe um telegrama...

Faltava um endereço dela. Céus, eu não tinha o endereço! Eu não podia me comunicar com Eva. Esfriei: sem preveni-la, não havia modo de salvá-la, na alfândega de Fiumicino. O desenho de Degas fatalmente seria descoberto. Prisão, na certa: a *Sovrintendenza* era implacável. Justamente no momento em que ela firmava sua reputação de jornalista talentosa viria o desastre: a desmoralização. E tudo causado pela minha denúncia. Por mim. Minha mente era pura névoa. Só uma coisa era nítida: eu precisava retirar aquele desenho da bendita maleta azul...

"Como?", perguntei a mim mesmo. O jornaleiro me olhou, espantado.

"Como, o quê, senhor?"

"Como... são surpreendentes as mulheres..."

"Lá isto é bem verdade. É a graça delas... e, talvez, a desgraça nossa, sabe-se lá!"

Caminhei para o bar de Teodoro. Eu estava aliviado mas triste. Eva não me havia traído, não me havia humilhado. Eu, sim, de certo modo, a tinha traído. Tinha transformado a doce bailarina de Degas num armadilha, fatal, para a mulher que eu amava. E, quem sabe, me amava ainda?

Nem duas *Dab*, das grandes, conseguiram sossegar meus nervos. Escrever novo bilhete para a embaixada? Dizer que o outro recado fora uma mentira? Não adiantaria: naquele momento os homens da *Sovrintendenza* já estariam vigiando Eva: o nome dela constava na reserva de passagem para aquela data. Chegar antes dela ao aeroporto e livrá-la daquele maldito estojo vermelho antes que passasse pela polícia? Não daria. O salão de embarque teria muitas entradas. E eu não sabia o momento preciso da chegada dela ao salão; eu podia chegar tarde demais. Telefonar para a Varig em Roma, cancelando a reserva! Podia ser a salvação. Não: a companhia telefonaria a ela para confirmar o cancelamento. Só havia uma saída: ir até Roma e achar Eva, antes do dia do embarque. Onde procurá-la? Eu tinha uma única pista, pouco segura: a sede da revista *Ninfa*. Lá saberiam o endereço dela.

Gisèle, à noite, quis ler o artigo. Balançou tristemente a cabeça. "*Touché*, Eugênio. Devemos pedir desculpas a ela. Na verdade, eu a condenei sem provas. E tentei induzir você a desprezá-la", ela suspirou. "Isso deve ter uma explicação, não?"

"Alguma... hostilidade, rivalidade?"

"Não, seu bobo! Ciúme! Não percebe? Você também precisa desculpar-se. Na verdade, além de mostrar sensibilidade e elegância, em vez de vulgaridade, ela mostrou que sabe escrever."

"Preciso fazer bem mais que desculpar-me, Gisèle." Contei como o desenho de Degas fora parar na bagagem de Eva. Também contei, cheio de vergonha, a armadilha que eu havia montado, para vingar-me. A denúncia enviada à embaixada italiana. Era preciso desfazer a armadilha ou impedir que Eva tentasse embarcar.

"Ela arruinou a nossa... festa, Eugênio. Mas você vai se achar culpado por arruinar-lhe toda a carreira. Então vá atrás dela e tire o maldito desenho daquela maleta."

"Como?"

"Vá até Roma e pergunte na sede da *Ninfa*. Não há outro caminho. Sei que há dois voos para Roma, pela manhã. E rezarei a todos os deuses para que você a encontre. Senão, o único recurso é barrá-la no *check-in* do voo."

Fiz as contas e meu dinheiro permitia o gasto extra com viagem aérea. Nem meu medo de avião me impediria: eu precisava salvar Eva. Bastava levar uma mala pequena. Minha bagagem maior continuaria na casa de Gisèle: meu embarque de volta seria em Lisboa. Eu teria que voltar a Gisèle. E queria voltar a ela, aos braços dela, tão leal, tão carinhosa. Eu tinha até esquecido Eva, por uns dias. Mas, depois de meu ódio injusto, Eva me parecia tão frágil, tão meiga. Gisèle percebeu o meu dilema. Sabia quanto eu me enredara nas graças da jornalista. Mas mostrava uma serenidade sorridente. Parecia ter certeza de que eu voltaria, cheio de afeto, para ela. Ou, vaidade minha, apenas desejava que assim fosse? Foi o que deduzi das frases de despedida no aeroporto.

Uma declaração esquisita. Ela estava tensa: "Meu querido, prepare-se para surpresas em Roma. Você não está partindo para uma festa, mas terá uma festa quando voltar. Eu saberei prepará-la".

Fiquei remoendo essas frases dela durante a viagem, e procurei pensar nela o tempo todo, para me distrair. Uma aeromoça distribuiu jornais logo após a decolagem e então enfiei os olhos no caderno de cultura, disposto a ler até as futilidades da coluna social. O importante era não pensar no motor do avião. Era dentro dele que se aninhavam os demônios da minha ansiedade. Sim, o comandante não teria decolado se não confiasse em si e no aparelho. Mas o motor tinha tantas pecinhas, tantos canudinhos, vitais como artérias. E se um deles entupisse? A moda de outono seria ousada, em tons de laranja e verde oliva. E se uma daquelas luzinhas do painel estivesse queimada? A filha de um dos barões do vinho verde ia casar, os convites eram disputados a golpes baixos. E esse solavanco? É apenas um dos tais vácuos da atmosfera? No aniversário da esposa, Juan Carlos da Espanha vai dar-lhe um colar de esmeraldas. Aliás, são, hoje, as pedras mais valorizadas na Europa, depois dos diamantes. E por que a aeromoça está tão séria? Mas nem todos os diamantes: só os da África do Sul. E essas manchas na asa, são normais, não é um vazamento de combustível?

"O senhor aceita um suco de laranjas?"

"Sim. Melhor, não. Bem, traga um, mas pequeno, por favor."

Fala-se que um famoso cirurgião plástico vai casar-se com uma milionária francesa, herdeira de fabricantes de *champagne*. Parece que algum motor está meio fraco. Perdendo potência? Não. É o meu ouvido que está meio entupido. Será defeito da pressurização? Eva! Será que vou achar Eva?

"Aqui está o seu suco, senhor."

Afinal, está todo mundo calmo, as aeromoças estão alegres, está tudo normal. Os familiares de Picasso continuam sua guerra jurídica. Quando chegar a Roma vou me achar ridículo, por todo esse medo idiota. Um bispo de Paris, segundo as más línguas, foi surpreendido em um motel de Lyon. "*Estaria abençoando os casais?*", perguntava o cronista social, com inefável graça. Grande suspense entre as empreiteiras: fala-se em reformar todo o aeroporto de Orly. Acenderam de novo o aviso para atar os cintos. O que será? Bem, a aeromoça continua alegre. Pura encenação dela? Estou ridículo de novo.

Assim, esgotado, mas bem informado sobre as coisas importantes da vida, pousei em Roma. Enterrei os dedos nos braços da poltrona quando os pneus tocaram a pista, e fui freando o avião, muito devagar, para evitar algum cavalo de pau. Só soltei quando a aeromoça, lá na frente, avisou para não acender fósforos ou isqueiros e começou a abrir a porta.

Desde o embarque em Santos eu estava decidido a visitar Roma. Seria a segunda visita, agora sem pressa, para mergulhar calmamente, naquela riqueza de história, de arte, de prazeres e de saberes que só Roma oferece. Mais que tudo, dois pontos de Roma me atraíam. Irresistivelmente. A Biblioteca Vaticana e um bar com mesas enormes de mármore, em San Lorenzo. Fica numa varanda coberta por uma parreira gigantesca, com décadas de idade. Ali almoçam, enquanto consertam o mundo, os frequentadores do bairro: alguns mecânicos, os marmoristas do Verano, alguns estudantes da universidade e os comunistas da sede de *via dei Volsci*.

Ao invés dessa calma, até bucólica, eu estava desembarcando para enfrentar uma busca ansiosa, urgente, para evitar desgraças e remorso. Pretendi até fingir que não estava em Roma. Não queria marcar, com a lembrança de sofrimentos, a cidade majestosa que me fascinava desde os livros de história do colégio. Fui seguindo a fila de passageiros, como se estivesse em Hong Kong ou Bogotá, onde jamais poria os pés. Mas em Roma havia Eva! Com ela, a visita seria a melhor da minha vida. Eu tinha de achá-la. Precisava acreditar nisso. Lembrei até as baboseiras de pensamento positivo e de fluidos astrais. Mas nada me garantia que a gente da revista *Ninfa* soubesse alguma coisa dela.

No balcão da polícia, seguindo a fila, apresentei meu passaporte. Engatilhei as quatro frases de italiano que sabia, pronto para explicar minhas presença ali, bárbaro, invadindo o império. Eu sabia: tudo o que tinha aprendido com meus avós em São Paulo era dialeto vêneto, do mais rude. Inútil para atravessar fronteiras ou convencer militares de qualquer tipo. O policial olhou minha cara, correu o dedo num papel timbrado, que tinha ao lado, e me sorriu. Sorriso de esfinge: "O senhor está sendo aguardado. Meu colega o acompanhará". Chamou um outro rapaz fardado que me indicou polidamente a escada. O coração estava disparado. Mas o sorriso do policial me dava a esperança de não estar enfiado em complicações. Subimos um andar, ele parou diante da segunda porta, e girou a maçaneta: "O senhor pode entrar. Tenha um bom dia". Esperou que eu entrasse e fechou a porta às minhas costas.

Diante de mim, sorridente, de braços abertos, estava Saulo. Sim. Saulo, o meu companheiro de pileques no *Provence*. Deu-me um abraço afetuoso, indicou-me uma poltrona de couro escuro e sentou-se na outra. Eu me perguntava o que fazia o meu irônico parceiro do bar da proa naquele escritório atapetado, atendido pelos militares. Ele ia ter que explicar. Procurei relaxar-me.

"Não se preocupe, Eugênio. Estou aqui para ajudá-lo. Mas, antes, vamos cuidar de nós. Foi a um armário de treliças e voltou com dois copos, uma caneca de louça com pedras de gelo e um litro de *Johnnie Walker*, já pela metade. Enquanto despejava o uísque, começou a explicação. "Você deve estar meio surpreso." Criei coragem e falei. "Estou totalmente desorientado. Parece que estou sonhando..."

"É simples: Gisèle me telefonou, preocupada por você. Você deve sentir-se honrado. Ela é uma grande mulher, que eu conheço há muito tempo. Desde 1952, quando atuei em Barcelona..."

"Atuei? O que é isso?"

"Atuei, do verbo atuar, colocar em ato. Atuei em Barcelona, quando a *Sûreté Française* desconfiou de contrabando de armas francesas de Argel para os bascos..."

"Mas, então, você é um agente..."

"Sim, meu amigo. E me orgulho disso. Sirvo ao meu país, à *Sûreté Française*, já salvei vidas e já armei arapucas para traficantes de entorpecentes, contrabandistas de obras de arte etc. Isso não impede que me divirta num transatlântico com pessoas charmosas como você, o padre Flores, Gisèle, Denise e... Eva". Quando ele disse "Eva", olhou firme nos meus olhos e tirou do bolso uma garrafinha de metal, do tipo *pocket flask*, exatamente igual à que Eva me confiara no *Provence*. "Sei que isto é constrangedor para você, meu caro. Mas precisávamos salvá-lo de complicações. Você é um homem decente e generoso. Decidimos..."

"Decidimos? Quem decidiu? Você e mais quem?"

"Meu caro, não se preocupe, já lhe disse. Decidimos, sim. Gisèle e eu decidimos que você deveria ser preservado..."

"Do que?"

"De ser preso e acusado de contrabando ou tráfico. Tínhamos razões para suspeitar que Eva lhe passou uma garrafinha de bolso, uma *pocket flask* metálica, como esta aqui." Eu senti que não adiantava mentir, e que Eva, de algum modo, me tinha enganado. Saulo prosseguiu, depois de um bom gole do uísque: "Esta nós tiramos da bagagem do médico do *Provence*. Disse que a recebeu como presente de Eva, com a promessa de que lhe daria seus carinhos mais efusivos, quando se encontrassem em Roma. Ele acreditava que o frasco continha o vermute predileto dela, e que deveriam bebê-lo, romanticamente, nesse encontro aqui em Roma. Ele deveria trazer a garrafinha sem beber nada dela antes que se encontrassem".

Meu rosto estava em brasa, senti os braços vacilantes, as mãos começaram a tremer. Segurei o copo com as duas mãos tentando disfarçar minha emoção, minha raiva, ódio, vergonha, ciúme. Saulo percebeu meu desconforto. "Sei que tudo isso é penoso para você, meu amigo. Gisèle queria preveni-lo, mas receou parecer despeitada contra Eva. Não quis ser ela a revelar tudo o que sabemos da nossa fascinante jornalista. Mulheres!"

Eu queria que me explicasse logo toda a história, para poder sumir, enfiar-me no primeiro bar e me encher de álcool. Esquecer tudo, tudo.

"Talvez lhe dê algum conforto saber que o tal médico foi completamente ingênuo. Tentou seduzir Eva durante a travessia, mas nada obteve, senão a promessa do encontro memorável e íntimo quando a viesse encontrar, portando o *passaporte* combinado: o frasco com o *Noilly Prat*. Lembra-se? Ela sempre pedia esse vermute."

Eu suava, detestava tudo o que estava ouvindo mas queria ouvir mais, saber tudo. Saulo parecia ter pena de mim, tentava não me ferir, mas sabia quanto eu estava sofrendo.

"No tal frasco, havia mesmo o vermute de classe, mas sob ele, num fundo falso, uma quantidade respeitável de esmeraldas já lapidadas. Ela passava tranquila pelos controles, enquanto o médico correria riscos sérios de ir para a cadeia. A embalagem metálica permitia driblar a segurança: os sensores acusavam o metal da garrafinha. Se fosse aberta pelos agentes, revelaria apenas mais um delicioso vermute francês. Calculamos que, com esse método ela já introduziu na França e na Itália, pasme, quase cinco quilos de esplêndidas esmeraldas lapidadas."

"Mas", tentei falar, "uma mulher talentosa, jornalista de sucesso..."

"Não há dúvida, meu caro. É uma mulher brilhante, fascinante, em todos os sentidos do termo. Orgulhe-se de seu bom gosto..."

"E da minha burrice..."

"Não se avilte, Eugênio. Eu também, se não estivesse prevenido contra ela, teria ido buscar a lua para dar-lhe de presente. Nem o nosso querido padre Flores escapou do charme dela."

"O quê? O padre Flores?"

"Ainda vou contar-lhe muita coisa. Mas saiba, antes, como vai acabar este dia. Assim você relaxa: depois desta conversa, à noite vamos jantar divinamente, com pessoas deliciosas que conheço e você vai dormir feliz. É outra das surpresas deste teu dia." Lembrei da "profecia" de Gisèle. Ela estava a par de tudo. Tinha-me poupado, enquanto fora possível. Isso eu pude entender.

"Vigiei o nosso elegante jesuíta em três travessias do atlântico e uma viagem de avião, Lisboa-Milão-Lisboa. Nas três travessias ele viajou com ela. No colégio de Lisboa pensam que a 'doutora Eva' é uma sobrinha dele, que dá cursos na Europa. No *Provence*, ambos tiveram muito cuidado em saber se eu viajava muito naquela rota, se havia cruzado com o padre em alguma viagem. Eva se esforçava para disfarçar a intimidade que já tinha com o padre, procurando mencioná-lo com alguma reverência, fingindo não conhecê-lo antes. Ele também, várias vezes falhou, tentando simular que a havia conhecido ali, no embarque em Santos. Lembra-se? Uma noite, após o jantar desceram os dois para as cabines: ele, um pouco antes, para 'tomar suas vitaminas', ela 'para trocar os sapatos'. Ele subiu para o bar da proa antes dela. Falamos do vermute para Eva, e ele, imprudentemente, indicou o *Noilly Prat*, como o preferido dela. Como sabia? Nas viagens, Eva se aproxima dele como uma amiga ocasional. E ele, muito hábil, sempre dá um jeito de formar um grupo, de modo a ficarem juntos, sem formarem um par muito evidente. Por isso, ele nos juntou à sua mesa. O padre Flores sabe chegar logo aos assuntos que interessam a cada interlocutor. Isso fascina, atrai as pessoas. Devo reconhecer, eu também forcei a formação do grupo. Eu precisava vigiá-la mais de perto. Em meia hora, ficamos afinadíssimos, um grupo perfeito. É assim, como membros de um grupo, que eles podem encontrar-se e circular, insuspeitos, pelo navio. Ficam sempre em cabines vizinhas. No *Provence* a dele era a B-18, bem em frente à de Eva, no fim do segundo corredor, a estibordo."

Vagamente percebi que não lembrava o que significa estibordo. Havia outra lembrança ocupando a minha mente: o susto dela quando fui à sua cabine, na chegada a Lisboa. E o cuidado de não me deixar sair antes de verificar se o vizinho da frente estava lá. Estranhei que saísse ao corredor, toda despenteada e vestindo o robe. É que, para Norberto Flores, vê-la assim, não seria estranho, agora eu sabia. O meu ódio aos poucos se transformava em curiosidade. Uma curiosidade masoquista: queria saber quanto eu era idiota, quanto fora traído, quanto meu afeto fora desperdiçado.

"Mas não pense mal do nosso amigo padre Flores, Eugênio. Tenho indícios de que ele adora estar com ela e sentir-se amado por uma mulher tão bela, mas não arrisca uma intimidade maior. Sabe que faria loucuras e se daria mal. Ele tem posições importantes a manter. Para Eva, isso é muito cômodo: vale-se do álibi de ser amiga, ou 'sobrinha' dele e não paga muito por isso: algum sorriso, alguma carícia furtiva, talvez algum breve encontro numa das cabines."

"Eu notei que ele não gostou do seu deslumbramento quando ela chegou ao bar com aquele vestido preto..."

"Ah! Lembro. Antes do primeiro jantar. Foi quando falei da bússola desvairada diante do... norte absoluto, algo assim. Eu precisava parecer meio leviano, descontrolado, impetuoso. Acho que representei bem."

"O que você notou, de importante, quando passamos pela recepção, no embarque?"

"Nada, Eugênio. A não ser... a esperteza do padre em fazer-nos passar por parentes dele."

"Quando o oficial a chamou de 'senhorita, ela corrigiu: 'Senhora'..."

"E o padre gostou. É isso mesmo. Uma tarde tentei obter dele alguma confidência sobre Eva. Nada: ele é um jogador de *pôquer*. Dos bons. Afinal, sorte dele se Eva o... cultiva."

Tomei um gole exagerado e me estirei na poltrona. Agora eu queria ouvir tudo. Em detalhes. Para verificar se as minhas dúvidas ou suspeitas durante a viagem indicavam algum resquício de inteligência.

Saulo não queria esconder nada: "Você deve ter reparado que ela só permitiu alguma aproximação sua, ou de outro homem, na ausência do padre Flores. Em Tenerife, eu desci com o jesuíta e vocês fingiram ter descido depois. Eva se traiu quando insinuou que vocês nos haviam esperado para o jantar, diante da igreja errada, Santo Antônio em vez de Santo Antão. Acontece que lá não existe uma igreja de Santo Antônio, nem de Santo Antão. Fui eu que inventei os nomes. Então, concluí que vocês tinham algo a esconder do padre... e de mim. Suspeitávamos do truque das *pocket flasks* há uns três anos. Nunca achamos nada na bagagem do padre Flores. Claro, ela o preservava: era o seu melhor álibi para as viagens de 'negócios'. Sabíamos que ela passava pela segurança sem as pedras, e que as esmeraldas apareciam depois, nos pontos de receptação, principalmente em Marselha e Roma. Alguém, em vez dela, as passava".

"E eu, nesta história?", perguntei, já mais calmo.

"Você guardou com todo afeto o frasco que ela lhe deu e que poderia levá-lo à cadeia e a outras graves complicações futuras..."

"Poderia?"

"É. Poderia. Não pode mais. Encarreguei Gisèle de trocar a garrafinha da sua bagagem, durante sua viagem à Holanda. Você passou pela alfândega e pela segurança com um frasco igualzinho, mas cheio de vermute *Noilly Prat* e nada mais. Eles até detectaram o frasco. Mas sabiam que você era esperado por mim e fecharam um olho."

"Gisèle?"

"Sim. Ela gosta muito de você. Ou você não percebe mais nada? Ela também é da *Sûreté*. Uma pessoa adorável, eu já disse. Entramos nesse caso da jornalista, porque a *Sûreté* suspeitava de tráfico de cocaína, naquelas garrafinhas metálicas. Mas não achamos tóxicos. Isso 'melhora' um pouco a situação de Eva."

"Mas, como incriminá-la se ela passa pelos detectores e vistorias sem nada de proibido?"

"Plantamos na bagagem dela alguma coisa proibida: aquele desenho do Degas. Espero que você lhe tenha dado a bailarina."

Eu tremi. Pela surpresa da frase. Já não me importava mais nada se Eva fosse capturada ou condenada. Respondi com franqueza: "Vim para Roma procurar Eva para retirar o desenho da bagagem dela antes que embarque para o Brasil". Contei a denúncia que tinha enviado à embaixada italiana. Também expliquei meu arrependimento por lhe ter preparado a armadilha.

"Você tem faro, Eugênio. Quando decidi roubar o quadro, a intenção era justamente essa: colocá-lo na bagagem dela... graças a você, para fisgá-la."

"Bem que me pareceu uma loucura roubar o quadro, nas barbas do comissário..."

"Foi calculado. Ele iria instintivamente socorrer Gisèle caída e gemendo com o pé torcido, em meio a cacos de copos e garrafas de água mineral. Era o tempo que eu precisava, para usar meu bisturi, enrolar o desenho e enfiá-lo no estojo. Gisèle esteve ótima."

"Foi uma encenação dela?"

"É evidente. Ela veio até nós, perguntar se queríamos algum refrigerante ou água, lembra? Era um aviso para eu me preparar. Ela podia ter chamado um camareiro para pedir água, copos, o que quisesse. Você não notou, mas no dia seguinte, mais de uma vez, ela esqueceu de fingir dificuldade para caminhar, diante daquele comissário. Percebeu a falha e achou um jeito de procurá-lo para agradecer o socorro prestado na véspera, ao 'torcer' o pé. Queria, na verdade, evitar suspeitas. Convencê-lo de que já conseguia caminhar normalmente."

"Mas você me pareceu um ladrão experiente..."

"Por causa do bisturi? De fato sou um mestre no uso dele. Você não imagina quanta cocaína e quantos dólares esse bisturi já desencavou em fundos duplos de malas, atrás de pinturas, em forros falsos de casacos...

Serve para apontar lápis também, como você viu. Eu realmente gosto de desenhar."

"E Eva?", perguntei, quase por imposição da lógica, sem tanto interesse na resposta.

"Temos dois agentes no rastro dela. Por ora está livre. Queremos descobrir os seus contatos e intermediários em Roma. Dificilmente escapará da cadeia. Mesmo que você tirasse o Degas da bagagem dela. O médico, para se livrar, denunciou-a à polícia de Roma. Assim, também os italianos estão atrás dela. Não sabem que estamos no caso.

"Como você sabia que eu queria tirar o Degas da bagagem dela?" Eu queria saber se Gisèle, também ela, tinha traído a minha confiança. Não sei se Saulo mentiu, farejando a intenção da minha pergunta. A resposta foi: "É o que eu faria se estivesse apaixonado por ela".

"E quando vocês a prenderem...?"

"Nós não podemos prendê-la. Os italianos, sim. Não sei o que vão fazer. O médico contou à polícia umas coisas estranhas. Eva teria dito que não era dona de suas decisões sobre viagens. Era obrigada a embarcar em certas rotas em determinadas épocas do ano. Ele perguntou se isso não comprometia sua carreira de jornalista. Ela teria dito que gostaria de se dedicar por inteiro ao trabalho de escritora e de jornalista. Mas precisava parecer apenas uma jornalista. Segundo o médico, a editora em que ela trabalha seria pura fachada para outros negócios, bem menos culturais..."

"Por que ela contou isso ao médico e não a mim?"

"Se é que contou mesmo", Saulo entortou a boca. "Tenho pena dela. É uma mulher belíssima, brilhante, destinada ao pleno sucesso. Porque deveria correr tanto risco, para ganhar alguns milhõezinhos? Só se fosse forçada a isso..."

"Dá para explicar melhor?"

"Vou ser mais claro: chantagem! É possível que ela esteja agindo sob ameaça, sob chantagem de alguém. Isso pode aliviar o dossiê dela. Estamos nesta pista."

"Estou um trapo, Saulo."

"Agora você vai dormir e eu passarei no seu hotel às nove e meia para irmos jantar. No *Campo de' Fiori*. Fazem um *maialino* de lamber os beiços."

"Ainda não sei o hotel..."

"Eu já reservei. O sargento o levará até lá. Durma. Você está precisando. Gisèle lhe telefonará amanhã. Está preocupada com você."

"Está bem. Acho que..."

Saulo me interrompeu: "Não sei o que ela viu em você. Afinal, o que é que você tem, que eu não tenho?". Soltou a sua gargalhada e chamou o sargento.

Gisèle me esperou no aeroporto de Lisboa. Um sorriso tímido. Medo de me haver magoado, parecia. Abraçou-me demoradamente. Quando o abraço se desfez, os olhos dela estavam molhados. Na minha garganta, um nó, doído. Caminhamos abraçados até o carro dela. Não falamos, em todo o trajeto. Não era preciso. Só dentro da casa ela disse: "Dona Mercês esteve na peixaria, hoje de manhã...".

"A mesa da outra vez?" Larguei-me na primeira cadeira que vi.

"Já reservei. Trouxeram um presente para você", passou-me um envelope grande. "Você vai gostar."

Era a cópia fotográfica de um trecho manuscrito. Do original italiano. Havia também uma versão portuguesa, em letras antigas, também fotografada:

... que era coisa bem acreditada pelos Pitagóricos, por Copérnico, Kepler e eu, mas não provada empiricamente, como agora, em Vênus e em Mercúrio. Portanto as palavras que enviei, transpostas e que diziam: estas coisas imaturas por mim já são lidas com enfado o y, ou HAEC IMMATURA A ME JAM FRUSTRA LEGUNTUR O Y, se forem reordenadas, dão CYNTHIAE FIGURAS AEMULATUR MATER AMORUM, o que significa que a Mãe dos Amores copia as formas de Diana. Vênus imita as formas da Lua.

Uma folha datilografada acompanhava as fotografias:

Esta carta de Galileu foi mandada a Praga em 1º de janeiro de 1611 e Kepler a recebeu. Comunicava em forma cifrada a prova empírica da gravitação dos planetas em torno do sol. O trunfo decisivo dos heliocentristas. Em latim, e cifrada, a mensagem passaria pelo crivo da Inquisição. Mesmo assim, a primeira versão latina, quando traduzida dizia uma ba-

nalidade sobre leituras de obras imaturas. Era mais uma codificação. Mudada a ordem das letras, resultava a afirmação poética de que a Mãe dos Amores copia as formas de Cynthia, a deusa adorada no monte Cynthio. Ou seja, Diana, a lua.

Anna, discípula de Kepler, que visitara Galileu, certamente sabia o teor da carta, nas duas versões da mensagem. Deve tê-la recitado e comentado. Mas, para uma mente perversa como a de Wiesenius, poderia muito bem parecer um poema herético, blasfemo. A proclamar que a Virgem Maria, Mater Amorum, *era apenas mera copia de uma deusa pagã, Diana. A ideia de que a face iluminada de Vênus muda de forma, como a lua, a mostrar que está orbitando em torno ao Sol, jamais entraria na cabeça de um Inquisidor. E ele jamais entenderia que os desenhos na parede da prisão eram apenas duas representações da prova do heliocentrismo: planetas a girar em torno do sol. Como luas, a receber a luz central em faces diversas ao longo da órbita.*

Diogo Fernão viu nos desenhos apenas uma possível profanação da cruz.

Não era apenas um emblema do heliocentrismo. Simbolizava também a rejeição ao dogma, fixo, central e imutável como um sol. A convicção, já científica, de que a verdade tem formas, faces e fases. Tal como a lua. Não há o sol da verdade. Há a lua da verdade. Que tem sempre uma face oculta.

Todo o processo de Évora mostra que Anna apenas fora fiel à sua razão e que era, além disso, uma cristã convicta. E nada teve com a morte de Wiesenius. Um eminente toxicologista meu amigo, Prof. Vaz de Mena, não tem dúvidas: os sintomas descritos na Notícias dos Factos *são efeitos típicos da infusão concentrada de* Datura. *Pode ter sido* Datura Stramonium *ou* Suaveolens. *Usava-se já na Grécia antiga. Em doses mínimas. serviam para "inspirar" os oráculos. Diante disso e dos ardis da acusação, e da desinformação de Wiesenius, propus à ARCANON que a sentença seja de absolvição de Anna. Se ganharmos o prêmio, ele irá para a Cruz Vermelha, como você decidiu. Um abraço do seu Norberto Flores.*

Quando li *lua da verdade* lembrei a tradução poética latina, *Veri Diana*, que Philotheus Van Wagenem me contara. Mesmo sem meus achados de Leiden, partindo apenas dos documentos do processo, o arguto jesuíta tinha chegado muito perto do novo nome de Anna. Ele merecia parabéns.

Mas eu não quis rever o padre Flores. Uma semana depois Gisèle me levou ao porto, para o embarque da volta. Decidimos que ela iria para o Brasil no mês seguinte e que não ficaria no cais à espera da partida. Seria menos doída a nossa separação se ela mergulhasse em seu trabalho. Eu não queria vê-la chorando. Já tinha sofrido demais naquelas semanas.

Ali, no cais de Lisboa, na fila do embarque, eu torcia para que, no restaurante do navio, me destinassem à mesa de algumas freiras gordas ou de algum exportador de couros.

Post scriptum

(só para você)

O texto que saiu é esse aí. Jamais pensei que, o que devia ser uma cobertura jornalística pudesse se transformar nessa fantasia toda. Foi uma empreitada difícil, mas muito divertida. Depois quero ouvir suas críticas. Estou te escrevendo às pressas, por isso desconte os erros: estamos na correria de "fechar" o número da revista para este mês. Devo ter um mês de férias em fevereiro. Porque não fugimos para alguma praia vazia? Qualquer uma. Você escolhe.

O que o texto tem de bom, devo repartir com você. Por vários motivos.

Primeiro, foi você que me convenceu a soltar a fantasia. Decidi apostar alto: tentar ver, tudo, como veria... um homem. Um homem apaixonado: você. Comecei pelo embarque em Santos, para encaixar aquela conversa inicial que tivemos, com o padre e o engenheiro. Caprichei no fascínio da mulher, por que você me adorou assim. E porque sou vaidosa. (Ah, o Riviera entrou na história, só porque eu gostava dele).

Segundo, porque esse teu rosto conta tudo o que você sente. Assim ficou mais fácil ver a vida como você, sentir as coisas ao seu modo. Nos momentos que envolviam afeto, desejo ou carícias, juro, eu às vezes não sabia se minhas emoções eram as de Eva ou as de Eugênio. Foi uma experiência estranha, envolvente demais. (Deve ser muito difícil ser um homem no meio de tanta sedução feminina.) Eva, Denise, Patrízia e Gisèle eram mesmo deliciosas, de enlouquecer! Calma! Estou muito longe de ser lésbica. O que, aliás, deve ter ficado muito claro, naqueles encontros nossos no Provence, nada fictícios.

E, finalmente, porque, para construir toda aquela perversidade da Eva de Intimidade, conheci quanto uma mulher pode ser pérfida. Até fiquei mais generosa, com um certo medo de maltratar os outros. Vai parecer pieguice: quase chorei ao imaginar o sofrimento de Eugênio diante da revista com aqueles trechos picantes. Sou mulher, ora. E aquelas lágrimas no adeus em Lisboa, pareciam de amor, na verdade eram de remorso; mas isso, também, era aparência. Não gostei, nem um pouco, de "trair" você com aquele médico imbecil, nem com o comandante. O padre Flores, sim, era mais atraente. Um charme! Mas era um amor mais intelectual, platônico. Coisa de adolescente deslumbrada.

Notícias: duas editoras pediram o texto. É óbvio que, na versão delas, vou trocar os nomes dos personagens. Nesta aqui, achei que você, o padre e o Saulo se divertiriam mais com os nomes verdadeiros. Mandei cópias para os dois (A sua devia ser a primeira, conforme Eva prometeu, no início da viagem. Mas foi a terceira, pois eu queria mandar junto com estas mal traçadas.) O padre me telefonou. É um perfeito cavalheiro: para minha surpresa, disse estar envaidecido com o papel de meu amante clandestino. Acha que bebe bem menos do que aparece no texto e prefere ser, na redação final, um salesiano ou redentorista, "desses que animam procissões". (Como bom jesuíta, ele defende a reputação da Companhia.) Disse que a minha versão sobre o processo de Évora está bem mais empolgante do que aquele ensaio árido dele sobre o caso. Mas, sem aquela documentação dele, não daria para eu construir toda a minha história de Veridiana.

Saulo já leu a cópia que mandei. Adorou ser um agente da Sûreté *e me confidenciou que, quando criança, sonhava ser agente secreto. E que gostaria de ter feito aquele discurso sobre a bússola desvairada.*

Gosto de meu nome Eva. Ele é fatal. Talvez eu mude só o sobrenome. Uma coisa estranha: agora tenho alguma dificuldade em escrever coisas mais concretas, objetivas. Começo a imaginar versões diversas para qualquer fato. Ficou mais difícil ser jornalista. São os "ócios do ofídio".

SOBRE O AUTOR

Recebeu sólida formação humanística dos frades capuchinhos, em Piracicaba (SP), onde aprendeu "muito latim, disciplina intelectual, gosto pelos clássicos, amor pelos livros e treino em análise lógica da linguagem".

Em 1955, formou-se em filosofia pela USP, na Maria Antonia. Foi aluno de Cruz Costa, com quem aprendeu, "entre outras coisas, o gosto pela história das ideias"; de Lívio Teixeira, que lhe ensinou "o apego aos textos originais, às fontes primárias da filosofia"; de Gilles Gaston Granger, que "lhe despertou o interesse pela epistemologia e pela teoria do conhecimento"; de Claude Lefort, de quem adquiriu "a consciência da relatividade histórica do conhecimento".

Trabalhou com Fernando de Azevedo, por quatro anos, no antigo Centro Regional de Pesquisas Educacionais de São Paulo, até 1960, quando passou a ensinar psicologia na Faculdade de Filosofia de Rio Claro (SP).

Posteriormente, enquanto pesquisava na Itália, foi convidado a lecionar na Universidade de Milão, e não pôde aceitar o convite, porque fora contratado, "à revelia", para ensinar na recém-criada Universidade de Brasília.

Após o cerco militar à universidade, voltou à Itália, onde passou longos períodos de pesquisa e ensino, principalmente nas Universidades de Milão e Pádua, nos anos 60.

Desde 1967 lecionou psicologia na Faculdade de Medicina de Ribeirão Preto, USP. Realizou numerosos estudos experimentais sobre aprendizagem, publicados em revistas consagradas e em dois livros editados na Itália, *Introduzione allo studio del comportamento operante* (Ed. Il Mulino, Bolonha) e *L'apprendimento animale* (Ed. Aldo Martello, Milão).

Nos anos 80, dedicou-se a estudos de epistemologia e história da psicologia, pesquisando a trajetória de conceitos fundamentais desta disciplina. Desses estudos resultaram seus principais livros: *Pré-história do condicionamento*, *Ansiedade*, *Deficiência mental: da superstição à ciência*, *Pavlov*, e outros. Há alguns anos vem realizando pesquisas sobre a evolução do conceito de loucura. Delas resultam os ensaios *A loucura e as épocas* (1994), *O século dos manicômios* (1996) e *Os nomes da loucura* (1999), lançados pela Editora 34.

Como atividade paralela, "mas não secundária", estreou na literatura com *Aqueles cães malditos de Arquelau* (1993), que conquistou o Prêmio Jabuti na categoria Romance, e o Prêmio "Livro do Ano" na categoria Ficção, ambos outorgados pela Câmara Brasileira do Livro em 1994. Ainda como romancista, lançou *O manuscrito de Mediavilla* (1995) e *A lua da verdade* (1997), todos pela Editora 34.

Este livro foi composto em
Stempel Garamond pela Bracher & Malta,
com CTP da New Print e
impressão da Graphium
em papel Pólen Soft 80 g/m²
da Cia. Suzano de Papel e
Celulose para a Editora 34,
em março de 2013.